grafit

Bisher in dieser Reihe erschienen:

Der 13. Brief (noch unter dem Namen Lucie Klassen).
ISBN 978-3-89425-349-3
Hämatom. ISBN 978-3-89425-367-7
Fliege machen. ISBN 978-3-89425-381-3
77 Tage. ISBN 978-3-89425-411-7
Das fünfte Foto. ISBN 978-3-89425-417-9
Tödlicher Kick. ISBN 978-3-89425-435-3

Alle Titel sind auch als E-Books erhältlich.

Chemnitzer Str. 31, D-44139 Dortmund
Internet: http://www.grafit.de
E-Mail: info@grafit.de

Umschlagmotive: Anna-Lena Thamm, una.knipsolina / photocase.de
Druck und Bindearbeiten: CPI – Clausen & Bosse, Leck
ISBN 978-3-89425-458-2
1. 2. 3. / 2017 16 15

Lucie Flebbe

Prinzenjagd

Kriminalroman

grafit

Lucie Flebbe kam 1977 in Hameln zur Welt. Sie ist Physiotherapeutin und lebt mit Mann und Kindern in Bad Pyrmont. Mit ihrem Krimidebüt *Der 13. Brief* (noch unter dem Namen Lucie Klassen) mischte sie die deutsche Krimiszene auf. Folgerichtig wurde sie mit dem ›Friedrich-Glauser-Preis‹ als beste Newcomerin in der Sparte ›Romandebüt‹ ausgezeichnet.

www.lucieflebbe.de

Sonntag, 22. Juni, 5:00 Uhr

Das Bild hat sich eingebrannt. Mit dem Piepen des Weckers ist es wieder da.
Wie das Blut die Ritzen zwischen den Pflastersteinen füllt. Wie sich der Schwall im Herzrhythmus verstärkt. Es versickert nicht schnell genug, breitet sich aus, bildet dunkelrot schimmernde Kanäle zwischen den Steinen.
Die digitale Zeitanzeige blinkt bläulich.
Es muss eine Schlagader getroffen gewesen sein, das Blut lief wie aus einem Gartenschlauch. Und der Herzschlag wurde schnell schwächer. Nach knapp fünf Minuten war das Pulsieren nicht mehr zu sehen.
Das neue Messer liegt neben dem Wecker. 5:00 Uhr – die Ziffern spiegeln sich in der Klinge. Keine Zeit zum Ausschlafen, obwohl heute ein freier Tag ist. Aber es ist noch viel zu tun.
Das Messer ist jedenfalls ein Profiteil, nicht so ein Gemüseschäler. Mühelos gleitet die Schneide durch Haut und Fleisch, trennt mit einem leisen Ritschen die Sehnen heraus.
Das wird alles leichter machen.

1.

»Tickst du nicht richtig? Oder bist du bekifft?«

Lena legte warnend einen Finger an die Lippen.

»Sonst würdest du *das* ja wohl nicht ernsthaft von mir verlangen!«, fauchte ich trotzdem weiter.

»Du bist meine beste Freundin, Lila!« Lenas elegant geschwungene Brauen rückten über ihren Bambi-Augen zusammen. Sie funkelte mich so vorwurfsvoll an, wie es mit den überdimensionalen Sehorganen eines zu Angstattacken neigenden Kuscheltiers möglich war. »Wen soll ich denn sonst fragen?«

Grrr.

Abschätzend musterte ich sie. Mittlerweile war Lena siebzehn Jahre alt und einen ganzen Kopf größer als ich. Ihre dünnen Beine wirkten zu lang für den schmuddeligen Plastikgartenstuhl, der auf einer Eichenwurzel kippelte. Der letzte Wachstumsschub hatte alle Babyspeckreste weggezaubert. Ihre Wangenknochen zeichneten zwei schräg stehende Kanten in ihr schmales Gesicht. Das dicke, kastanienfarbene Haar trug sie neuerdings auf Schulterlänge durchgestuft und die Röhrenjeans brachte ihre Magermodelfigur zur Geltung.

»Zufällig ist dein Daddy ebenfalls mein Kumpel«, erinnerte ich.

Wir saßen draußen in der Abendsonne, an einem der drei schmutzigen Tische, die Molle unter eine einzelne Eiche direkt an die Straße gestellt hatte. Der dicke Kneipenwirt traute sich tatsächlich, den Sperrmüll als ›Biergarten‹ zu bezeichnen.

Weder Molle noch mein Wider-Erwarten-noch-immer-Lover Ben Danner war außer Hörweite. Deshalb senkte ich die Lautstärke meiner Stimme nun doch: »Ich werde Lenny nicht für dich ausspionieren.«

»Papa ist nicht *dein* Freund, sondern der deines Mackers«, erinnerte mich Bambi boshaft. »*Ich* bin aber wirklich deine Freundin. Beste. Freundin. BFF – best friends forever. Pippi und Annika, Hanni und Nanni, Thelma und Louise. Oder etwa nicht?«

Thelma und Louise. Autsch.

Das traf mich unterhalb der Gürtellinie. Lena Staschek war nicht nur meine beste, sondern nach zwanzig Jahren als seltsame Außenseiterin auch meine allererste Freundin. Dank ihr, Karo und Franzi hatte ich plötzlich sogar eine Clique. Ich konnte mit ihnen Prosecco trinken, über Sex quatschen und mich wie ein ganz normaler Teenager aufführen. Und die drei nahmen mir nicht mal übel, dass ich meistens nicht wusste, wie das ging.

Ich konnte Lena nichts abschlagen. Schon gar nicht, wenn sie mit Thelma und Louise anfing.

Und vermutlich wusste Bambi das genau, das Kuscheltierchen war nämlich keineswegs dämlich.

»Dass ausgerechnet *du* ein schlechtes Gewissen wegen ein bisschen Schnüffelei bekommst, kauft dir nicht mal Molle ab«, versetzte Lena bockig, weil ich noch immer zögerte. Damit traf sie gleich meinen nächsten wunden Punkt – diesmal allerdings wohl aus Versehen.

Ich war im Augenblick dünnhäutig. Zu empfindlich. Für meinen Geschmack unerträglich weinerlich. Wenn ich das nicht schnellstmöglich wieder in den Griff bekam, mutierte ich bei vollem Bewusstsein zur Entspannungstee süchtigen Om-Sagerin.

»Du würdest doch deine eigene Mutter bespitzeln, wenn die Kohle stimmt.« Lena holte meine Gedanken zurück auf den Gartenstuhl unter der Eiche, indem sie sich vorbeugte, um mein Gesicht betrachten zu können.

»Dazu wäre ich tatsächlich zum Regeltagessatz bereit.« Etwas zu eilig griff ich nach der im Ausschnitt meines Shirts baumelnden Sonnenbrille und schob sie mir auf die Nase.

»Aber bei meinen Arschloch-Vater hast du plötzlich Skrupel, oder was? Wie kommst du denn plötzlich zu einem Gewissen?«

Du musst nicht alles wissen, Thelma!

Mein Name ist Lila, ich bin zwanzig Jahre alt und wenn ich mich nicht endlich zusammenreiße, werde ich in naher Zukunft mithilfe von Yoga meine innere Mitte suchen.

»Schon gut«, gab ich verärgert nach. »Ich mache es ja.«

Bambis Augen blitzten triumphierend.

»Ich sehe garantiert keine Gespenster, Lila.« Auch Lena sprach jetzt leise. »Schließlich habe schon einmal erlebt, wie mein Vater drauf ist, wenn er eine Affäre hat. Ein zweites Mal lass ich mich nicht verarschen.«

»Wie ist er denn dann?«, wollte ich wissen.

»Nicht da.«

»Vielleicht ist er im Augenblick einfach nur beschäftigt?«, verteidigte ich Staschek aus Gewohnheit. »Immerhin leitet er die Mordkommission, in deren Zuständigkeitsbereich der Fall von diesem toten Starkoch aus dem Fernsehen gehört.«

Lena lehnte sich zurück. »Meine Mutter hat er monatelang beschissen«, sagte sie wohlüberlegt. »Ich habe gemerkt, dass irgendwas nicht stimmt – und was glaubst du, was er da gemacht hat?«

Lena hatte meine Aufmerksamkeit.

»Er hat mir eingeredet, dass ich eine Macke habe.«

Lenny, du wirbelloses Weichtier!

»Damals habe ich echt gedacht, ich werde verrückt.« Lena knirschte mit den Zähnen. »Aber das macht er mit mir nicht noch mal. Ich bin nicht mehr elf.«

Lena lebte seit der Scheidung ihrer Eltern bei ihrer Mutter. Beim Polizisten-Papa, dessen zweiter Frau Verena und deren Söhnen Marc und Christoph verbrachte sie nur die Wochenenden.

»Marc und Christoph haben sich auch schon beklagt, dass er nie zu Hause ist«, fügte Lena hinzu. Wenn sie sich mit ihren Stiefbrüdern verbündete, musste die Lage ernst sein. »Denen kann er vielleicht noch eine Weile was vormachen …«, Lena hob trotzig die Nase, »… mir nicht!«

»Versuch doch mal was ganz Gewagtes und frag Lenny einfach, was mit ihm los ist«, schlug ich vor. »Ich nenne diese neuartige Ermittlungstechnik ›miteinander reden‹.«

»Meinst du, da bin ich noch nicht selbst drauf gekommen?«, knurrte Lena.

Echt?

»Du hast Lenny gefragt, warum er nie zu Hause ist?«, vergewisserte ich mich. Ein so offener Umgang mit Problemen in der Familie war für mich schlicht nicht vorstellbar.

»So ähnlich.« Lena kaute auf ihrer Unterlippe. »Ich hab ihn gefragt, mit wem er schläft, wenn er nicht nach Hause kommt.«

»Oh.«

Ein derart offener Umgang mit Problemen konnte wahrscheinlich selbst zum Problem werden.

»Und?«

Lena schlug die Beine übereinander. »Er hat mir eine gescheuert.«

»Schwierigkeiten?« Danner deutete mit dem Kopf auf die Gartenstühle vor der Kneipe, auf denen ich eben mit Lena in der Sonne gesessen hatte.

Mein Partner, Freund, Lebensabschnittsgefährte oder wie auch immer man unsere Beziehung bezeichnen wollte, lehnte in breitbeiniger Biertrinkermanier an der Theke. Seine Glatze war besser rasiert als sein Kinn. Er trug die schwarze Jogginghose, in der er auch sonntags auf dem Sofa vor sich hingammelte, und das dunkle T-Shirt, das an seinen Oberarmen spannte und seinen Türstehercharme hervorragend unterstrich.

Obwohl Danner mit dem Rücken zur Tür an der Theke lehnte und tat, als hätte er die ganze Zeit mit Molle gequatscht, war ihm keineswegs entgangen, dass Lena und ich draußen keine Schminktipps ausgetauscht hatten.

Das war allerdings keine Überraschung.

Seit Tagen ließ Danner mich nicht aus den Augen. Was meine Nachforschungen zum Thema ›eheliche Treue seines besten Kumpels‹ nicht gerade erleichtern würde – und mich außerdem allmählich ernsthaft nervte.

Auch jetzt bohrten sich seine betongrauen Augen durch meine rotzig-kratzbürstige Fassade, als könnte er tatsächlich dahinter blicken. Moment, das hatte er ja bereits. Erneut hatte ich das dringende Bedürfnis, meine Sonnenbrille auf die Nase zu schieben.

Ich verkniff es mir und tat stattdessen, als hätte ich seinen Blick nicht bemerkt.

»Machst du mir ’nen Tee, Molle?«, wandte ich mich an den korpulenten Wirt hinter dem polierten Tresen.

Die rot karierten Tischdecken und die Topfpflanzen in

den Fensternischen stammten in etwa aus der gleichen Zeit wie die Fußballfotos an den Kneipenwänden: Auf den Bildern hatte der VfL Bochum noch in der Ersten Liga gespielt. Die hellen Bodenfliesen und die Kirschholztische waren deutlich älter. Bei Molle gab es einen Kicker, einen Flipper und einen kaputten Computer, an dem man irgendwann mal für zwei Euro Trivial Pursuit hatte spielen können. Und seit eine strubbelige Promenadenmischung namens Mücke bei Molle eingezogen war, hatte er sein Herz für Hunde entdeckt und zwei Blechnäpfe für vierbeinige Gäste aufgestellt.

»Yogitee mit Zitrone?« Molle hatte eine schmutzige Schürze um sein schlabbriges T-Shirt gezurrt. Der graue Haarkranz, der von seiner spiegelnden Glatze auf die runden Schultern herabfiel, hatte, zumindest seit ich den Dicken kannte, keinen Friseur mehr gesehen. Mittlerweile band Molle die Strähnen zum Zopf zusammen. Genau wie seine Kneipe wirkte auch der Wirt, als hätte er eine Renovierung nötig.

»Oder diese Mischung, die du dir heute Morgen gemacht hast?« Fältchen gruben sich in die Augenwinkel des Dicken. »Wie hieß das Zeug gleich? *Innere Ruhe?*«

Das schmuddelige Erscheinungsbild des Gastwirtes täuschte leicht darüber hinweg, dass Molle über einen sensiblen Radar verfügte, mit dem er die Stimmungslage seiner Gäste auslotete. Meine derzeitige Vorliebe für Entspannungstee war ihm natürlich nicht entgangen.

Halt jetzt die Klappe, Molle.

»*Innere Ruhe* wäre gut, glaube ich«, presste ich gereizt hervor.

Molle öffnete den Mund, um weiter zu witzeln, als Danner ihn mit einem Blick zum Schweigen brachte.

Murrend goss Molle den Tee auf.

Großartig. Wenn ich jetzt schon vor Molles Witzen beschützt werden musste, hatten ja alle begriffen, dass ich ein nervliches Wrack war.

Dabei wusste Molle gar nicht, dass meine Großkotzigkeit nur Fassade war.

Niemand wusste es!

Ich hatte es sogar fertiggebracht, es selbst zu verdrängen.

Bis neulich blöderweise ein Messer in meiner Hand gesteckt hatte. Ein idiotischer Ausrutscher, ein klitzekleiner Rückfall – den Danner dummerweise gesehen hatte. Dabei hatte ich eigentlich schon mit fünfzehn mit dem Ritzen aufgehört.

Irgendwo in meinem Hinterkopf meldete sich eine imaginäre Stimme, die ärgerlicherweise wie Danner klang: *Ungelogen?* Okay, das war optimistisch geschätzt gewesen. Ganz bleiben lassen hatte ich den Scheiß wahrscheinlich doch erst mit achtzehn …

Denk dran, dass ich das nachprüfen kann.

Halt die Fresse! Auf alle Fälle habe ich nicht mehr geritzt, seit ich in Bochum bin, zufrieden? Das war immerhin seit einem Dreivierteljahr.

Die Tasse *Innere Ruhe*, die Molle mir auf die Theke schob, lenkte mich glücklicherweise von den Stimmen in meinem Kopf ab.

Hastig griff ich nach dem dampfenden Becher.

Danner tat, als hätte er es nicht bemerkt.

Oder bildete ich mir auch das nur ein? Kam es mir nur vor, als würde er mich wie ein rohes Ei, das einen Knacks bekommen hatte, behandeln? Während er sich in Wahrheit wie immer benahm?

»Om«, flüsterte meine Yoga-Vision.

Ein Glück, dass ich ab morgen in Stascheks Privatleben herumschnüffeln konnte und mich nicht länger mit meinem eigenen beschäftigen musste.

Montag, 23. Juni, 5:00 Uhr

Der Wecker klingelt im Schlafzimmer!
Schnell ausschalten.
Dann wieder zurück in die Küche. Es bleibt nicht viel Zeit zum Aufräumen und Frühstückmachen.
Das Päckchen Katzenfutter steht auf der Spüle. Pute in heller Soße. Im Gegensatz zu den stinkenden Dosen sind die portionsweise eingeschweißten Beutel eine saubere Angelegenheit. Schnell die Packung auf die Fleischschnipsel im Napf gekippt und umgerührt.
Erledigt.
Und jetzt aufräumen.
Alles muss weg! Die Einweghandschuhe, die Schürze, die Plastiküberzieher für die Schuhe. Die Strumpfhose. Der Rock. Das ist ein hygienisches Desaster!
Zumindest beim Aufräumen dürfen jetzt keine Fehler mehr passieren.

2.

Du kannst dich nicht verstecken! Wir sehen dich! Alle sehen dich!

Ich reiße die Arme vors Gesicht, versuche, mich vor dem grellen Licht zu schützen. Dabei entdecke ich die Flüssigkeit an meinen Händen. Dunkelrot. Warm und klebrig.

Das Blut läuft über meine Arme, tropft von meinen Fingern. Ich entdeckte die Schnitte an meinen Unterarmen und bin erleichtert, als ich schläfrig werde, weil das Licht aufhört zu blenden.

Zu spät bemerke ich den Schatten, der es verdeckt. Die harten Konturen des Kiefers, der gespannte Nacken, die Fäuste jagen eine Überdosis Adrenalin in meinen Körper.

Schlagartig bin ich wieder wach.

Mein Gegner öffnet den Mund. Doch heraus kommt nur das Tröten einer – Autohupe?!

Ich fuhr hoch.

Einen Augenblick lang suchte ich nach dem Blut, bis mein Blick auf die dünne Bettdecke fiel, in der sich meine Beine verheddert hatten.

Ein Albtraum. Mal wieder.

Unser Schlafzimmerfenster stand offen. In unserer Dachwohnung mit den teilweise schrägen Wänden war es jetzt im Sommer auch nachts ziemlich warm.

Die Motorengeräusche des Autos, dessen Hupe mich geweckt hatte, rückten wieder in die Ferne.

Doch mein Herz pochte weiter.

Verdammt! Die Gespenster meiner Vergangenheit spukten erneut kettenrasselnd durch meine Träume. Dabei hatten sie mich monatelang in Ruhe gelassen. Doch jetzt gelang es mir einfach nicht, sie in einer düsteren Ecke meines Unterbewusstseins wegzusperren.

Ich rieb mir die Stirn.

Danner schlief. Neben mir. Auf dem Rücken.

Sein Anblick lenkte mich ab. Ich betrachtete seine kräftige, raue Hand neben seiner stoppeligen Wange. Seine Unterarmmuskeln. Die Konturen seines Brustkorbs zeichneten sich unter der nackten Haut ab, wenn er einatmete.

Interessanterweise sah ich nicht nur den unrasierten Schnüffler, mit dem ich schlief, sondern auch den süßen Rotzlöffel mit den blonden Locken, der er früher einmal gewesen war. Der daumennuckelnd schlummerte, während seine Mutter sich aus der Wohnung schlich, um Zeitungen zuzustellen. Oder was auch immer sie gerade getan hatte, um das Geld zu verdienen, das ihr alkoholkranker Mann versoff.

Ich widerstand dem Impuls, mit den Fingern den Haarstreifen entlangzufahren, der Danners Brustbehaarung nach unten fortsetzte, eine dunkle Linie, die seine Bauchmuskulatur teilte.

Stattdessen stieg ich vorsichtig aus dem Bett und sammelte meine Jeans und ein ärmelloses, schwarzes Shirt vom Fußboden.

Ich hatte einen Auftrag.

Und weil ich Danner nicht am Arsch kleben haben wollte wie das Gummibärchen, auf dem ich versehentlich eingeschlafen war, musste ich die Wohnung verlassen, bevor er aufwachte. So leise wie möglich kramte ich den Autoschlüssel aus Danners auf dem Teppich liegender Jogginghose. Das kaum hörbare Klimpern veranlasste ihn, sich murrend auf die Seite zu rollen.

Sein Unterbewusstsein registrierte, wenn sich der Schlüssel unseres nachtschwarzen Triumph Spitfire Roadster von ihm entfernte, schlussfolgerte ich belustigt.

Ich wartete, bis er wieder gleichmäßig atmete. Dann schlich ich mich aus dem Schlafzimmer.

Minuten später lenkte ich den schnittigen, schwarzen Oldtimer auf den Südring. Mittlerweile hatte ich mich an das Fehlen überflüssiger Errungenschaften der Automobilindustrie wie Servolenkung, Bremskraftverstärker, elektrischer Fensterheber oder einer Heizung gewöhnt.

Der Fahrtwind, der durch das heruntergekurbelte Seitenfenster hereinströmte, ließ eine Gänsehaut auf meinen nackten Armen kribbeln und zerrte an meinen kinnlangen Haarfransen.

Meine Fahrt endete allerdings schon nach wenigen Minuten im Halteverbot vor dem Bochumer Polizeipräsidium. Der alte, braune Backsteinbau war irgendwann durch einen moderneren Bürotrakt ergänzt worden. Ein gläserner Gang flickte Neubau und Altbau zusammen. So war die Dienststelle unabsichtlich zeitgemäß gestaltet geworden: ein Patchworkbau, sozusagen. Über der Glasverbindung erhob sich der stählerne Förderturm des Bergbaumuseums wie ein modernes Kunstwerk in den strahlendblauen Sommermorgen.

Komisch, mir war noch nie aufgefallen, wie kitschig das

aussah. Bevor die Gefühlsduselei schlimmer werden konnte, schnappte ich schnell Molles geblümten Einkaufskorb vom Beifahrersitz.

Schade, dass mir das verdutzte Gesicht des Dicken vor dem leeren Backofen entging, aus dem ich ihm die frisch aufgebackenen Brötchen gemopst hatte. Belegt hatte ich sie mit übrig gebliebenen Frikadellen und ausreichend Senf.

Der Hof des Präsidiums war mit Baggern, Containern und Baumaschinen vollgestellt. Es dauerte einen Moment, bis ich durch ein Labyrinth aus rot-weißen Flatterbandabsperrungen den Weg zum Eingang fand.

Ohne Danner war es schwieriger, zum Kriminalkommissariat 11 – besser bekannt als die Mordkommission – vorzudringen. Danner wurde gern durchgewinkt, als hätte niemand mitbekommen, dass er seinen Dienstausweis schon vor über zehn Jahren abgegeben hatte. Heute vergewisserte sich der Beamte an der Pforte hingegen erst telefonisch, ob Staschek auch wirklich gewillt war, mich zu empfangen.

Im Innern des Präsidiums musste ich mich neu orientieren, denn das Treppenhaus, das normalerweise zum Kriminalkommissariat 11 führte, war ebenfalls abgesperrt. Soweit ich erkennen konnte, wurde es möglicherweise abgerissen: Eine dröhnende Schlagbohrung ließ das gesamte Untergeschoss vibrieren, eine Staubwolke rieselte auf die Stufen herab.

Nach einigem Suchen entdeckte ich einen mit Edding auf ein Blatt Kopierpapier gekritzelten Hinweis, der mit Tesafilm befestigt am Geländer der Kellertreppe pappte: *KK 11.* Daneben zeigte ein Pfeil senkrecht nach unten. In den Keller, einen stillgelegten Stollen, Richtung Erdmittelpunkt oder direkt in die Hölle.

Na gut.

Ich folgte den Stufen hinab in das flimmernde Neonlicht der Katakomben. Die Türen bestanden hier aus braun gestrichenem Stahl und rumsten laut, wenn sie zufielen. Die großen Bodenfliesen waren schmutzfreundlich gesprenkelt.

Ein Hausmeister versuchte gerade, den kahlen Keller wohnlicher zu machen, indem er stressreduzierende Großaufnahmen von fließenden Gewässern an den Wänden platzierte.

Mehrere Beamte hechteten aus einem der hinteren Räume. Ihre Schritte hallten den Flur entlang, wurden von den leeren Wänden zurückgeworfen und erzeugten ein immer lauter werdendes Echo. So ähnlich musste das auch in Jim Knopfs *Tal der Dämmerung* passiert sein. War das nicht am Ende eingestürzt?

Die Meute strömte um einen in der Flurmitte platzierten Pappaufsteller herum auf mich zu. *KK 11,* las ich auf dem Schild, das aussah, als hätte Staschek es sich am Kiosk um die Ecke ausgeliehen, bis irgendwann eine ordentliche Beschilderung den Eingang zur neuen Mordkommission kenntlich machte.

Anscheinend war die Frühbesprechung gerade zu Ende, die Polizisten eilten an mir vorbei.

Ein paar Gesichter kannte ich: Karl-Konrad ›Kalle‹ Mahlmann erreichte die Treppe als Erster. Der Typ hatte mit seinen derben Sprüchen noch keine Sympathiepunkte bei mir sammeln können. Ihm folgte Kriminalkommissarin Katrin ›Schnabelnase‹ Wegner, eine hochaufgeschossene Brünette, die meist auf allen vieren hinter der Polizeipräsidentin herkroch.

Immer mehr Leute verließen fluchtartig die Katakomben. Der Keller beherbergte überraschend viel Personal. Offenbar hatte Staschek wegen des brisanten Mordfalls eine Personalaufstockung genehmigt bekommen.

KK Wegner verlangsamte ihre Schritte und musterte mich unerfreut. Wir waren uns erst vor Kurzem bei den Ermittlungen um einen ermordeten VfL-Kicker in die Quere gekommen.

»Na, hopp! Such!«, wedelte ich sie weiter in Richtung Treppe.

Vor mir tauchte Herta mit drei Akten unter dem Arm auf. Die moppelige Innendienstmitarbeiterin mit den violetten

Kringellocken winkte mir zu, als sie mich vor dem mitten im Flur stehenden Schild entdeckte.

Hertas Kringellöckchen ergossen sich wie eine Fontäne über ihren Kopf. Ihre brombeerfarbene Schlaghose und die Pumps schummelten die X-Form ihrer Beine weg.

»Willkommen in unserem luxuriösen Feriendomizil«, begrüßte mich die Beamtin. Sie schaukelte mit wiegenden Schritten auf mich zu, wobei das Klackern ihrer Absätze erneut ein beängstigendes Echo erzeugte.

Ich strich Herta von der imaginären Liste potenzieller Chefkommissar-Büroaffären, die ich noch gar nicht erstellt hatte. Ich konnte mir einfach nicht vorstellen, dass Staschek Herta auf seinem Schreibtisch bumste. Da kam sie mit ihrer künstlichen Hüfte gar nicht drauf.

»Hier unten werden wir voraussichtlich die nächsten vier bis zehn Jahre verweilen«, klärte mich Herta auf. »Denn so lange werden Planungsfehler, Baustopps und die Brandschutzrichtlinien die Modernisierung unseres Traktes in die Länge ziehen.«

»Ach so, ich dachte schon, die wollen einfach nur alles abreißen«, witzelte ich.

»Pssst!«, zischte Herta. »Verschrei es nicht. Grund für den plötzlichen Renovierungseifer ist angeblich ein Asbestverdacht. Chefchen sitzt jetzt übrigens hinten links in der Ecke – im ehemaligen Putzmittellager«, sagte sie dann und deutete vage in Richtung Flurende. »Im Moment ist er aber wohl gerade im Aktenarchiv – ähm, in unserem neuen Besprechungsraum, wollte ich natürlich sagen. Komm.« Weil ihre Arme mit Akten beladen waren, tickte sie kurzerhand ihre Hüfte gegen meine. »Wo steckt deine leckere Hälfte?«

Als rheinische Frohnatur zählte für Herta Körperkontakt zu den selbstverständlichen Mitteln der Kommunikation. Ich hingegen konnte gerade noch verhindern, dass mich ihr unerwarteter Rempler aus dem Gleichgewicht brachte.

»Hab ich vernascht.«

Herta seufzte, nicht ganz ernst gemeint. »Hinten rechts.

Guck einfach mal rein.« Sie zeigte auf die letzte, braun gestrichene Kellertür. Dann versuchte sie erfolglos mit dem Ellenbogen die Klinke der Tür herunterzudrücken, vor der sie stehen geblieben war.

Ich kam ihr zu Hilfe.

»Danke dir.«

Im Vorbeigehen drückte sie mir einen brombeerfarbenen Kuss auf die Wange. Ich ließ die Tür los und sie krachte hinter Herta zu.

Schreibdienst, las ich auf einem mit Tesafilm neben der Tür befestigten, gelben Zettelchen. Als ich es hochhob, stand auf dem unscheinbaren Plastikschild darunter *Wäschelager.*

Bizarr.

Na schön, wer kommt realistisch betrachtet denn überhaupt als Affäre des feschen Ersten Kriminalhauptkommissars infrage?, überlegte ich, während ich mit Molles Einkaufskorb über dem Arm in die von Herta gewiesene Richtung schlenderte.

KK Wegner kam mir in den Sinn. Immerhin trug sie das Haar neuerdings im angesagten, wenn auch leicht größenwahnsinnigen Polizeipräsidentinnenlook. Ihr Gesicht mit der auffälligen Nase und dem starren Blick erinnerte trotzdem immer irgendwie an einen Raubvogel auf der Suche nach Beute. Und ihr Faible für Stiefel, die aussahen, als wollte sie auf einem Pferd zum nächsten Einsatz reiten, ließ mich boshaft eine Vorliebe für Peitsche und Sporen unterstellen.

Die Tür zum ehemaligen Archiv stand offen, die Stimmen im Innenraum lenkten meine Aufmerksamkeit prompt hinein.

Inzwischen war außer mir niemand mehr im Flur, alles war still und ich konnte Staschecks Schnurren Marke ›Unterm-Kinn-gekraulter-Kater‹ identifizieren. Sollte für ihn je eine berufliche Neuorientierung notwendig werden, qualifizierte ihn seine Stimme problemlos für eine Callcenter-Tätigkeit im Bereich Versicherungsverkauf für Haustiere, unnütze Umfragen oder Telefonsex.

Der war garantiert nicht allein im Raum, sonst wäre das Schnurren ja überflüssig.

Ich schlich mich an die Stahltür heran, die ein untergeschobener Holzkeil am Zufallen hinderte. Glücklicherweise trug ich meine ausgelatschten Sneakers. Hertas klackernde Absätze oder Schnabelnases Reitstiefel hätten das Anschleichen vermutlich erschwert.

Ich linste ins Exarchiv. Der Raum war ockergelb gestrichen und genau wie der Flur mit den unempfindlichen Fliesen ausgelegt. Beleuchtet wurde er durch Neonröhren, die in vergitterten Kästen unter der Decke flimmerten. Mehrere Stuhlreihen erinnerten an den Klassenraum einer Grundschule. Hinter dem Lehrerpult hingen Fotos und Zettel an einer Magnettafel. Vor den schmalen Oberlichtern versperrte ein Bagger den Sonnenstrahlen den Weg in die Unterwelt.

Im Mittelgang zwischen den Stuhlreihen stand Staschek mit einer fremden Frau, von der ich leider nur die Rückseite sehen konnte. Doch die machte was her: Ein dicker, dunkler Zopf baumelte ihren schmalen Rücken hinab und endete knapp oberhalb eines der seltenen Hinterteile, für die Stretchjeans von Vorteil waren. Ihre Stiefeletten besaßen einen zwar kleinen, aber immerhin vorhandenen Absatz und ihre Frisur katapultierte sie prompt an die Spitze meiner übersichtlichen Liste williger Büroschnecken.

Staschecks Frau Verena trug nämlich ebenfalls einen hüftlangen, dunklen Zopf – die Fremde fiel eindeutig in sein Beuteschema.

Wobei der Begriff ›Staschecks Beuteschema‹ ein recht dehnbarer war, da unser Kripo-Chef sogar Herta, mich und die kratzbürstige Sieglinde von der Spurensicherung ausdauernd anflirtete.

Der Erste Kriminalhauptkommissar war jedenfalls ein Leckerli, das konnte auch die Unbekannte unmöglich übersehen: Groß, gertenschlank und in leitender Tätigkeit verbeamtet, passte er selbst eigentlich in jedes Beuteschema. Die ersten Fältchen im schmalen Gesicht und ein wenig Grau an den Schläfen seines gepflegten, kastanienfarbenen Haares ließen ihn nur attraktiver wirken. Seine Samtstimme und seine warmen Hundeaugen taten ihr Übriges. Außerdem hatte er Stil. Die Farbe seines leichten Pullovers war perfekt abgestimmt auf das Kastanienbraun seiner Augen und Haare. In diesem unbeobachteten Moment verblüffte mich einmal mehr, wie ähnlich er Lena sah.

Ach ja. Lena. Ich erinnerte mich an meine Auftraggeberin und überlegte, ob ich Staschcks Schnurren als Indiz in einer Ermittlungsakte vermerken sollte. Zumindest würde ich den Namen der Unbekannten in Erfahrung bringen müssen. Das dürfte zu schaffen sein.

Unbemerkt zog ich mich zurück und eilte den Flur wieder hinunter zu der Tür mit dem *Schreibdienst*-Klebchen.

Ohne zu klopfen, trat ich ein.

Auch dieser Raum versprühte Kellerambiente. Allerdings sah Herta zumindest Tageslicht, denn eines der schmalen Oberlichter war durch ein echtes Fenster ausgetauscht worden. Im Lichtschacht führte eine verzinkte Leiter als Fluchtweg aufwärts.

Drei Schreibtische mit Computer standen im Raum, die Drucker auf beweglichen Rollcontainern. Ein riesiger Kopierer parkte an der hinteren Wand neben einer alten – Waschmaschine?

Herta sah auf, als ich in den Raum schlüpfte.

»Sag mal«, kam ich ohne Umschweife zum Punkt, »wer ist die Frau mit dem Zopf?«

Herta sog die Wangen nach innen: »Blöd, dass du für die Konkurrenz arbeitest. Hab ich schon immer gesagt.«

»Spuck es aus, Herta.«

»Das ist unsere neue Profilerin.« Herta ließ das Wort einen Augenblick lang wirken. »Lätizia von Bimburg.«

Aha?

»Ganz so neu ist sie aber dann doch nicht«, informierte mich Herta weiter. »Eigentlich ist sie psychologische Beraterin bei den Kollegen von der Sitte. Aber die Kommandantin fand es schick, bei so einem brisanten Fall eine Profilerin vorweisen zu können, und hat sie – na, abkommandiert eben.«

»Kommandantin?«

»Na, unsere erste Vorsitzende, unsere Präsidentin, die Herrscherin unserer kleinen, unterirdischen Welt.« Hertas Lockenfontäne wippte, als sie mit dem Kopf wackelte.

Die Polizeipräsidentin. Bisher hatte ich nur von ihrem vielsagenden Spitznamen ›die Schlampe‹ Kenntnis genommen. Aber Hertas ›Kommandantin‹ gefiel mir ebenfalls.

»Wenn es gut läuft, darf Lätizia bestimmt öfter die Mordkommission verstärken«, prognostizierte Herta. »Chefchen hätte nichts dagegen einzuwenden, schätze ich.«

Um das festzustellen, benötigte Herta kein Psychologiestudium.

Als ich kurz darauf zum zweiten Mal in den Besprechungsraum spähte, verabschiedete sich Lätizia gerade von Staschek. Einen Moment später drehte sie sich schwungvoll um.

Von vorn wirkte sie nicht ganz so jugendlich wie von hinten. Wahrscheinlich war sie über vierzig – aber eine Erscheinung, die Staschek Schnurren rechtfertigte. Mit tiefgründigen, ozeanblauen Augen, vollen Lippen, hohen Wangen und dem dunklen Zopf ähnelte sie einer normalgewichtigen Angelina Jolie.

Sie streifte mich mit einem ozeantiefen Blick, als sie den Kellerraum verließ. Ein Psychologinnenblick. Obwohl mein neues professionelles Privatdetektivinnen-Outfit mit kinnlangem Blondschopf, dunklem Shirt, Jeans und Turnschuhen betont unauffällig war, würde sich Lätizia von Bimburg ziemlich sicher auch morgen noch an mich erinnern.

Egal.

Mit Molles Einkaufskorb über dem Arm streunte ich ins Exarchiv.

»Zeit fürs Frühstück, Lenny.«

Staschek stellte sein Schnurren abrupt ab. »Was willst du?«

»Meinen Lieblingskommissar vorm Verhungern bewahren natürlich«, flötete ich unbeirrt, platzierte meinen Korb auf dem Tisch vor der Magnettafel und meinen Hintern daneben.

Ich baumelte mit den Beinen, während ich das Handtuch hochhob und damit den Frikadellenduft in Staschecks Richtung wedelte. Schon aus Gewohnheit betrachtete ich dabei die Fotos und Skizzen hinter Staschek.

Das Bild eines attraktiven Typen mit dunklen Locken war umgeben von mehreren Frauenporträts. Neben den Bildern hingen Notizzettel.

»Wenn du hier bist, weil du glaubst, ich würde dir was Spannenderes über den Fall erzählen, als in den Zeitungen steht, war der Weg umsonst.« Staschek trat zwischen mich und die Magnetwand und versperrte mir die Sicht.

»Ich mach mir nur Sorgen um dich, Lenny.« Schmollend schob ich die Unterlippe vor. »Du lässt dich nicht mehr in der Kneipe blicken, deshalb dachte ich, du musst doch mal Hunger haben. Also auf echtes Essen.«

Ich angelte eine Frühstücksfrikadelle aus dem Korb und lockte den Kommissar mit dem Brötchen auf mich zu. Seine misstrauische Miene erinnerte an den störrischen Ziegenbock im Streichelzoo. »Oder ist es Verena endlich gelungen, einen Pflanzenfresser aus dir zu machen?«

Nee. Dass aus Staschek niemals ein Müsli werden würde, verriet mir sein gieriger Griff nach dem hingehaltenen Brötchen. Dass seine Frau ihn seit Jahren vegetarisch bekochte, trieb Staschek dazu, sich Steak, Schnitzel und Currywurst woanders zu besorgen. Im Untergrund sozusagen. Genauer gesagt: bei Molle.

Deshalb hing Staschecks Leben – wie das von Danner und mir – gewöhnlich von Molles Gutmütigkeit ab. Ohne Mama Molle wären wir alle zumindest deutlich schlanker.

Der Frikadellengeruch aus meinem Korb siegte zuverlässig über Staschecks Misstrauen. Er stopfte sich das Fleischbrötchen in einem Stück in den Mund, als wäre er seit Tagen ohne Nahrung in der Wüste unterwegs gewesen.

»Ach, nee«, fiel mir ein, »zu Hause lässt du dich im Moment ja nicht blicken, sagt Lena.«

Staschek blieb der Fleischklops im Hals stecken.

»Du hast mit Lena geredet?«, hustete er erschrocken.

Schlechtes Gewissen wegen der Backpfeife, Super-Papa?

»Stell dir vor«, nickte ich eifrig. »Neben SMS, Facebook und Skype existiert dieser Weg, sich mitzuteilen, tatsächlich noch. Irre, nicht wahr?«

Argwöhnisch ließ Staschek den Brötchenrest sinken. »Und?«, hakte er nach, als ich schwieg.

»Was, und?« Ich ließ ihn aufatmen. »Sie meint, dass du ziemlich Stress mit dem toten Starkoch hast.« Mein Blick wanderte wieder zu den Fotos an der Wand.

»Ich hab gleich gewusst, dass du mich über den Fall ausquetschen willst!«

Jetzt schien Staschek darüber beinahe erleichtert. Er ließ mich ungehindert das Foto des dunkelgelockten Schönlings mit dem leicht schiefen Lächeln betrachten, während er die nächste Frikadelle herunterschlang.

Neben dem Porträt des Toten hing das Bild einer Frau, die ihre blonde Mähne im Stil niederländischer Moderatorinnen über eine Schulter geworfen trug und künstlich lächelte.

»Die Chefin kann jede Sekunde hereinmarschieren, wenn die mitbekommt, dass ich mit dir spreche …« Der Gedanke ließ Staschek schneller kauen.

Gestern noch ›die Schlampe‹, heute ›die Chefin‹ – na, wenn das kein gelungener Imagewandel war.

»Dann wird sie dich zweihundert Mal schreiben lassen: Ich darf den Schnüfflern keine internen Informationen verraten«, spekulierte ich. »Da würden mir auch die Knie zittern vor Angst.«

Staschek verdrehte die Augen.

»Einen mageren Mordkommissionschef wie dich verputzt deine Kommandantin auf einem Brötchen zum Frühstück.« Ich hopste vom Tisch und klopfte Staschek mitfühlend auf die Schulter.

Na bitte: Bambi-Papa funkelte mich böse an.

»Ich schau heute Mittag bei euch rein.« Er griff nach dem geflochtenen Henkel von Molles Korb. »Den bring ich dann mit.«

3.

Ein einsamer, dampfender Kaffeebecher stand neben der BILD-Zeitung auf der rot karierten Tischdecke und erfüllte die ganze Kneipe mit seinem Duft. Die altmodische Glocke über dem Eingang bimmelte, als das Türblatt sie streifte. Die Tür zur Küche stand offen. Geschirr klapperte.

Ich ließ mich an unserem Tisch vor der Theke nieder, zog Molles Becher zu mir heran und griff nach der Zeitung.

›Kochen mit Pfiff‹ wird eingestellt, titelte das Blatt. Seit Tagen gehörte Staschecks Fall die Seite 1.

Nach dem gewaltsamen Tod des bekannten Sternekochs Carlo Pfiffhofen ist nun entschieden: Die Rubrik ›Kochen mit Pfiff‹ wird es im Vorabendmagazin ›Smart‹ nicht mehr geben.

Das Foto zum Text zeigte einen durchtrainierten Mann mit dunklen Locken und fotogenem Lächeln in blütenweißer Küchenkluft. *Küchenprinz,* stand in Pink auf der Schürze, unter dem dezenteren Logo *Catering mit Pfiff.*

Der Publikumsliebling wurde am Donnerstagmorgen tot auf dem Parkplatz eines Bochumer Hotels gefunden. Der aus dem Fernsehen bekannte Sternekoch war an diesem Abend im nahe gelegenen Musicaltheater tätig, in dem seine Cateringfirma die Snackbar bewirtschaftet. Offenbar wollte Pfiffhofen gegen dreiundzwanzig Uhr den Heimweg über den Hotelparkplatz abkürzen.

»Wir gehen von einem Gewaltverbrechen aus«, bestätigte Polizeipräsidentin Klara Peters am Freitag. Einen Verdächtigen gibt es bisher nicht und auch zum Tathergang schweigt sich die Polizei aus. »Wir wollen dem Täter keine Anhaltspunkte über den Stand der Ermittlungen geben«, bittet die Polizeichefin um Verständnis.

Augenzeugen zufolge soll die Leiche des Gourmets grausam verstümmelt worden sein.

Für die Verlobte des attraktiven Küchenchefs, Amanda Andraschek, steht fest: »Das muss ein Irrer gewesen sein! Carlo hatte keine Feinde.«

»Ähem.«

Molles Räuspern ließ mich von der Zeitung aufblicken.

Der Wirt schepperte die Kaffeekanne auf den Tresen und stemmte die Hände in die Hüften. »Kannst du mir verraten, wer mir sechs Brötchen direkt aus dem Backofen geklaut hat?«

Ich klimperte erstaunt mit den Wimpern: »Berta natürlich.«

»Wer?«

»Unser Poltergeist«, erklärte ich so ernsthaft wie möglich. »Ist sie nachts noch nicht durch dein Schlafzimmer geschwebt?«

Molles blaue Augen blitzten hinter der halbmondförmigen Brille – etwa so bedrohlich, als würde Papa Schlumpf versuchen, mich des Diebstahls zu überführen.

»Du hast mich erwischt«, gestand ich reumütig. »Während du Kaffee gekocht hast, hab ich mir schnell alle reingestopft.«

Molle platzierte die Kanne auf der Zeitung und nahm mir seinen Kaffeebecher aus der Hand.

»Was immer du damit angestellt hast, du bewegst deinen Hintern zum Kiosk und besorgst neue.«

»In Lennys Haut will ich nicht stecken.«

Als ich mit einer duftenden Brötchentüte vom Kiosk zurückkehrte, hockte Danner auf meinem Platz hinter Kaffee und Zeitung. »Die Schlampe macht ihm bestimmt eine Szene wegen der schlechten Presse.«

Ich freute mich, dass zumindest Danner die Schlampe noch nicht zur Chefin befördert hatte. Ich ließ mich neben ihn auf den Stuhl fallen und registrierte den Teebeutel, der in seiner Tasse baumelte. Seit ihm nach dem Tod seines Vaters sein Alkoholkonsum beinahe außer Kontrolle geraten wäre, schien Danner Gefallen an Wasser mit Geschmack gefunden zu haben.

Molle balancierte ein mit Marmeladengläsern, Honig, Eiern, Wurst, Käse und Lachs vollgestelltes Tablett aus der Küche und ließ sich schnaufend am Tisch nieder. Danner teilte die Zeitung und reichte dem Dicken die Hälfte über seinen Tee hinweg.

Ich warf die Brötchentüte neben die Marmelade.

»Um Lenny brauchst du dir keine Sorgen zu machen«, sagte ich mit einem Kopfnicken in Richtung des Zeitungsberichtes. »Der hat eine Riesen-Soko.«

Von den Beamten im Kellerflur hätte Danner garantiert mehr Gesichter erkannt als ich. Obwohl er seit über zehn Jahren nicht mehr im Staatsdienst tätig war, wurde er immer noch zum Polizeiball eingeladen.

Hm. Dass er die Vornamen der meisten Menschen im Präsidium wusste, konnte ich bei meiner Betthasenjagd unmöglich ungenutzt lassen.

»Neuerdings hat er sogar eine echte Profilerin«, erwähnte ich beiläufig, während ich Kaffee in meine Tasse plätschern ließ. »Lätizia von Bomberg oder so.«

Noch bevor ich ihren Namen ganz ausgesprochen hatte, sah Danner mich an. Ich schnalzte mit der Zunge.

Erwischt.

Er wusste, dass er mir verraten hatte, dass er Lara Croft kannte, er versuchte gar nicht erst, sich hinter der Zeitung zu verstecken.

»Bimburg«, korrigierte er gedehnt, lehnte sich auf seinem Stuhl zurück und verschränkte die Arme vor der Brust. »Und woher weißt *du* das alles?«

»Insiderinfos.«

Molle kratzte sich den fettigen, grauen Haarkranz. »Ist das etwa *die* Lätizia ...?«

Ich konnte mein Glück kaum fassen.

Danners eisiger Blick brachte den Wirt zum Schweigen.

Zu spät.

Grinsend verschränkte ich ebenfalls die Arme.

Molle hingegen war die plötzliche Spannung sichtlich unangenehm, er rutschte unruhig auf seinem Sitz hin und her.

Danner klimperte mit den Fingern auf seinem Bizeps, wodurch seine Unterarmmuskeln zu spielen begannen.

Ich machte auch das nach.

»Na schön! Ich war mit ihr im Bett!« Danner donnerte die Teetasse auf die Zeitung. Braune Flüssigkeit spritzte auf die Schürze des Chefkochs auf dem Foto. »War es das, was du hören wolltest?«

»Ein paar Details mehr dürfen es schon sein«, fand ich.

Danner fuhr sich genervt über die Glatze. »Boah, keine Ahnung. Irgendwann letztes Jahr, glaube ich, war sie ein- oder zweimal hier.«

Mein Blick wanderte zu Molle, der angestrengt in seinen Becher starrte.

»Herrgott, vielleicht auch dreimal, okay?«, explodierte Danner endgültig. »Aber dann war Schluss! Dann war immer Schluss! Und das war auch gut so, denn danach gibt's nur Stress!« Sein Stuhl polterte nach hinten, als er aufsprang.

»So wie mit mir und meinen unbequemen Fragen, schon klar!«, brüllte ich ihm nach. Doch da bimmelte die Kneipentür schon hinter ihm zu.

Molle rieb sich stöhnend durchs Gesicht.

Erstaunt sah ich auf, als die Glocke über dem Kneipeneingang gleich noch einmal klingelte.

Danner hatte meine letzten Worte offenbar gehört, denn er kam zielstrebig auf mich zu, zog mich auf die Füße und küsste mich.

»Und das ist jetzt positiver Stress, oder was?«, beschwerte sich Molle.

Ohne mich loszulassen, angelte Danner den Sportteil vom Frühstückstisch und schob ihn Molle unter die Nase.

4.

Ich verließ das Bett widerwillig und nur, weil Staschek zum Mittagessen auftauchen wollte.

Danner blieb träge liegen.

Umso besser, meldete sich die übereifrige Privatdetektivazubine in mir. Vielleicht konnte ich Lenny aushorchen, bevor Danner Molles Riesencurrywurst schnupperte.

Der Kommissar saß bereits vor einem gigantischen Haufen mundgerecht zerkleinerter Wurststücke, als ich in die Kneipe kam. Molle band ihm gerade noch sein Lätzchen um.

Molles zottelige Hündin Mücke hockte unter dem Tisch und lauerte darauf, dass etwas herunterfiel.

Ich küsste Staschek zur Begrüßung auf die babyarschglatt rasierte Wange. »Ich dachte schon, ich müsste dir in Zukunft Essen auf Rädern bestellen.«

Zu meiner Jeans hatte ich das lila Stretchshirt übergezogen, in dem ich normalerweise mit meinen Freundinnen in die Disco ging. Ein zugegebenermaßen billiger Trick, doch betont weibliche Kleidung erzeugte bei Staschek verlässlich eine unbewusste Bereitschaft, meine Fragen zu beantworten.

»Lieb von dir.«

Autsch.

Staschek hatte das beiläufig gesagt, doch mein Gewissen verpasste mir einen Tritt vors Schienbein. Ohne den Hintergedanken, ihn in Lenas Auftrag auszuspionieren, wäre ich wohl nicht auf die Idee gekommen, Staschek zu füttern.

Molle verschwand in der Küche, um mir ebenfalls eine Currywurst aufzutischen. Sein ungekämmter Hund hüpfte auf Danners Stuhl, um Staschek besser anstarren zu können. Doch der Kriminalkommissar widmete seine ganze Aufmerksamkeit dem Essen.

Mal sehen, ob er sich durch die Erwähnung der als Überstundengrund in Verdacht stehenden Lara Croft genauso leicht überführen ließ wie Danner.

»Ben hat übrigens deine neue Profilerin gebumst.«

»Interessant, dass du sie erwähnst.« Staschek kaute weiter, während er mein Gesicht musterte. »Soviel ich weiß, ist die Geschichte aber schon eine Weile her.«

Natürlich hielt er den Ball flach, schon aus Gewohnheit, um Danner Schwierigkeiten zu ersparen.

Ach, du hast rausgefunden, dass dein Macker die Mieze von der Sitte gepoppt hat? Aber doch allerhöchstens ein Mal. Ganz kurz. Und sturzbesoffen. Aus Versehen, sozusagen. Und außerdem ist es schon Jahrhunderte her. Und sie sieht aus, wie Winnie Puuhs moppelige Schwester. Kein Grund zur Sorge also.

Niedlich.

»Lätizia ist noch nicht über ihn hinweg«, verkündete der Kommissar in dem Moment ungerührt.

Und plötzlich war ich diejenige, die große Augen machte.

Molle kam mit einem Teller aus der Küche und schob mir die Currywurst unter die Nase, aber ich musste erst Staschek Worte verdauen.

Lara Croft war noch nicht über *meinen* Freund hinweg?

»Sie hat heute Morgen ebenfalls versucht, mich auszuquetschen.«

Einen Augenblick lang bildete ich mir ein, ein triumphierendes Funkeln in Stascheks Hundeaugen zu sehen.

»Wir hatten gerade über dich gesprochen, als du in der Tür standst.« Gespannt schaute er mich an.

»Die kennt mich doch gar nicht!«, fauchte ich. »Nun spuck schon aus, was sie wissen wollte.«

Staschek wirkte amüsiert: »Sie wundert sich, dass er dich nicht längst abserviert hat.«

Noch mal autsch.

Glücklicherweise wurde Stascheks Aufmerksamkeit von einem Stück Currywurst abgelenkt, das sich nicht aufspießen lassen wollte. Wie konnte jemand, dessen Appetit größer war als seine Neugier, eine Mordermittlung leiten?, ätzte die gehässige, kleine Punkerin mit den lila Haaren, die in meinem Kopf alles daran setzte, meine Rotzlöffel-Fassade wieder in die Senkrechte zu stemmen.

»Sie wollte wissen, was ausgerechnet an dir so außergewöhnlich ist«, fuhr Staschek fort.

Meine innere Punkerin ließ die Fassade zu Boden scheppern und machte Kulleraugen. Außergewöhnlich an mir war wohl höchstens, dass mich selbst meine Eltern nicht ausstehen konnten. Und zwar nicht erst, seit ich zum kiffenden Kind mit lila Haaren mutiert war, sondern bereits als ich noch eine niedliche, naturblonde Sechsjährige gewesen war, die zusammen mit ihrem großen Bruder vierhändig Klavier spielte.

»Außerdem wollte sie wissen, ob Ben noch regelmäßig im Stadtpark joggt.« Staschek zog vorsichtshalber den Kopf zwischen die Schultern. »Und ob seine Telefonnummer noch stimmt.«

Eine Stalkerin. Die Danner beim Joggen auflauerte. Und aussah wie Angelina Jolie.

»Wie schafft der Kerl das nur?« Staschek rammte die Gabel in die Currywurst. »Mir schickt der Anwalt meiner Ex heute noch Drohbriefe. Dabei hab ich sie immerhin geheiratet.«

Ich erinnerte mich daran, mal wieder Luft zu holen.

Eifersucht. Das Gefühl war noch immer so neu, dass ich bisher nicht herausgefunden hatte, wie ich damit umgehen konnte.

Mit mir war Danner zusammen. Nicht mit Lara Croft, nicht mit der Polizeipräsidentin und auch nicht mit der Bundeskanzlerin.

Doch immer, wenn mir bewusst wurde, mit was für erfolgreichen, gebildeten und attraktiven Frauen er vor mir im Bett gewesen war, stellte sich zwangsläufig die Frage, wie unsere Beziehung überhaupt hatte passieren können.

»Du lebst ja noch.« Danner schlurfte herein, schnappte Staschek ein Stück Wurst vom Teller und ließ es zu Boden fallen. Molles Hund stürzte sich mit fliegendem Fell hinterher und Danner sich ließ sich schnell auf den frei gewordenen Stuhl plumpsen. »Hast du deinen Mörder etwa geschnappt?«

Staschek winkte ab.

»Oder kommt deine Truppe nicht voran und braucht unsere Hilfe bei den Ermittlungen? Dann musst du aber ein paar Details ausspucken.«

»Vergiss es.«

»Komm schon, ich verkauf die Infos auch nicht an die WAZ. Zumindest nicht vor nächster Woche, da will Molle wieder Miete kassieren.« Danners Neugier war längst geweckt.

Molle erhob sich ächzend und verschwand noch einmal in der Küche.

»Was genau bedeutet zum Beispiel ›grausam verstümmelt‹?« Danner legte eine Hand auf die Zeitung. »Bein abgehackt und Gulasch draus gekocht?«

Staschek schob seinen mittlerweile leeren Teller zur Seite. »Offenbar hat der Mörder eine Trophäe mitgenommen«, erzählte der Kommissar dann tatsächlich.

»Eine Trophäe?« Ich ging mal davon aus, dass wir nicht über die Meisterschale der Fußballbundesliga sprachen.

»Serientäter nehmen manchmal etwas mit. Möglicherweise, um sich im Nachhinein besser an die Tat erinnern zu können. Ein Souvenir sozusagen«, klärte mich Staschek auf.

Wow. So wie die Serienkiller in den Blutrauschbüchern, die sich die Haushälterin meiner Eltern immer reingezogen hatte? Dienten da nicht vorzugsweise Augen oder Herz des Opfers als Souvenir? Wenn nicht etwas noch Perverseres wie die Gebärmutter, das ungeborene Kind oder – brrr – dessen Lieblingsteddy?

»Bringst du ihr eigentlich auch irgendwas bei, Ben?«, schnappte Staschek in der Zwischenzeit nach Danner.

»Stell dir vor, in letzter Zeit waren wir nicht hinter allzu vielen irren Serientätern her«, rempelte Danner bereitwillig zurück.

Na ja, die Realität beschränkte den Irrsinn wahrscheinlich.

Echte Mörder nahmen vermutlich eher mit einer Haarsträhne vorlieb. Oder schlimmstenfalls mit einem Finger.

Oder nicht?

»Dein Mörder hat echt ein Stück von der Leiche mitgehen lassen?«, wollte auch ich das jetzt genau wissen.

»Jedenfalls haben wir es am Tatort nicht gefunden«, wich Staschek geschmeidig aus.

»Dann läuft wirklich ein Psychopath durch Bochum?«, begriff ich und prompt kroch mir ein Schauer über die Arme, wie früher beim Lesen eines *Geisterjäger*-Groschenromans.

Molle, der sich mit Danners Teller in der Hand um den Tresen herumschob, horchte gleich auf: »Ist nicht wahr, oder?«

»Das ist genau das, was ich *nicht* in der Zeitung lesen möchte«, stöhnte Staschek.

»Welcher Teil der Leiche fehlt denn nun?«, ließ ich nicht locker.

»Tja …« Staschek räusperte sich. »Wie soll ich sagen?« Sein Blick wanderte an seinem eigenen Körper hinunter. Bis zum Reißverschluss seiner dunkelbraunen Jeans. »Das beste Stück?«

Wie bitte?

Danner schaltete prompt. »Du meinst …?« Er ließ Zeige- und Mittelfinger wie die Klingen einer Schere zusammenschnappen.

Staschek nickte mit einer Miene, als hätte er in eine nicht mehr ganz frische Zitrone gebissen. Danner verzog ebenfalls angewidert das Gesicht.

»Also doch kein Irrer«, schlussfolgerte ich prompt.

»Nein?« Danners Aufmerksamkeit hatte ich wieder. »Du findest das nicht psychopathisch?«

»Klingt doch, als könnte seine Frau mächtig sauer auf ihn gewesen sein«, fand ich.

»Und du schläfst gut neben ihr?«, erkundigte sich Staschek bei Danner.

»Aber Lila hat ja recht, es gibt doch wirklich eine Verlobte, oder?« Molle begann, in der Zeitung zu blättern. Ich erinnerte ich mich vage an den Artikel.

»Amanda Andraschek – das ist ein Künstlername«, bestätigte Staschek. »In Wirklichkeit heißt sie Mandy Andraschek, ist zweiundzwanzig und kommt aus einem Vorort von Dresden. Sie ist Aushilfsreporterin bei dem Vorabendmagazin, für das Pfiffhofen unter der Rubrik *Kochen mit Pfiff* unterwegs war. Mandy testet Wasserrutschen und so. Seit vier Monaten sind die beiden verlobt. Außerdem gibt es noch eine Exfrau und eine Exgeliebte samt unehelichem Kind.«

Ich setzte ein Gesicht auf, das »Siehste?« sagte.

»Wenn es so einfach wäre, hätten wir die Akte längst im Archiv versenkt.« Staschek tippte sich an die Stirn. »Der Exfrau und der Mutter des unehelichen Kindes hat Pfiffhofen brav Unterhalt gezahlt. Die hätten sich mit dem Mord selbst den Geldhahn zugedreht. Und dass die kaugummikauende Zweiundzwanzigjährige ihren Freund im Blutrausch kastriert hat, ist ebenfalls unwahrscheinlich.«

Nee, so ein niedliches Häschen macht so was Gemeines bestimmt nicht. Ich verschränkte die Arme vor der Brust und imitierte schmatzend ein Kaugummikauen.

Das Klingeln von Stascheks Handy unterbrach unser Gespräch.

Im nächsten Moment erhob sich der Kriminalkommissar bereits.

»Was?«, fluchte er in den Apparat. »Seid ihr sicher?«

Dass Handy noch am Ohr griff er nach seinem Sommermantel. »Ja, natürlich komme ich.«

Er schnappte zwei Pommes von meinem Teller und stopfte sie sich in den Mund, bevor er mit langen Schritten auf die Kneipentür zustürzte. Unter der bimmelnden Türglocke hielt er jedoch inne, als wäre ihm noch etwas eingefallen.

»Mit deiner Eifersuchtstheorie liegst du daneben«, rief er mir zu. »Es gibt eine zweite Leiche.«

5.

Das Mittagessen hatte zwar interessante Einblicke in Staschecks Arbeit gewährt, aber im Hinblick auf seine außerehelichen Aktivitäten war ich nicht schlauer als vorher.

Mir blieb nichts anderes übrig, als mich am Abend vor dem Polizeipräsidium auf die Lauer zu legen.

Am späten Nachmittag saß ich also auf einem Mauerrest, den der Bagger noch nicht platt gewalzt hatte, vor dem Präsidium in der Sonne. Keinen Meter hinter mir befand sich ein neu ausgebaggerter Schacht, aus dem eine verzinkte Leiter ragte. Ein weiterer, hastig angelegter Fluchtweg, um der Brandschutzordnung Genüge zu tun, wie in Hertas Wäschelager. Das neu eingesetzte Fenster war, im Gegensatz zu den schmalen Oberlichtern, so groß, dass man im Brandfall hinaussteigen und das Weite suchen konnte.

Von außen konnte ich außerdem ungehindert in den dahinterliegenden Raum sehen, weil die Hausmeister offenbar noch nicht daran gedacht hatten, die üblichen Lamellengardinen anzubringen. Hinter dem Fenster befand sich das ehemalige Putzmittellager – das neuerdings das Chefbüro der Mordkommission beherbergte.

Danners digitale Spiegelreflexkamera hatte ich wie zufällig neben mir auf der Mauer platziert. Auf dem Display sah ich Staschek an seinem Schreibtisch sitzen.

Mithilfe des 1.200-Euro-Teleobjektivs war ich in der Lage, die Nummernschilder weit entfernter Autos, den Schweißtropfen auf der Nase eines VfL-Stürmers oder das kleine, grüne Männchen auf dem Mond gestochen scharf heranzuzoomen.

Und natürlich auch die Fotos an der Wand hinter Staschek. Es waren die gleichen, die ich bereits im Besprechungszimmer betrachtet hatte. Sogar die Kritzeleien auf den Notizzetteln konnte ich entziffern.

Lena hatte als Alibi herhalten müssen, damit Danner keinen Verdacht schöpfte und mir obendrein noch seine heilige Spiegelreflex lieh: Mein aufmerksamer Freund glaubte, dass wir Bewerbungsfotos schossen.

Ich zoomte ein Foto im Display heran und betrachtete es in Ruhe: das Porträt vom toten Koch, kein Zweifel. Das Bild sah wie eine Autogrammkarte aus.

Beim Zappen im Vorabendprogramm hatte ich einige Male mitbekommen, wie die Damen, an deren Haustür Carlo Pfiffhofen überraschend klingelte, vor Glück in Ohnmacht gefallen waren. Als stünde ein Prinz samt weißem Pferd vor ihnen und nicht nur ein Koch mit einer Kamera im Nacken.

Ich hatte mich gefragt, ob es wirklich Zufall war, dass die zufällig ausgewählten ›Gastgeberinnen‹ seine kurze Rubrik in einem Vorabendmagazin im Regionalfernsehen kannten, die nicht einmal zur besten Sendezeit lief.

Jedenfalls hatte der Küchenprinz der entzückten Dame aus den Dosenravioli und einem Glas Rollmöpsen, das zufällig im Schrank stand, ein Drei-Gänge-Menü gezaubert und ihr anschließend bei Wein und Kerzenlicht tief in die Augen gesehen – vermutlich der einzige Grund, aus dem die Ladys den Gruselfraß in den höchsten Zwitschertönen lobten.

Auf einem Foto rechts von Pfiffhofen posierte Mandy Andraschek, die aktuelle Prinzessin des Möchtegernkönigssohns, langhaarig im kurzen Rock. Jemand hatte den Namen freundlicherweise in leserlichen Großbuchstaben unter das Bild geschrieben. Das war die verlobte Wasserrutschentesterin.

Ich fotografierte auch sie ab.

Auf Pfiffhofens anderer Seite klebte eine weitere Kandidatin für die Rolle der Prinzessin. Die dunklen Locken der Frau kräuselten sich über ihre Schultern und zum Rock trug sie kniehohe Stiefel.

Neben ihr hing ein Bild, von dem ich beinahe sicher sagen konnte, dass es heute Morgen noch nicht da gewesen war: das Porträt eines Babys mit wildem, dunklem Lockenkopf.

Pfiffhofen hatte ein Kind, das hatte Staschek doch erwähnt?!

Die Frau mit den Locken war dann wohl die Mutter. Leider konnte ich ihren Namen nicht entziffern, jemand mit einer ziemlich krakeligen Handschrift hatte ihn unter dem Foto notiert.

Ich lichtete den Zettel trotzdem ab.

Bei einer dritten Dame mit dekorativer, blonder Mähne tippte ich einfach mal auf die Exfrau.

Staschek gesenkter Kopf erschien im Fokus der Kamera. Mein Kriminalkommissar wälzte noch immer artig Akten. Deshalb ließ ich den Sucher weiterwandern und lichtete die Fotos auf der anderen Seite seines Kopfes ab. Allein die Färbung verriet mir, dass das Bilder eines Tatorts sein mussten: ein menschlicher Körper lag auf einem hellen Untergrund, zu dem das dunkle Rot einen scharfen Kontrast bildete. Details konnte ich nicht erkennen.

Dann tauchte ein weiteres Porträt auf dem Display auf.

Erstaunlicherweise sah auch dieses Bild wie eine Autogrammkarte aus. Die blonden Strähnchen, die sich der junge Typ in die hochgegelte Haartolle hatte färben lassen, ließen ihn flippig wirken. Das Bild hing neben den Tatortfotos.

Das musste die zweite Leiche sein!

Ich drückte wieder den Auslöser.

Meine Gedanken rotierten.

Der zweite Mann war eher blond, nicht dunkelhaarig wie der Koch – aber zweifellos attraktiv. Und wenn es sich bei dem Foto tatsächlich um eine Autogrammkarte handelte, dann war er möglicherweise sogar ebenfalls auf irgendeine Art bekannt.

Der gleiche Typ Mann?

Ein Schauer kribbelte meine nackten Arme hinauf. Ermordete ein Irrer attraktive, erfolgreiche Typen?

Ein Prinzenjäger sozusagen?

Ein Psychopath?

Hier?

Unwillkürlich sah ich mich um.

Der Baulärm war längst verstummt. Der Förderturm des Bergbaumuseums warf seinen langen Schatten auf die Bagger auf dem Präsidiumsparkplatz.

Als mein Blick das Display der noch immer in Staschecks Büro gerichteten Kamera streifte, zuckte ich erschrocken zusammen.

Ein Rücken hatte sich ins Bild geschoben und versperrte mir die Sicht auf den Schreibtisch. Weil ich die Fotos an der Wand maximal vergrößert hatte, sah ich jetzt nur ein silbergraues Jackett. Ein tailliertes, silbergraues Jackett.

Hastig verstellte ich den Zoom.

Im Jackett steckte ein gerade aufgerichteter Rücken. Das wohlgeformte Gesäß darunter hatte auf der Akte vor Staschek Platz genommen – so selbstverständlich, wie ich das gewöhnlich tat. Nur dass ich meine Turnschuhe noch auf dem Obduktionsbericht platzierte, während die Polizeipräsidentin ihre perfekt geformten Beine elegant übereinandergeschlagen hielt.

Ich blinzelte hektisch.

Klara Peters. Die Schlampe, die Kommandantin, die Polizeipräsidentin herself.

Staschek und die Polizeipräsidentin?

Konnte nicht sein!

Gebannt starrte ich auf das Kameradisplay. Staschek rückte samt Chefsessel von der Frau weg.

Ich atmete auf.

Na also.

Staschek nickte artig, als sie etwas zu ihm sagte. Sie machte eine Geste mit der Hand, die mich an den Peitschenknall eines Zirkusdirektors denken ließ – und Staschek nickte schneller.

Zufrieden stand sie auf und zupfte ihr Röckchen zurecht.

Als Staschecks Blick auf ihren Po wanderte, drückte ich reflexartig den Auslöser der Kamera.

6.

Als ich gegen halb acht die Treppe zu unserer Wohnung hinaufstapfte, spielte ich in der Hosentasche unentschlossen mit der Speicherkarte aus der Kamera.

Um kurz nach sieben hatte Staschek das Büro verlassen und war nach Hause in die Doppelhaushälfte zu seiner Frau Verena gefahren, ohne der Polizeipräsidentin noch einmal zu begegnen. Das war sicher, ich war ihm nämlich mit unserem Oldtimer gefolgt – außer Sichtweite, weil der Wagen für eine unauffällige Observierung etwa so geeignet war wie der Leiterwagen der Feuerwehr. Immerhin hatte ich Staschek noch im Haus verschwinden sehen, pünktlich um sieben saß er artig am Abendbrottisch.

Bis auf den blöden Blick auf den Polizeipräsidentinnenarsch hatte er sich heute nichts zuschulden kommen lassen. Entgegen meiner Absicht, Beweise für seine Unschuld zu finden, lieferte er mir ein Foto, bei dem ihm der Sabber am Kinn herunterlief, dieser kleinhirngesteuerte Lurch!

War das nur ein männlicher Reflex nach dem Pawlowschen Prinzip? Ausgelöst durch jahrzehntelange Konditionierung auf den Schlüsselreiz ›Knackiger-Arsch-im-kurzen-Rock‹?

Hoffentlich.

An alles andere wollte ich nicht denken.

Außerdem war Klara, die Schlampe, ungefähr so viele Nummern zu groß für Staschek wie Danners Sportshirt.

Eine Affäre mit der Chefin konnte ihn doch leicht den Kopf kosten, zumindest beruflich. Okay, manche Menschen standen ja auf so ein Risiko …

Neeeee!

Ich hielt inne.

Ich war vor unserer Wohnungstür angekommen. Drinnen hörte ich Stimmen.

Danners brummiger Ton, der immer irgendwie nach schlechter Laune klang, war unverkennbar. Er sprach mit einem Mann mit einer höheren, nasalen Stimme. Klang, als wäre Kermit der Frosch zu Besuch.

Dabei hatte ich gehofft, die Speicherkarte der Kamera an einem Ort verstauen zu können, an dem sie meinem Freund nicht bei der erstbesten Gelegenheit in die neugierigen Finger fiel. In der Tupperdose im Badezimmer, in der ich meine Tampons aufbewahrte, zum Beispiel. Oder im Karton der noch originalverpackten Salatschleuder, die ich neulich im Hängeschrank in der Küche entdeckt hatte.

Tja, war wohl nichts. James Bond würde die Speicherkarte jetzt vermutlich verschlucken. Ich wählte die nicht ganz so sichere Methode und ließ sie in der Hosentasche, kramte stattdessen meinen Schlüssel heraus und öffnete laut klimpernd die Wohnungstür.

Überrascht blieb ich stehen.

Durch die Tür trat ich direkt in unser Wohnzimmer, das gleichzeitig als Büro unserer Detektei herhalten musste und neben Sofa und Fernseher auch einen klapprigen Schreibtisch mit PC, Drucker, Kopierer und ein mit Akten überfrachtetes Regal beherbergte.

Der Mülleimer unter dem Schreibtisch sah aus, als hätte er sich an zerknüllten Zetteln verschluckt und dann übergeben. Die zahlreichen leeren Bierflaschen, die auf dem Couchtisch die Sicht zum Fernseher versperrt hatten, seit Danner mit ihrer Hilfe versucht hatte, das Sterben seines Vaters zu verdrängen, drängelten sich jetzt hinter dem Flachbildmonitor des PCs. Offenbar hatte Danner auf die Schnelle versucht, Ordnung zu schaffen.

Erfolglos, denn der Mann in dem eleganten, anthrazitfarbenen Businessanzug, dessen knochiges Hinterteil von den durchgesessenen Polstern unseres grauen Sofas verschlungen wurde, hatte offensichtlich einen Blick für schlecht versteckte Schmuddelecken. Seine unruhigen Augen flitzten vom leeren Pizzakarton, der unter dem Sessel hervorlugte, zu meinem über die Lehne geworfenen Sport-BH, zur auf der Deckenlampe anwachsenden Staubschicht, während er, um eine bequemere Sitzposition bemüht, die Beine übereinanderschlug. Sein Hosenbein rutschte hoch und verriet, dass er seine Socken farblich abgestimmt auf das recht gewagte Orangerot seiner Krawatte trug.

Ich schloss energisch die Wohnungstür hinter mir und lenkte seine Aufmerksamkeit so auf mich.

Froh über die Gelegenheit, sich aus dem gefräßigen Sofa zu befreien, sprang der Anzugträger auf.

»Meine Partnerin«, Danner erhob sich ebenfalls, »Lila Ziegler.«

Der Fremde streckte mir eine Hand entgegen, die besser gecremt wirkte als meine.

Schnösel, rotzte die Punkerin in meinem Kopf.

»Hans Flegenfeld. Sehr erfreut.«

Sein Griff war fester, als ich ihn mir vorgestellt hatte. Sein Gesicht schien durch den auf die hintere Kopfhälfte zurückgewichenen Haaransatz länger, als es war. Die Mundwinkel zeigten nach unten und die Nase nach oben, was dem Mann den leicht versnobten Gesichtsausdruck eines englischen Butlers verlieh. Außerdem war er so unfassbar glatt rasiert, dass die Prozedur garantiert mehr Zeit in Anspruch nahm, als mein gesamter morgendlicher Badezimmeraufenthalt. Doch seine wasserblauen Augen musterten aufmerksam mein Gesicht.

»Herr Flegenfeld würde uns gern engagieren«, erklärte mir Danner.

Vor allem würde Herr Flegenfeld gern eine Dose Desinfektionsspray hervorziehen. Prinz Charles persönlich hätte in unserer schmuddeligen Ruhrpottdetektei nicht deplatzierter wirken können.

»Das freut mich, Herr Flegenfeld.«

Demonstrativ deponierte ich die teure Kamera auf dem Schreibtisch und ließ den BH in meiner Hosentasche verschwinden, während unser potenzieller Geldgeber die Qualität unserer Ausrüstung registrierte.

»Habe ich den Termin etwa übersehen?« Ich setzte ein geschäftsmäßiges Lächeln auf.

»Nein, nein«, beruhigte er mich rasch. »Ich muss mich für die späte Störung entschuldigen. Das war ein spontaner Einfall meinerseits. Sehr spontan. Aus der Not geboren, sozusagen.«

Aus der Not geboren?

»Ich muss etwas in dieser Sache unternehmen. So schnell wie möglich. Solange das nicht aufgeklärt ist, mache ich kein Auge mehr zu.«

Innerlich schnitt ich eine Grimasse. Hoffentlich kam da nicht der nächste Treue-TÜV auf mich zu.

»Und Ihre Detektei ist die bekannteste in Bochum.«

Meine innere Grimasse verwandelte sich in ein geschmeicheltes Grinsen.

»Der Stadionmord neulich«, nickte Flegenfeld eifrig. »Und die Mordserie in dem ambulanten Pflegedienst, die Korruptionsgeschichte im Krankenhaus – wissen Sie, wie oft allein im letzten halben Jahr in der Presse über Sie berichtet wurde?«

Ich wusste es nicht, aber Flegenfeld hatte sich anscheinend schlaugemacht. Na ja, zumindest sah er aus, als könnte er unsere Rechnung bezahlen.

»Herr Flegenfeld ist Geschäftsführer des *Allee-Hotels*«, lenkte Danner das Gespräch zum Grund der späten Störung zurück.

Ein Hotelchef?

»Das Hotel am Musicaltheater«, wurde Danner deutlicher.

Da klingelte bei mir etwas.

Das Hotel, auf dessen Parkplatz der Küchenprinz ermordet worden war?!

Oha. Damit gehörte dem Schnösel meine ungeteilte Aufmerksamkeit.

»Am besten erklären Sie Frau Ziegler Ihre Sorge noch einmal selbst«, half Danner dem Hotelchef auf die Sprünge.

»Sorge. Ja genau, ich mache mir Sorgen. Zu viele hoffentlich.« Flegenfeld faltete die gepflegten Finger und atmete tief durch. »Sie haben doch sicher von dem Mord an dem prominenten Koch gehört, nicht wahr?«

»Wer nicht?«, meinte ich abwartend.

»Nun, dieser unschöne Vorfall in unmittelbarer Nähe unseres Hauses ist für das Geschäft nicht von Vorteil. Und leider gibt es seit heute einen weiteren Toten.« Flegenfeld wischte imaginäre Krümel vom Revers seines Jacketts. »Die Polizei spricht bereits von einem Wiederholungstäter.«

Und den sollten wir jetzt suchen? *Wir?* Danner und Ziegler sollten Jack the Ripper fangen? Krass!

Der Gedanke verursachte ein aufgeregtes Prickeln zwischen meinen Schulterblättern. Doch keine Seitenspringersuche! Meine innere Privatdetektivin ballte eine Beckerfaust.

»Ich möchte, dass sich die Sache so schnell wie möglich aufklärt, bevor uns weitere Gäste verloren gehen. Und natürlich möchte ich ausschließen, dass die Geschehnisse mit unserem Haus in Zusammenhang stehen.«

Flegenfeld wischte noch immer an seinem Anzug herum.

»Und wie glauben Sie, könnte *Ihr Haus* mit den Verbrechen in Zusammenhang stehen?«, wollte ich wissen. Ein Gruselhotel, das Menschen zu wahnsinnigen Mördern machte, existierte wohl höchstens in der Fantasie von Stephen King.

Flegenfeld merkte, dass er wischte, hörte abrupt damit auf und faltete die Hände wieder. »Das ist – nun ja – kompliziert.«

Ganz kurz überlegte ich, ob mich die Aussicht auf den lukrativen Job die Bemerkung einfach herunterschlucken ließ.

Nö.

»Sie können es mir gern zweimal erklären, wenn ich mich als begriffsstutzig herausstellen sollte.«

Arrogante Anzugträger, die mir unterstellen, die Sachlage nicht so blitzartig zu erfassen, wie mein brillanter Boss, zählen nicht zu meinen Lieblingsauftraggebern, Schnösel!

»Entschuldigen Sie«, näselte er rasch. »Der Koch hat mal für uns – unser Haus gearbeitet. Bevor er bekannt wurde, natürlich. Vier Sterne.«

»Ich kann Ihnen noch folgen«, stichelte ich schnell noch einmal, als er nicht sofort weitersprach.

Danner warf mir einen warnenden Blick zu.

Aha? Er wollte den Auftrag?

Wir wollten den Auftrag?

Okay, wer zweitausend Euro für einen Anzug ausgab, konnte auch ein paar Spesen begleichen.

»Und wie steht der zweite Tote mit *Ihrem Haus* in Zusammenhang?«, erkundigte ich mich geschäftsmäßiger.

»Er war unser Gast. Eine Mitarbeiterin des Zimmerservice hat ihn heute Mittag gefunden.«

Ui.

Diese Information wollte erst verarbeitet werden.

»Vielleicht gibt es überhaupt keine Verbindung zwischen den beiden Morden«, redete der Hotelleiter weiter. »Allerdings glaubt diese Polizeipsychologin, dass es sich um einen Serientäter handeln könnte, der seine Opfer anhand äußerer Merkmale aussucht. Die ganzen Polizisten im Hotel vertreiben mir die Gäste. Vom Imageschaden mal ganz abgesehen. Ich will die Sache so schnell und diskret wie möglich geklärt haben. Und nur für den Fall, dass die Psychologin recht hat: bevor noch eine Leiche auftaucht.«

»Herr Flegenfeld hat die Idee, dass wir uns in seinem Hotel einquartieren«, erläuterte mir Danner.

Flegenfeld nickte: »Geld spielt keine Rolle, unser Haus gehört zu einer große Hotelkette. Wie der Tote und seine Freundin könnten Sie beide bei uns zu Gast sein. Die betreffende Suite ist zwar von der Polizei gesperrt worden, aber wir haben auf der Etage im Westflügel noch ein Zimmer der gleichen Kategorie. Sie könnten dort einziehen und sich ganz unauffällig umsehen.«

Zu Gast sein? In einer Suite? Sofort verknüpfte mein Gehirn diese Information mit einer der vorherigen: vier Sterne!

Und Geld spielte keine Rolle.

Womit Danners Begeisterung für diesen Job erklärt wäre.

»Dass auch zwischen dem ersten Opfer und dem *Allee-*

Hotel eine Verbindung bestand, muss die Polizei nicht erfahren, solange es für den Fall nicht von Bedeutung ist«, belehrte mich Danner ernst.

»Natürlich nicht.«

Selbstverständlich würden wir diese Information an Staschek weitergeben, wenn sich herausstellte, dass die Morde tatsächlich mit dem Hotel in Zusammenhang standen. Aber solange das nicht der Fall war, hatten wir einen Vorsprung vor der Polizei, eine Luxussuite und ein dickes Honorar in der Tasche! Wie geil war das denn?

»Können Sie uns mehr über das zweite Opfer erzählen?«, erkundigte sich Danner.

Die Speicherkarte, die zusammen mit dem Sport-BH in meiner Hosentasche steckte, fiel mir ein. Das Gekritzel auf dem Bild des zweiten Toten, das wie ein Autogramm aussah.

»War der zweite Tote ebenfalls prominent?«

Der Hotelchef nickte überrascht.

Danners Seitenblick verriet mir, dass auch er nicht mit dieser Frage gerechnet hatte.

»Wenn Sie so wollen«, bestätigte Flegenfeld. »Er war Musiker. Angeblich verhandelte er mit dem Musicaltheater über einen mehrwöchigen Gastauftritt. Vielleicht kennen Sie ihn, sein Name ist Marian Mohr. Er hat mal eine dieser Fernsehcastingshows gewonnen.«

Hammer! Beide Opfer waren prominent. Also mehr oder weniger. War das wirklich ein Muster? Das Opferprofil eines Killers, der gerade eine Mordserie begann?

Danner hatte mit wenigen Klicks auf seinem Smartphone ein Foto des toten Castingkandidaten auf das Display gezaubert. Es ähnelte dem Bild, das ich an Staschecks Bürowand abfotografiert hatte, aber natürlich nicht zeigen konnte, weil Danner nicht wissen sollte, dass ich seinen Kumpel durchs Kellerfenster bespitzelte.

Ich nahm ihm das Telefon aus der Hand.

Marian Mohr war deutlich jünger als Küchenchef Pfiffhofen, wahrscheinlich eher in meinem Alter. Aber ohne Frage ebenfalls attraktiv. Die blondierte Haartolle trug er strubbelig in die Höhe gegelt, auf sein T-Shirt war ein Skateboard aufgedruckt und er lächelte ein weichgespültes Schwiegermutterlieblinglächeln. Im Arm hielt er ein Mädchen mit langen, dunklen Haaren.

Single floppt, las ich, nachdem ich das Grinsen des Möchtegernelvis zur Seite geschoben hatte.

> Marian Mohrs Karriere stockt. Seit seinem Sieg bei einer Fernsehcastingshow macht der Sänger hauptsächlich durch Schlagzeilen in der Boulevardpresse auf sich aufmerksam. Musikalisch lässt der Durchbruch des als ›Prince Charming‹ bekannten Zweiundzwanzigjährigen auf sich warten.

»Ist Marian Mohr allein angereist?«, erkundigte ich mich.

»Also das«, Flegenfeld pustete sein britisch-steifes Gesicht auf, um die Luft gleich darauf geräuschvoll wieder abzulassen, »das ist ebenfalls eine komplizierte Frage.«

»Eigentlich nicht«, fand Danner.

»Als Hotel sind wir unseren Gästen gegenüber zur Diskretion verpflichtet.« Flegenfeld entdeckte erneut einen für den Rest der Welt unsichtbaren Krümel auf seinem Jackett und fing wieder an zu wischen.

»Ich glaube nicht, dass sich Ihr Gast beschweren wird«, erinnerte ich.

Der Hotelchef sah von seinem Anzug auf. »Ja. Richtig. Die Dame, die Herrn Mohr begleitet hat, ist, soweit ich weiß, nach einem unschönen Zwischenfall in der Bar unseres Hauses wieder abgereist.«

»Weil …?«

»Herr Mohr hatte einen Fan auf einen Drink eingeladen«, wurschtelte sich der Hoteldirektor schwammig um die Antwort herum.

So viel Diskretion konnte echt nerven.

»Einen weiblichen Fan?«

»Also, ich hätte die Dame eher als Kind bezeichnet«, näselte Flegenfeld geringschätzig.

Danner rieb sich das Kinn.

»Können Sie mir in dieser Angelegenheit weiterhelfen, Herr Danner?«, erkundigte sich der Hotelchef. »Frau Ziegler?«, ergänzte er rechtzeitig.

Wir sollten beweisen, dass ›sein Haus‹ nichts mit den Morden zu tun hatte. Im Klartext bedeutete das: Wir sollten Flegenfeld versichern, dass der Mörder nicht auf seiner Gehalts- oder Gästeliste stand. Am besten, indem wir den Täter überführten.

»Ich fange an zu packen«, sagte ich.

Dienstag, 24. Juni, 5:00 Uhr

Die Oberschenkelarterie (Arteria femoralis) ist das wichtigste Blutgefäß zur Versorgung des Beins. Sie verläuft zusammen mit der Oberschenkelvene (Vena femoralis) und dem Oberschenkelnerv (Nervus femoralis) durch den Leistenkanal. Von dort aus führt sie senkrecht im inneren Drittel des Oberschenkels abwärts in Richtung Knieinnenseite.

Wird die Arterie durchtrennt, verliert der Patient in kürzester Zeit eine große Menge an Blut. Ein erwachsener Mensch besitzt ein durchschnittliches Blutvolumen von fünf bis sieben Litern, tödlich kann bereits ein Verlust von etwa drei Litern sein. Eine Verletzung der Oberschenkelarterie führt in drei bis vier Minuten zum Tod.

Korrekt.

Die Abbildung unter dem Bericht zeigt eine Zeichnung. Ein Geflecht aus roten und blauen Adern im menschlichen Bein.

7.

Eigentlich war ich nicht verklemmt. Auch nicht besonders eitel.

Einen tiefen Ausschnitt oder ein kurzes Kleid zu tragen, wenn der Anlass es erforderte, war eine Sache. Und wenn es einen Ermittlungserfolg versprach, rasierte ich mir auch mal eine Glatze. Oder strippte. Oder bewarb mich zum Probearbeiten im Bordell.

Doch jetzt überforderte mein Spiegelbild in der Scheibe hinter dem Empfangstresen des *Allee-Hotels* eindeutig mein Gehirn. Die Verknüpfung, dass es sich bei der fremden Frau um mich selbst handelte, gelang einfach nicht.

Und das lag nicht an Lenas figurbetontem, nicht ganz knielangem, dunklem Rock, ihrem glitzernden ›Leihhandtäschchen‹ oder den Killerabsätzen meiner Sandaletten, die mich zur Abwechslung mal größer als Danner machten.

Es lag definitiv an den Haaren.

Die Haare gingen gar nicht!

Ping.

Ich lasse den letzten Ton ausklingen, ich weiß um die Wirkung. Keine Ahnung, wie oft wir vierhändig vorgespielt haben.

Wohlwollender Applaus füllt den Raum. Die Herren an der Tafel nicken zufrieden, die Frauen tupfen sich gerührt die Augen.

Claudius zieht mich auf die Füße. Er ist jetzt fast so groß wie unser Vater. Neben ihm bleibe ich immer die niedliche Kleine mit den blonden Zöpfen. Auch wenn ich mittlerweile fast elf bin.

Weil ich nicht lächele, boxt Claudius mich in die Rippen.

Zwei Stunden lang hatte die Friseurin heute Vormittag die Extensions an meine kinnlangen Fransen gefummelt. Okay, sie hatte gute Arbeit geleistet, die Farbe stimmte, die Knoten waren nicht zu sehen. Die Mähne lag, wie sie sie hindrapiert hatte, auf meiner linken Schulter. Glänzend und blond und in etwa so lebendig wie ein aus einem toten Hermelin gefertigter Schal, an dem noch die Pfoten baumelten.

Dabei hatte ich mein Leben lang mithilfe von grellen Punkfrisuren und radikalen Kurzhaarschnitten zu vertuschen versucht, dass ich in Wahrheit eine niedliche Echtblonde war.

Na ja, vielleicht nicht mein ganzes Leben lang. Erst seit der *Petersburger Schlittenfahrt.*

Nachdem Hans Flegenfeld unsere Wohnung gestern Abend verlassen hatte, hatten wir uns über Marian Mohrs Freundinnen schlaugemacht. Praktischerweise hatten seit seiner Teilnahme an der Fernsehshow sämtliche Teenieklatschseiten jedes Mal berichtet, wenn er besoffen fremdgeknutscht, beim ersten Date gerülpst oder Herzchen bei

Facebook gepostet hatte. Offenbar war Marian Mohr durch die Teilnahme an der Fernsehshow vom Frosch zum Prinzen mutiert.

Gestartet war der damals Neunzehnjährige als ungekämmter Skater mit Ziegenbart und Brille, der sich in seinem Kinderzimmer tiefsinnige Raptexte ausdachte und noch nie ein Mädchen geküsst hatte. Ein Friseurbesuch, Kontaktlinsen und der von der Jury ersonnene Spitzname ›Prince Charming‹ hatten seiner Enthaltsamkeit vor laufenden Kameras ein Ende bereitet. Gleich zwei Mitkandidatinnen hatten mit Zickengefechten für Quote gesorgt, weil Mohr mit beiden gleichzeitig etwas angefangen hatte.

Und nachdem er den Wettbewerb tatsächlich gewonnen hatte, hatte er seine neue Beliebtheit bei den Mädchen nicht ungenutzt gelassen. Beim ersten Durchzählen kam ich auf etwa acht Affären. Sexy, schlank und langhaarig hätten die Freundinnen des Nachwuchssängers optisch auch gut in Carlo Pfiffhofens Prinzessinnenriege gepasst.

Unser Plan herauszufinden, was Marian Mohr im *Allee-Hotel* zugestoßen war, war ziemlich simpel: Machen, was der Tote gemacht hatte, und gucken, was passierte.

Weitergedacht bedeutete das allerdings, dass Danner den Aufreißer mimte, während ich als dekorative Begleitung quasi den hinter ihm herstöckelnden Beleg für seinen Erfolg beim anderen Geschlecht spielen durfte.

Spitzenplan.

Und jetzt erzeugte mein eigenes Spiegelbild bei mir eine Art Schreckstarre. Ich hatte ein bisher unbemerktes Problem mit langen Haaren. Eine Haarphobie sozusagen.

»Du hast sehr gut gespielt, Liliana.«

Der Opa lächelt nett. Ich kenne ihn. An Geburtstagen sitzt er immer am Tisch. Ein Kranz aus weißem Haarflaum umweht wie ein Heiligenschein seinen runden, roten Kopf. Hinter den dicken Gläsern seiner Brille zwinkern mir tintenblaue Augen zu.

Er drängelt sich ins Bad, bevor ich es frei gemacht habe.

Eine Blasenschwäche vielleicht.

*»*Die Petersburger Schlittenfahrt *ist kein einfaches Stück.«*

Wie man es nimmt. Claudius und ich spulen das Programm seit Jahren ab, wie dressierte Äffchen. Vermutlich treffe ich die Tasten auch, wenn man mich mitten in der Nacht aus dem Tiefschlaf reißt und an den Flügel setzt.

»Da hast du dir ein Küsschen verdient, Liebes!«

Tatsächlich begreife ich nicht, was los ist.

Stocksteif stehe ich da, als der alte Sack seine nassen Lippen auf meine drückt und sich seine glitschige Zunge in meinen Mund schiebt.

Gespenster!

Zischt ab!

Die Tasche mit seiner Kamera über eine Schulter gehängt, sah Danner aus, als würde er täglich in Nobelhotels einchecken.

Während ich Lenas Kleiderschrank geplündert hatte, hatte Danner nur seinen eigenen Schrank durchwühlt. Ganz hinten hingen seit Jahren zwei dunkle Anzüge, die er normalerweise nicht mal zu Beerdigungen hervorkramte.

Doch erstaunlicherweise gehörte ausgerechnet Ben Danner zu den wenigen Männern, die im Anzug nicht an einen Pinguin in einer Zwangsjacke erinnerten.

Unter dem offenen Jackett trug er das übliche, schwarze T-Shirt. Und seine Glatze und der Dreitagebart wirkten in Kombination mit dem Zwirn und der Lobby eines Viersterne-Hotels plötzlich nicht mehr prollig, sondern …

Abschätzend betrachtete ich seinen Hintern.

Der Punkt ging an ihn: Er war ziemlich heiß.

»Herzlich willkommen«, begrüßte die junge Rezeptionistin mit der eckigen, rot gerahmten Brille Danners Arsch, weil ihr Blick meinem automatisch gefolgt war.

»Das hier sind die Schlüsselkarten für Ihre Suite.«

Sie schob zwei Plastikkarten auf den Tresen. Dann spulte sie im aufgeregten Telefonhotline-Warteschleifen-Tonfall die Gebrauchsanweisung für die Dinger ab: »Im Zimmer aktivieren Sie mithilfe der Karte die Stromversorgung. Die Einsteckvorrichtung finden Sie links neben der Zimmertür. Beim Verlassen der Suite ziehen Sie die Karte ab, sie dient gleichzeitig als Schlüssel. Im Schrank neben dem Bett finden Sie die Minibar, aber auch der Zimmerservice steht Ihnen rund um die Uhr zur Verfügung. Der Reinigungsdienst sorgt im Laufe des Vormittags für Ordnung, der Empfang ist rund um die Uhr besetzt, Frühstück gibt es zwischen sechs und zehn im Hotelrestaurant hier im Erdgeschoss. Sollten Sie keinen Service wünschen oder nicht gestört werden wollen …«

Sie machte eine bedeutungsvolle Pause.

»… dann machen Sie das deutlich, indem Sie das entsprechende Schild von Ihrer Garderobe nehmen und außen am Griff der Tür anbringen.«

»Das werde ich mir merken.« Danner zwinkerte der Frau zu, während er einen Arm um meine Taille schlang.

Als er sich nach unserem Koffer umwandte, hatte ein kräftiger Typ, dessen Hoteldress um den Bauch herum spannte, das Gepäck bereits entwendet.

Der Kofferschieber stand neben einem großen, dunkelhäutigen Mann auf Rollschuhen, der zu einem knallbunten Glitzeranzug eine blau-rote Irokesenbürste auf dem Kopf trug. Der Hotelangestellte rührte sich genauso wenig, wie der Irokese – was beim Irokesen daran lag, dass es sich um eine aufgedonnerte Schaufensterpuppe handelte, während sich der Hotelangestellte offenbar im Energiesparmodus befand.

»Herr Pöhler begleitet Sie zu Ihrem Zimmer«, beendete die Empfangsdame ihre Erklärungen und der Kofferschieber setzte sich in Bewegung.

8.

Wir erreichten den fünften Stock. Als die Türen des Aufzugs zur Seite glitten, paddelte der orangefarbene Filmfisch Nemo auf Augenhöhe an uns vorbei.

Genauer gesagt paddelte er durch einen ganzen Wald leuchtend roter Anemonen, die sich sanft in einer künstlich erzeugten Strömung wiegten. Das Seewasseraquarium füllte die ganze Wand hinter der Sitzecke dem Fahrstuhl gegenüber.

Ein Panaromafenster bot freie Sicht über das sommerliche Ruhrgebiet, das von oben aus betrachtet beinahe bewaldet aussah.

Als hätte jemand eine löchrige, grüne Decke über die Stadt geworfen, aus der eckige Wohnhäuser und die stählernen Skelette von Baukränen und Fördertürmen hervorragten.

Das *Allee-Hotel* besaß einhundertzwei Gästezimmer, achtundfünfzig im Westflügel und vierundvierzig im Ostflügel, das hatte unser Auftraggeber uns gestern Abend noch in einem etwa zehn minütigem Referat erläutert.

Neben vierzehn Zimmern gab es pro Etage und Gebäudeflügel einen Wäsche- und einen Lagerraum. Der Ostflügel beherbergte weniger Zimmer, weil sich im ersten Stockwerk Seminarräume befanden, die von großen Firmen für Schulungen, Tagungen und die wilden Orgien der Führungskräfte angemietet wurden. Außerdem waren drei Zimmer pro Etage behindertengerecht ausgestattet.

Der gläsern überdachte Haupteingang befand sich in der Mitte des Komplexes, die Lobby mit Sitzecke und Empfangsbereich war einladend hell gestaltet, mit auf die Farben des Hotellogos abgestimmten Akzenten in Orange und Rot.

Im Erdgeschoss des Westflügels, links vom Haupteingang, befanden sich die Hotelbar und die Küche. Nach rechts gelangten die Gäste in das Restaurant, in dem auch gefrühstückt wurde.

Der Kofferschieber hatte uns zielstrebig zu den beiden Aufzügen geführt, die im hinteren Bereich des Foyers die Gäste zu den Zimmern in den oberen Etagen beförderten.

Im Keller des Hotels waren laut Flegenfeld Wäschelager, Vorratsräume, Personalumkleiden, Bettenlager, die Heizungsanlage und eine Hausmeisterwerkstatt untergebracht.

Das fünfte Stockwerk sah von außen betrachtet aus, als wäre es nachträglich auf das Flachdach des cremefarbenen Gebäudeklotzes gesetzt worden. Die Suiten hier oben waren den VIPs unter den Gästen vorbehalten.

Uns.

Der Kofferschieber bugsierte schnaufend unser Gepäck aus dem Fahrstuhl.

Insgesamt verfügte das Hotel über vier Suiten, zwei in jedem Flügel. Mit Luxusbad, Dachterrasse und Aussicht über ganz Bochum.

All diese Infos über das Gebäude hatte Danner mitgeschrieben und in der neuen Akte *Flegenfeld* abgeheftet. Allerdings stand diese Akte zu Hause im Regal unseres Wohnbüros.

»Es wäre nicht hilfreich, wenn die Zimmermädchen beim Aufräumen Aufzeichnungen unserer Ermittlungen finden«, meinte Danner.

»Und was wird dann aus Ben Danners Detektivregel Nummer zwei?«, hatte ich mich erkundigt. Die lautete eigentlich: *Berichte werden immer sofort geschrieben*.

»Wir gehen mit der Zeit und digitalisieren unsere Aufzeichnungen«, hatte Danner erklärt und seine Notizen kurzerhand mit dem Smartphone abfotografiert. »Womit wir bei Detektivregel Nummer sieben wären: *Lass dein Handy nicht aus den Augen*.«

So ging es natürlich auch.

»Was ist das denn, Herr …?«

Danners Frage holte mich zurück in den Flur im fünften Stock des Westflügels. Mein Partner warf einen Blick auf das Namensschild am Revers des Kofferschiebers.

»… Herr Pöhler?«

Ein dicker Teppichläufer, der farblich auf den Rotton des Hotellogos abgestimmt war, führte über den hellen Steinboden des Ganges. Wandleuchten mit Goldrand erhellten den Weg mit indirektem Licht.

Danner deutete auf das rot-weiße Flatterband, mit dem der hintere Flurbereich abgesperrt war. Die Absperrung, mit der die Polizei Tatorte unzugänglich machte.

»Ohne meinen Anwalt sag ich da nix zu.« Der Kofferschieber wuchtete unser Gepäck vor die zweite Zimmertür im Flur.

Neugierig trat ich an die Absperrung heran, die beinahe direkt neben unserer Zimmertür endete.

Der nächste Eingang war kaum fünf Meter entfernt. 502. Die Tür, hinter der gestern ein Mensch gestorben war.

Umgebracht.

Ermordet und verstümmelt.

»Das hier ist dann wohl unser kuscheliges Plätzchen.« Danner hatte sich unserem Zimmer zugewandt.

Von der Tatorttür unterschied sich der Eingang nur durch die goldene Zahl. 501.

Ich bewegte die Schultern, um ein leises Frösteln abzuschütteln.

Danner schob die Schlüsselkarte in das elektronische Schloss. Es entriegelte klackend.

Er drückte die Tür auf – und schnalzte mit der Zunge.

So hatte er sich das Ambiente unserer Arbeit wahrscheinlich vorgestellt.

Schrank und Schreibtisch in Eichenholzoptik und in Hotellogorot gehaltene Bilder hoben sich von den cremefarbenen Wänden und den hellen Polstern der Sitzecke im Eingangsbereich ab. Blickfang in der Mitte des Raumes war allerdings: das cremefarbene Himmelbett.

Ausgleichende Gerechtigkeit. Wenn ich schon die Prinzessin mimen musste, würde ich zumindest auch wie eine vögeln.

Hinter mir zerrte der Kofferschieber das Gepäck ins Zimmer. Danner kramte einen Geldschein aus der Hosentasche und Herr Pöhler trollte sich in Richtung Fahrstuhl.

Das Badezimmer mit Whirlpool und Regenwasserdusche war blitzblank und sogar der helle Teppich sah sauber aus, obwohl hier täglich andere Menschen hereinlatschten und vermutlich auch regelmäßig Champagner verschütteten.

Auf den aufgeplusterten Kopfkissen des Bettes lagen winzige Schokoladentäfelchen.

Danner hatte unseren Koffer geöffnet und verstaute seinen zweiten Anzug und Lenas Röcke im Schrank im Eingangsbereich.

Ich deponierte die geliehene Glitzerhandtasche auf dem Schreibtisch unter dem an der Wand befestigten Flachbildfernseher und trat durch die offen stehende Tür ins Bad.

Die auf den Waschtisch gestellte weiße Keramikschale war poliert. Keine Haare in der Dusche, die blütenweißen Handtücher dufteten nach Vanille und neben der Tür standen zwei Paar hoteleigene Plüschpuschen unter flauschigen Bademänteln. Ich schleuderte die Pumps zur Seite und schlüpfte in die Pantoletten.

Danner hatte die Balkontür geöffnet und war auf die Dachterrasse neben die wetterfesten Liegen getreten.

Als ich sah, dass er über das Geländer kletterte, folgte ich ihm eilig.

Die Suiten waren auf das Flachdach des Hotels gebaut und der Dachbereich davor als Terrasse gestaltet worden. Wir blickten auf die gigantische Musicalhalle nebenan und die Trainingsplätze am Fußballstadion. Ein Edelstahlgeländer trennte unseren Sitzbereich von dem des Nachbarzimmers.

Danner stand bereits vor der Balkontür, die zu Suite 502 gehören musste.

Mit einem Satz folgte ich ihm über das Geländer.

»Schade«, murrte Danner. Die Jalousien waren heruntergelassen und es knackte bedenklich, als er versuchte, die Plastiklamellen auseinanderzuhebeln.

Unverrichteter Dinge kehrten wir in unser eigenes Zimmer zurück und mein Freund ließ sich rückwärts in die aufgeschüttelten Kissen unter dem cremefarbenen Stoffhimmel des Bettes kippen.

»So hab ich mir den Job in etwa vorgestellt«, grinste er. Dann rollte er sich auf die Seite und angelte nach dem Hörer des Telefons auf dem Nachtschrank.

»Zimmerservice? Champagner, bitte!«

9.

Das Gesicht des Mädchens in unserer Zimmertür glühte. Und das lag nicht nur an den Pickeln eines spätpubertären Akneschubs. Sie wirkte unsicher, als würde sie zum allerersten Mal ein Getränk auf ein Zimmer liefern. Mit beiden Armen umklammerte sie einen mit Eis gefüllten Kühler, in dem die Champagnerflasche steckte. Sie trug die gleiche Hoteluniform wie die Empfangsblondine: eine langärmelige weiße Bluse unter einer figurbetonenden dunklen Weste, einen knielangen dunklen Rock und als Farbtupfer das unvermeidlich rote Halstuch.

Der blühenden Akne zum Trotz entpuppte sie sich auf den zweiten Blick nicht als Fünfzehnjährige im ersten Ausbildungsjahr, sondern als junge Frau. Das auffällige Halstuch lenkte meine Aufmerksamkeit geradewegs auf ihr Dekolleté. Ihre Oberweite verlieh der Uniform einen dirndlartigen Charme.

Sie war ein Stück größer als ich und der mädchenhaft wippende, dunkle Pferdeschwanz wollte nicht so richtig zu ihren Rundungen passen. Hinter ihr im Flur erspähte ich einen mit Flaschen gefüllten Wagen.

Ich wartete darauf, dass sie irgendetwas sagte. »Guten Tag«, zum Beispiel. Doch das Zimmermädchen blieb mit offenem Mund stehen, wie ein vor Schreck erstarrtes Opossum.

Vielleicht war heute wirklich ihr erster Arbeitstag?

Oder hatte sie Verständigungsprobleme?

»Kommen Sie rein. Den Champagner können Sie hier auf den Tisch stellen«, schlug ich schließlich vor, weil sie selbst nicht darauf kam, und winkte sie in den Sitzbereich.

Tatsächlich löste sich ihre Starre. Etwas schwerfällig schleppte sie den Eiskübel in die Suite.

Irgendwo in meinem Hinterkopf klingelte es. Die Spitzen ihrer Schuhe zeigten zueinander. Überhaupt sahen die Treter eher nach Sanitätsgeschäft als nach vier Sternen aus.

»Setz dich hin, Tink, der Arzt kommt gleich zur Visite.«

Die fleischige Hand liegt warm und willenlos in meiner. Das Mädchen in dem knallroten Schlafanzug mit Hase-Felix-Aufdruck ist etwa so alt wie ich, ungefähr zwölf. Pummelig, mit braunem Haar und auffallend schräg stehenden Augen. Ausdruckslos starrt sie auf mich herunter. Aber sie gehorcht, setzt sich auf die Bettkante und lässt die Beine baumeln.

Tink.

Wie lange hatte ich nicht mehr an sie gedacht?

»Entschuldigen Sie die Störung«, nuschelte die junge Frau jetzt doch noch.

Der Satz klang auswendig gelernt und nicht ganz passend, weil wir ja um den Champagner gebeten hatten. Ihre Schultern hingen herunter, als zöge das Gewicht ihrer Oberweite sie nach vorn.

Die Zimmertür hinter ihr stand immer noch offen.

»Sagen Sie mal, ist nebenan wirklich ein Verbrechen passiert?«, erkundigte ich mich neugierig, während die Frau den Champagner auf dem Tischchen platzierte.

Danner kam näher, setzte sich auf den Stuhl vor dem schmalen Schreibtisch und legte seine Füße auf die Arbeitsplatte.

Die Zimmerfrau nickte.

Dann schien ihr irgendwas einzufallen. Sie drehte sich um und eilte zur Tür hinaus.

Moment! Ein paar mehr Fragen hatte ich noch stellen wollen.

»Und? Haben Sie was davon mitbekommen?«

Danner grinste, als ich dem Zimmermädchen hinterherrannte.

Sie schüttelte den Kopf und nahm zwei langstielige Gläser vom parkenden Getränkewagen. Mit den Gläsern in der Hand huschte sie wieder an mir vorbei, zurück ins Zimmer.

»Hatte eine Ihrer Kolleginnen gestern Nacht Dienst?«

»Brigitte«, antwortete sie zu meiner Überraschung.

»Die hat den Toten gefunden?«

»Nee, das war die Rita.«

Na also.

»Ricarda?« Ein zweites Zimmermädchen erschien in der Tür. Sie presste die Hände an die Lippen, als müsste sie einen Entsetzensschrei unterdrücken. Als hätte sie eine Kakerlakenarmee beim Exerzieren auf dem fleckenfrei cremefarbenen Teppich entdeckt und nicht nur Danners Socken auf dem hoteleigenen Schreibtisch.

Auch sie war ein eher dunkler Typ, mit großer Nase und schönen Augen. Türkin oder Griechin vielleicht. Sie hatte sich eine helle Strähne ins dunkle Haar getönt. Ihre Uniform spannte nicht um den Busen, sondern verlieh ihr zusammen mit dem cremefarbenen Halstuch und den flachen Pumps einen kompetenten Flugbegleiterinnenchic.

Ricarda klirrte die Gläser so erschrocken neben den Sektkühler, als stünde ein Gespenst ohne Kopf in der Tür.

Ihre Kollegin wandte sich unterdessen an Danner und mich. »Entschuldigen Sie, bitte.«

»Nix passiert«, sagte Danner verdutzt.

Der Dress machte es mir schwer, das Alter der Dunkelhaarigen zu schätzen. In ihrem Fall ließ die Uniform sie vielleicht erwachsener wirken, als sie war. Ich warf einen Blick auf das Namensschild neben dem Zipfel ihres Halstuchs.

Leonida Floridou

Auszubildende Housekeeping

Die Auszubildende machte eine bemerkenswert energische Kopfbewegung Richtung Tür.

Ricardas Gesicht leuchtete wieder auf und ich spürte auch meinen eigenen Blutdruck steigen. Das Zimmermädchen schlurfte so schwerfällig an mir vorbei, als hätten sich ihre Gesundheitsschuhe in Blei verwandelt.

Ich warf einen Blick auf Ricardas Schildchen, um festzustellen, wieso eine Auszubildende meinte, hier das Sagen zu haben. Allerdings blieb das Plastikplättchen an Ricardas Weste die Antwort schuldig:

Ricarda Schulz
Housekeeping

stand da knapp.

Der Zusatz *Auszubildende* fehlte. War er nicht notwendig? Oder nur vergessen worden?

»Auf Wiedersehen.« Leonida schloss die Zimmertür mit einem künstlichen Lächeln.

Ich zögerte nur ganz kurz, bevor ich den beiden nachlief und die Tür wieder öffnete.

»Wieso brauchst du eine halbe Stunde, nur um eine Flasche Champagner zu servieren?«, fauchte die drahtige, kleine Leonida und schob den Getränkewagen zielstrebig den Flur hinunter. Die größere Ricarda trottete mit hängenden Schultern hinter der Auszubildenden her.

»Hast du wenigstens guten Tag gesagt?«

Ricarda schwieg hartnäckig.

»Du solltest besser wieder die Wäsche übernehmen. Da ist es egal, wie lange du brauchst.«

Der Ton der Tussi verriet mir, dass das kein nett gemeinter Ratschlag gewesen war.

»Ähm – Moment! Ricarda?«, rief ich den beiden nach.

Das strahlende Lächeln, mit dem sich Leonida zu mir umwandte, war einen Sekundenbruchteil vorher garantiert nicht zu sehen gewesen.

Ricarda duckte sich, als hätte ich ihr eine Kopfnuss verpasst. Während ich den Flur entlangging, durchwühlte ich Lenas Glitzerhandtasche. Keine Ahnung, wozu ich einen Beutel mit mir herumschleppen musste, der mit einem Haps einen ganzen Wocheneinkauf verschlucken konnte. Ich stieß auf meinen Schlüssel, das Smartphone, Schminke, Kaugummis, meinen Füllfederhalter, Tampons und – endlich – mein Portemonnaie.

»Herzlichen Dank.« Ich drückte dem verschreckten Zimmermädchen einen Fünfeuroschein in die Hand. »Wenn ich noch etwas brauche, frage ich nach Ihnen, okay?«

Ricarda nickte verdutzt.

10.

Zwölf schrumpelige Bockwürstchen drehten sich in der beleuchteten Warmhaltevorrichtung. Die beiden Männer, die sich hinter der langen Holztheke versteckten, machten einen geradezu hilfebedürftigen Eindruck, während sie den Musicalbesuchern erklärten, dass sie heute leider nur Flaschenbier ausschenken konnten.

Neben dem Tresen standen Kinder staunend unter dem aufgesprayten Sternenhimmel, während die bekannten Melodien das Gemurmel der Menschen übertönten.

Pfiffige Snacks – Catering mit Pfiff – das Logo von Carlo Pfiffhofens Firma prangte auf dem Schild über der Bar. Neben der Theke war eine Preistafel zur Seite geschoben worden.

Kartoffel-Tarte, Ziegenkäse-Sandwiches, vegetarische Wraps und Walnussmuffins las ich, was Pfiffhofen im Angebot gehabt hatte. Neben Bier standen auch *Rotwein, Espresso* oder *Bitter Lemon* auf der Karte des Sternekochs.

»Nach Carlo Pfiffhofens Tod hat sein Cateringservice bedauerlicherweise die Arbeit eingestellt«, hatte uns der Chef des Musicaltheaters bereitwillig erzählt. »Wie es mit seiner Firma weitergeht, steht zurzeit offenbar in den Sternen, deshalb sehen wir uns nach einem anderen Dienstleister um, der die Snackbar kurzfristig bewirtschaften möchte.«

Weil Flegenfelds Hotel dem Musical seit Jahrzehnten mit *Sternenlicht-Angeboten* und *Drei-Tage-Bochum-Paketen* inklusive Eintritt in Musical, Bergbaumuseum und Planetarium Kundschaft bescherte, war es für den Hoteldirektor kein Problem gewesen, uns vor dem Theaterbesuch einen Termin mit dem leitenden Manager zu organisieren.

Die Musicalmitarbeiter hinter Pfiffhofens Snackbar erweckten den Eindruck, als wären sie spontan vom Platzanweiser zum Barista befördert worden. Statt Ziegenkäse-Sandwiches und Rotwein gab es heute Bockwurst und Bier, was bei den kleineren Besuchern und vielen männlichen Gästen nicht unbedingt schlecht ankam.

»Pfiffhofen selbst ist hier nicht oft aufgetaucht. Er hatte vier Mitarbeiter angestellt und nur gelegentlich kontrolliert, ob alles lief.«

Der Musicalchef passte mit seinen dunklen Locken, dem Anzug und dem englischen Akzent ebenfalls ganz gut ins Traumprinzenschema, überlegte ich.

Leider brachte uns die Befragung des Theaterleiters auch im Hinblick auf Marian Mohr nicht viel weiter.

»Ich bin durch die Fernsehshow auf Herrn Mohr aufmerksam geworden. Er fiel ja nicht nur durch seinen Gesang, sondern auch durch sein Skatertalent auf. Ich wollte ihn für einen vierwöchigen Gastauftritt verpflichten, um das junge Publikum zu locken. Er war interessiert und hat am Vormittag vor seinem Tod ein Probetraining mit unserem Choreografen absolviert. Das verlief sehr vielversprechend. Von meiner Seite hätte dem Engagement nichts im Weg gestanden.«

»Wäre für Mohr denn jemand in die zweite Reihe gerutscht?« Danner war auf der Suche nach einem Motiv.

»Nein. Sein Auftritt wäre sozusagen eine Urlaubsvertretung gewesen. Wir hätten einen kurzes Rap-Solo für ihn eingefügt.«

»Hatte außer Ihrem Choreografen jemand aus Ihrem Team Kontakt zu Mohr?«

»Nicht dass ich wüsste.« Der Musicalchef schüttelte den Kopf.

»Oder zu Pfiffhofen?«

»Die Polizei hat alle Mitarbeiter befragt. Leider konnte niemand von uns einen Hinweis auf den Mörder geben.«

Woran der Täter auch kaum Interesse haben würde.

Aber auch die mitleiderregenden Bockwürstchenverkäufer bestätigten, dass Carlo Pfiffhofen nur selten persönlich aufgetaucht war.

Wenig später knutschten Danner und ich in der letzten Reihe der riesigen Theaterhalle, während die spektakuläre Lasershow Sternenlicht an die Decke zauberte und sich ein rosafarbener Eisenbahnwaggon nicht entscheiden konnte, ob er lieber an eine schicke E-Lok oder eine flotte Diesellok ankoppeln sollte, um den Rest des Lebens hinter ihr herzurollen.

Selbst auf den Bahngleisen blieb man von den Traumprinzen anscheinend nicht verschont.

11.

Draußen war es beinahe dunkel, als wir nach dem Ende der Vorstellung aus dem Gebäude traten, doch der gepflasterte Vorplatz der Theaterhalle war gut ausgeleuchtet. Von Scheinwerfern angestrahlt stand eine riesige Dampflok samt Waggon vor uns, direkt unter einer dünnen Mondsichel und einem einzelnen Stern.

Die Besucher strömten aus der Halle. Die Motoren der Taxis und Busse an der Straße brummten. Im Parkhaus nebenan flammten die Scheinwerfer der Autos auf. Die nahe gelegene Straße füllte sich.

»Das ist nicht gerade der düstere, abgelegene Tatort, den

sich ein durchgeknallter Serienkiller aussucht, um einem ahnungslosen Zufallsopfer aufzulauern, oder?«, fand ich.

Ich trat neben die gigantische Dampflok, deren Räder allein mich fast überragten.

»Pfiffhofen ist von hier aus zum Hotel gegangen.« Danner wandte sich in Richtung *Allee-Hotel.* Der beleuchtete Haupteingang des von Scheinwerfern angestrahlten Komplexes lag vis-à-vis, keine hundert Meter entfernt. »Auch kein ruhiges Plätzchen für einen ungestörten Mord.«

Hand in Hand schlenderten wir die Stufen hinauf zum Hotelparkplatz. Wie viele andere Pärchen, die sich gemeinsam das Musical angesehen hatten. Danners warmer Griff ließ meine Handfläche prickeln.

Geradeaus öffneten sich die gläsernen Eingangstüren des Hoteleingangs. Nach links und rechts erstreckten sich die fünf Stockwerke hohen Flügel mit den Gästezimmern wie eine cremefarbene Festung.

Während rechts die Autos der Musicalbesucher auf dem Stadionring davonrauschten, führte links hinter dem Parkplatz ein von Laternen beleuchteter Fußweg an den Trainingsplätzen des VfL entlang.

Schwer vorstellbar, dass hier irgendwo jemand brutal hingerichtet worden war.

Wo genau Carlo Pfiffhofen in jener Nacht gestorben war, wussten wir natürlich nicht. Nachdem die Spurensicherung ihre Arbeit beendet hatte, war der Tatort gründlich gereinigt worden.

Danner legte mir seinen Arm um den Rücken, weil meine High Heels verhinderten, dass er meine Schultern erreichte.

»Das sind nicht die optimalen Gegebenheiten für einen geplanten Lustmord«, meinte er. »Vielleicht war alles nur Zufall. Der Täter besucht die Vorstellung und will danach ins Auto steigen, als er Pfiffhofen sieht. Er ist ein eifersüchtiger Psychopath – dreißig Zentimeter groß, dreihundert Kilo schwer und mit fünfzig noch Jungfrau oder so –, der Pfiffhofen den Erfolg bei den Damen nicht gönnt. Pfiffi passt ins Beuteschema, der Irre beschließt spontan, ihn umzubringen, fragt nach einem Autogramm und …!«

Danner deutete einen Schlag mit der Faust an.

»Er schlägt Pfiffhofen nieder und schneidet ihm schnell den Schwanz ab. Zack, zack, bevor weitere Mitarbeiter das Theater verlassen oder ein Hundefreund beim verspäteten Gassigang hier vorbeikommt«, formulierte ich die Idee zweifelnd weiter, während ich mich um mich selbst drehte. »Oder ein Gast aus dem Hotel.«

Nicht nur der Haupteingang war einladend erleuchtet, sondern auch ein Nebeneingang an der den Sportplätzen zugewandten Seite des Westflügels. Durch die dürren Zweige einer kränklichen Hecke hindurch konnte ich zwei uniformierte Angestellte sehen, die neben den Mülltonnen rauchten. Auch ihnen wäre ein Mord auf dem Parkplatz nicht entgangen. Danners Theorie vom Dreihundert-Kilo-Zwerg überzeugte mich nicht ganz.

»Ein Mord im Affekt passt eher zum Ambiente«, gab auch Danner jetzt zu. »Die betrogene Frau oder Freundin will sich nach der Arbeit mit Pfiffhofen aussprechen, es kommt zum Streit, sie flippt aus und macht ihn fertig. In dem Moment ist es ihr scheißegal, ob jemand zuguckt oder nicht.«

Diese Theorie gefiel mir schon besser.

»Nur leider erklärt das den toten Sänger im Hotel nicht«, murrte Danner.

»Trotzdem«, wiedersprach ich. »Vielleicht hat die Dame einfach Gefallen am Töten gefunden?«

Danner kratzte sich das Kinn. »Du meinst, dass erst der zweite Mord an Marian Mohr eine geplante Tat gewesen sein könnte?«

»Irgendwann fängt jeder mal an, oder?«

»Dann müssten wir tatsächlich nach einer Täterin suchen, die mit Pfiffhofen in irgendeiner Beziehung gestanden hat«, schlussfolgerte er. »Womit wir wieder bei Pfiffis Ex-Frauen-Schrägstrich-Freundinnen wären.«

12.

Hinter dem Empfangstresen saß an diesem späten Abend ein Mann. Er war sozusagen das männliche Gegenstück zur adretten Blondine: Auch er war Mitte zwanzig, hübsch und schlank. Hingucker in seinem länglichen Gesicht war eine Brille mit auffälligem eckigem Rahmen. Seine dunklen Haare trug er nach hinten gegelt, das weiße Hemd unter der Uniformweste korrekt zugeknöpft.

Er musterte Danner und mich interessiert, als wir Arm in Arm von unserer nächtlichen Parkplatzrecherche in die heimelige Helligkeit des Hotels zurückkehrten.

Als wir in der Eingangshalle standen, hielt Danner unschlüssig inne. »Bett oder Bier?«, wollte er wissen.

Wenn der Typ hinter dem Tresen sich kritische Gedanken zu diesem zweideutigen Angebot machte, so war ihm das nicht anzusehen. Er setzte ein verbindliches Lächeln auf.

»Unsere Hotelbar finden die Herrschaften gleich hier drüben.« Seine Stimme wand sich wie ein warmer Wurm in meinen Gehörgang.

Igitt. Da war selbst Staschecks ständiges Schnurren unaufdringlicher.

Unwillkürlich lugte ich über den Tresen, auf der Suche nach der Schleimspur, die er vermutlich ähnlich einer Schnecke hinterließ. Dabei fiel mein Blick auf das obligatorische Schildchen.

Nino Schulz

Leitung Empfang und Housekeeping

Seine Stimme klang eher nach Schnulz – Schnulzis wahre Berufung wäre Synchronsprecher für Kitschfilme gewesen.

»Wir haben eine große Auswahl an Cocktails, falls Sie der Dame noch einen Drink spendieren möchten.«

Uff. Jetzt war wohl mein Einsatz als Duke Tunna gefragt.
»*Sex on the beach* wäre supi, Süßer.«

Nur ganz kurz tauchte ein Grübchen in Danners Bartstoppeln auf, bevor er dem schnulzigen Empfangschef zuzwinkerte. »Da kann ich ja schlecht Nein sagen, was?«

Der Empfangschef sammelte ein paar Pluspunkte bei mir, indem er nicht auf den plumpen Verbrüderungsversuch einging, sondern nur den Weg in die Bar durch eine Glastür wies.

Die Hotelbar war im Stil eines irischen Pubs gestaltet. Eines ungewöhnlich blank polierten Pubs.

Eine mit Kreide beschriftete Wandtafel wies auf verschiedene Whiskysorten hin. Und neben der örtlichen Biersorte *Fiege* konnten wir hier auch *Guinness* und *John Smith – extra smooth* bestellen.

Die abwischbar laminierten Cocktailkarten lagen unter schweren, gläsernen Teelichthaltern. Die klobigen Holztische sahen aus, als wären sie absichtlich verschrammt worden, um ein bisschen von der schmuddeligen Kneipenatmosphäre zu imitieren, für die bei Molle die beim Fegen vergessenen Pommes unter den Tischen automatisch sorgten.

Nach dem Musical waren nicht nur die Barhocker an der Theke, sondern auch die in den Nischen verteilten Tische besetzt. Wenn alle hier eingekehrten Gäste im Hotel übernachteten, musste sich Flegenfeld noch keine Sorgen machen, dass ihm die Mordfälle die Kunden vergraulten.

Mehrere Omas, auf deren Blusen Ketten mit dicken Anhängern baumelten, hatten sich ein paar Tische zusammengeschoben. Kaffeefahrt zum Musical vermutlich. Ein Pärchen, bei dem er die gleichen langen Locken und die gleiche Nickelbrille trug wie sie, turtelte verliebt und zwei Rollstuhlfahrerinnen prosteten sich zu. Eine Männerrunde an einem Tisch nahe der Theke fiel mir auf. Dort, wo auf anderen Shirts gern Mottos wie *Mamis Liebling* oder *Froschkönig* aufgedruckt waren, standen bei ihnen lange Reihen aus Nullen und Einsen. Sah nach einem Klassenausflug der Informatik-AG aus.

Einige weitere Pärchen versteckten sich in den Nischen, um ungestört zu sein. Oder vielleicht auch, weil die Damen und Herren mit der jeweiligen Begleitung lieber nicht beim Tanz auf der Theke erwischt werden wollten.

Danner schob mich durch das Gedränge an den letzten freien Tisch am anderen Ende der Bar. Hinter der polierten Ebenholztheke stand eine Barkeeperin mit pechschwarzen Haaren, Augenbrauenpiercing und mit viel Kajal aufgemalten Katzenaugen. Zu der weißen Bluse unter der schwarzen Weste hatte sie eine bodenlange, dunkle Schürze um die Taille gebunden.

Sie war so groß, dass sie sich beinahe bücken musste, um unter den über dem Tresen aufgehängten Weinkelchen hindurchzusehen, bewegte sich aber so geschmeidig zwischen Zapfanlage, Flaschen und Gläsern wie ein Stubentiger zwischen den Blumentöpfen auf der Fensterbank. Der Stacheldraht um ihren Hals sah aus, als wäre er auftätowiert.

Irritiert hielt ich inne, als mir Danner augenzwinkernd einen Stuhl unter den Rock schob.

»Übertreib mal nicht«, murrte ich.

Danner trat an den Tresen, um die Bestellung aufzugeben.

Na schön. Ich stellte Lenas Riesentasche auf den Stuhl neben mir. Das Ding nervte. Gelangweilt schlug ich die Beine übereinander und sortierte umständlich meine künstliche Mähne über meiner Schulter, während ich mich weiter umsah.

Dem Bericht unseres Auftraggebers zufolge hatte hier die Freundin von Castingstar Marian Mohr den Aufstand geprobt, bevor sie abgereist und er ermordet worden war.

In eine Nische neben mir drückte sich ein hagerer, älterer Mann mit fusseligen grauen Locken und klein kariertem Anzug. Die Frau ihm gegenüber war noch unscheinbarer. Auch sie ging sicherlich auf die sechzig zu, und obwohl ich sie noch nie gesehen hatte, gelang es ihr auf Anhieb, mir auf den Geist zu gehen. Es sah aus, als hätte sie keinen Hals, weil sie die knochigen Schultern bis an die Ohren hochzog.

Sie presste die Knie aneinander und die Hände in den Schoß, als hätte sie Angst, jemand könnte ihr unter den mausgrauen Rock gucken.

Meine innere Rebellin war kurz versucht, sich breitbeinig auf den Stuhl zu fläzen.

Ich lenkte meinen Blick zur Theke, wo die coole Barkeeperin zwei hohe Gläser mit pinkfarbener Flüssigkeit füllte, während Danner mit ihr quatschte. Ich rückte meinen Stuhl unauffällig ein Stück in ihre Richtung, in der Hoffnung, etwas von der Unterhaltung aufschnappen zu können. Weil die Computer-AG am Nachbartisch schweigend auf ihre Smartphones einhämmerte, gelang das.

»Der Typ soll ja gerade seiner Freundin den Laufpass gegeben haben«, hörte ich Danner sagen. »Die war wohl sauer auf ihn, hm?«

»Sie sind ja auf dem Laufenden.«

Die Katzenaugen der Barkeeperin wurden schmal.

»Dank meiner Freundin bin ich immer auf dem gleichen Stand wie die *BRAVO*«, erklärte Danner mit einem abschätzigen Achselzucken in meine Richtung.

Danke auch, Blödmann!

Als mich die Augen der Barkeeperin streiften, bemühte ich mich, möglichst gelangweilt an ihr vorbeizuglotzen.

Die Barfrau musterte Danner. Unbewegt. Sphinxartig.

Er hielt ihrem Blick stand und ich hätte Wetten darauf angenommen, dass sie das ärgerte.

Mit einer geübten Bewegung zog sie eine blitzende Klinge aus einem Holzblock.

Danner richtete sich auf.

Die Barfrau zog spöttisch ihre gepiercte Braue hoch und rammte die Klinge in eine Honigmelone, um diese mit einem kräftigen Schnitt zu zerteilen.

»Seine Freundin hat Mohr den Laufpass gegeben, das ist richtig«, zischte die Barkeeperin scharf. »Weil sein Schwanz mehr zu sagen hatte als sein Hirn. So was kann für euch Typen tödlich sein, hab ich gehört.«

Wie bitte? Drohte die Danner etwa?

»Wollen Sie andeuten, seine Freundin hätte Marian Mohr getötet?«, hakte der nach.

Ich merkte, dass ich vor Anspannung auf meiner Unterlippe kaute, und ließ das schnell bleiben.

Weil die anonymen Internetsüchtigen es inzwischen endlich geschafft hatten, sich von ihren Handys loszureißen und ihre *Guinness*-Gläser aneinanderklingelten, konnte ich nichts mehr verstehen.

Die Barkeeperin redete weiter, während sie die Melonenspalten in die Gläser steckte und die pinkfarbenen Cocktails auf Danner zuschob.

Als der einen Schein auf die Theke flattern ließ, funkelten die Katzenaugen der Sphinx wütend.

»Wenn der Koch auch hier in der Bar …«, begann ich, kaum dass Danner mein Glas vor mir abgestellt hatte. Ich flüsterte, obwohl die Computerfreunde jetzt lautstark hin und her prosteten und die Barkeeperin unser Gespräch unmöglich noch mithören konnte. Außer sie besaß auch Katzenohren.

Ich sah das Jagdfieber in Danners Augen, als er sich mir gegenübersetzte. »Sie heißt Alina König, ist sechsundzwanzig Jahre alt, ausgebildete Restaurantfachfrau, arbeitet seit einem Jahr hier und hatte an beiden Tagen, an denen die Morde passiert sind, Dienst. Sie behauptet, jeweils bis gegen vier Uhr hier in der Bar gewesen zu sein, aber nichts mitbekommen zu haben.«

Beim Getränkebestellen hatte er sie mal eben nach ihrem Alibi gefragt?

Ich stützte seufzend das Kinn in die Hände. Es fiel mir gar nicht so schwer, ihn anzuhimmeln, während ich ihm zuhörte.

»Marian Mohr hat am Abend vor seinem Tod eine Fünfzehnjährige auf einen Drink eingeladen, die gemeinsam mit ihren Eltern das Musical ansehen wollte. War wohl alles recht harmlos, aber seine Freundin ist ausgeflippt. Carlo

Pfiffhofen hingegen ist hier laut Frau König nie aufgetaucht. Offenbar ist die Barkeeperin aber erst vor einem Jahr aus Münster hergezogen – was uns Flegenfeld morgen früh bestätigen muss. Sie sagt, sie wusste nicht, dass der Tote hier früher der Küchenchef war.«

»Wäre interessant zu wissen, wie viele von den heutigen Hotelangestellten schon hier gearbeitet haben, als Pfiffhofen noch hier war«, überlegte ich.

Ich bemerkte, dass die Barkeeperin uns beobachtete, und lächelte ihr zu, während ich die Mischung aus Wodka und Fruchtsaft durch den Strohhalm sog.

Ui – das Zeug schmeckte hauptsächlich nach Zitrone.

»Hab ich mich verhört oder hat sie dir geraten, auf deinen Schwanz aufzupassen?«, erkundigte ich mich bei Danner.

»Das könnte man als Drohung auffassen«, gab er zu. »Vielleicht ist sie aber auch nur Feministin.«

Nun nahm auch Danner einen Zug von seinem Cocktail und verzog angewidert das Gesicht.

Alina König zwinkerte mir zu.

13.

Eine weit entfernte Uhr schlug Mitternacht, als die Fahrstuhltür beiseiteglitt. Der Flur lag lang und leer vor uns, die goldgefassten Wandlampen erleuchteten die rote Teppichbahn. In der fünften Etage des Westflügels waren wir immer noch die einzigen Gäste. Es herrschte gespenstische Stille, als wären die Schreie des ermordeten Sängers gerade erst verhallt.

Fehlte nur der Irre mit der Axt, der auf sein nächstes Opfer lauerte. Eine Gänsehaut kroch mir über den Rücken, als mir bewusst wurde, wie wenig abwegig dieser Gedanke war.

Die Polizeiabsperrung war weg.

Die Spurensicherung hatte ihre Arbeit beendet, der Tatort war wohl schon gereinigt. Nichts verriet mehr, dass hier ein Verbrechen geschehen war.

Weil sein Schwanz mehr zu sagen hatte als sein Hirn. So was kann für euch Typen tödlich sein, hab ich gehört.

In meiner Vorstellung verwandelte sich der Axtmörder in die Barkeeperin mit den Katzenaugen und dem Melonenspalter in der Hand.

Immerhin hatte Alina König gerade bewiesen, dass sie einem Möchtegernaufreißer lieber in den Cocktail spuckte, als ihm schmachtend vor die Füße zu sinken. Sie war nachts im Hotel gewesen. Und sie hatte Zugang zu Messern. Sie hätte Teenieschwarm Marian Mohr aufs Zimmer folgen können. Und selbst Carlo Pfiffhofen konnte nach der Arbeit im Musicaltheater einen Abstecher in die Hotelbar unternommen haben. Sein Ruf als Küchen-Don-Juan war ihm weit genug vorausgeeilt, auch wenn Alina König leugnete, ihn zu kennen.

Motiv, Waffe und Gelegenheit ließen sich in ihrem Fall mit ein wenig Fantasie zusammenreimen – zumindest, wenn wir als Motiv einen krankhaften Hass auf Schürzenjäger gelten ließen.

Danners Blick war ebenfalls den leeren Flur entlanggewandert: »Morgen früh sprechen wir zuerst mit Flegenfeld. Bevor er das Zimmer wieder belegt, würde ich gern einen Blick hineinwerfen.«

Aufatmend ließ ich die Handtasche fallen und tauschte die Pumps gegen die Plüschpuschen.

Ich warf mich aufs Bett. Die dicke Matratze bewegte sich, der Zitronen-Wodka zeigte Wirkung. Ich zog mir ein Kissen vors Gesicht.

»Du schwächelst doch nicht etwa?« Danner zupfte das Kissen wieder weg. »Wir sind nicht zum Vergnügen hier.«

Er hängte sein Jackett auf den Schreibtischstuhl und griff nach dem Telefon.

»Musicalbesuch, Cocktails und Sex in einer Vier-Sterne-Suite – wir hatten schon schlimmere Aufträge«, fand ich.

Danners Augen glitzerten – dann schien sich am Telefon

jemand zu melden, denn er sagte: »Danner, Zimmer 501, schönen guten Abend. Würden Sie mir eine Flasche Champagner bringen?«

Ach ja.

Ich setzte mich auf. Marian Mohr hatte kurz vor seinem Tod den Champagner beim Zimmerservice bestellt. Die Angestellte in der Nachtschicht war die Letzte gewesen, die ihn lebend gesehen hatte.

Brigitte? Ich meinte, mich zu erinnern, dass Zimmermädchen Ricarda gesagt hatte, Brigitte habe den Champagner gebracht und Rita die Leiche gefunden.

Danner legte den Hörer auf.

Bis die Champagnerflasche in der fünften Etage ankam, hatte ich den Whirlpool mit dampfend heißem Wasser gefüllt. Denn Danner hatte natürlich recht – wäre blöd, ausgerechnet zu schwächeln, wenn uns ein Whirlpool zur Verfügung stand.

Nicht dass ich gesteigerten Wert auf ein besonderes Ambiente legte. Aber die Fliesen in unserem eigenen Badezimmer hatten eine Farbe namens ›Bahamabeige‹, die in den Achtzigern modern gewesen war, die Keramik war drei bis vier Nuancen dunkler gehalten, in thematisch zur Raumnutzung passendem Kackbraun und über unserer Badewanne störte der ausziehbare Wäscheständer bei so ziemlich allem, was man zu zweit darin anstellen wollte. Sogar die Motorhaube unseres Oldtimers war besser geeignet, für Abwechslung in unserem Liebesleben zu sorgen als die Badewanne.

Probehalber drückte ich auf die Tasten am Whirlpoolrand. Die Unterwasserbeleuchtung flammte auf und die Düsen begannen summend zu sprudeln.

Es klopfte.

Die Frau, die mit dem Sektkühler in der Hand vor unserer Tür stand, erinnerte auf den ersten Blick an einen Cockerspaniel, den man in eine der Hoteluniformen gezwängt hatte: Ihre buschigen, braunen Locken, bei denen es sich wohl um Reste einer Dauerwelle handelte, hingen rechts und links von einem zu langen, gerade geschnittenen Pony herunter wie die Schlappohren besagten Hundes, die Unterlider ihrer Augen folgten außergewöhnlich stark der Schwerkraft, sodass sie ein wenig blutunterlaufen guckte, und beim Sprechen schlabberten ihre Lefzen: »Sie hatten Champagner bestellt?!«

Ihr Blick blieb an Danners T-Shirt hängen, unter dem sich seine Muskeln abzeichneten.

»Korrekt. Kommen Sie rein.«

Ich konnte das Grübchen in seinem Dreitagebart quasi auftauchen hören. Wenn Danner es darauf anlegte, sorgte sein nur auf den zweiten Blick erkennbarer Hafenarbeiter-Sexappeal sowohl bei gelangweilten Ehefrauen als auch bei schüchternen Bibliothekarinnen und Karrierezicken verlässlich für schmutzige Fantasien.

Doch die Hotelangestellte machte ein Gesicht, als hätte ihr Frankensteins Monster persönlich die Tür geöffnet. Ihr Blick huschte an Danner vorbei ins Zimmer, über meine auf dem Teppich umgekippten High Heels, zu mir.

Ich meinte, ihren Unterkiefer zittern zu sehen, als sie Danner den schweren Eisbehälter mit lang ausgestreckten Armen hinhielt.

»Bitte sehr.«

Die Frau hatte wahrscheinlich vorgestern Nacht um die gleiche Zeit in einer ähnlichen Situation Champagner auf das Zimmer nebenan gebracht. Betrat sie diese Etage gerade zum ersten Mal wieder?

Ich trat aus dem Bad und angelte Danner sein Portemonnaie aus der Gesäßtasche, bevor ich ihn zur Seite schob. »Gib doch mal Trinkgeld, Ben.«

Ich hielt der Frau fünf Euro hin.

Brigitte Jerken
Housekeeping

stand auf dem Schildchen, das schief über ihrem Busen hing.

Brigitte. Tatsächlich.

Es dauerte einen Augenblick, bevor sie den Schein nahm. Als müsste sie sich erst erinnern, was sie mit dem Geld zu tun hatte. Stand sie durch den Mord vielleicht irgendwie unter Schock?

»Geht es Ihnen nicht gut?«

Die stämmige, kleine Frau hob den Blick.

»Kommen Sie!« Sie zuckte zusammen, als ich ihren Arm berührte. »Trinken Sie mal einen Schluck Wasser.«

Danner holte eine Flasche Mineralwasser aus der Minibar, während ich die Frau auf den Sessel im Sitzbereich schob.

»Das geht nicht«, protestierte sie matt.

»So viel Zeit muss sein«, bestimmte ich entschieden. »Sagen Sie Ihrem Chef, dass wir noch ein Handtuch brauchten oder eine Rolle Klopapier oder eine fliegende Untertasse oder so.«

Unmöglich, ihr ein Lächeln zu entlocken. Auf ihrer Oberlippe perlte Schweiß.

Danner stellte ihr das Glas Wasser hin und sie griff danach.

»Waren Sie vorgestern Nacht, als der Mord nebenan passiert ist, auch im Dienst?«

Die Knöchel ihrer kräftigen, kurzen Finger traten weiß hervor. Das Wasserglas wackelte. Die Frau stand kurz vorm Kollaps.

Ich tauschte einen Blick mit Danner.

Der zuckte ratlos die Schultern.

Weil mir nichts anderes einfiel, legte ich der Zimmerfrau behutsam eine Hand auf den Unterarm: »Haben Sie gesehen, was passiert ist?«

Als sie zu mir hochschaute, konnte ich das Weiße ihrer Augen rund um die meergrünen Pupillen sehen. Die roten Adern darin ließen einen hohen Blutdruck vermuten.

»Ich hab nur den Champagner gebracht«, krächzte sie. »Der war sauer, hat rumgemeckert. Hat mir den Champagner weggerissen und aus der Flasche getrunken, der Flegel. Mehr weiß ich nicht!«

Sie packte meine Hand, die noch immer auf ihrem Arm

lag, so fest, dass es wehtat. »Warum glaubt mir das keiner?« Ihr Gesicht kam auf meines zu, ihre rot geränderten Augen traten aus den Höhlen. »Ich habe das der Polizei doch gesagt.«

Meine Finger knirschten in ihrem Griff.

Die hatte sie nicht alle.

»Beruhigen Sie sich, Frau Jerken. Die Polizei hat Ihnen sicher geglaubt.« Als Danner ihr eine Hand auf die Schulter legte, schrie sie auf, als hätte er sie geschlagen.

Sie sprang auf und wich vor uns zurück.

»Entschuldigen Sie«, stammelte sie, während sie hinter sich nach der Türklinke tastete. »Entschuldigen Sie.«

Sie floh aus dem Zimmer. Mit einem Knall krachte die Tür hinter ihr zu.

Danner und ich starrten ihr Sekunden lang sprachlos nach.

»Wow«, sagte Danner schließlich. »Die ist echt psycho.«

Ich rieb mir die gequetschte Hand und schaute kurz zum dampfenden Whirlpool hinüber.

»Ich sehe besser nach ihr«, entschied ich dann.

Empfangschef Nino Schnulzi setzte prompt sein professionelles Lächeln auf, als ich ihn nur Minuten später mithilfe der auf dem Empfangstresen angebrachten Klingel aus dem Nebenraum aufscheuchte.

»Ich glaube, der Dame vom Zimmerservice, Frau Jerken, geht es nicht gut«, erklärte ich ihm. »Können Sie mir sagen, wo ich sie finde?«

Schnulzi setzte sein unechtes Lächeln wieder ab, wie die eckige Brille mit dem dunklen Rahmen. »Wie meinen Sie das?«

Ich meinte, echte Besorgnis auf seinem länglichen Jungengesicht zu erkennen. Er hatte einen gebräunten Teint, der zusammen mit seinen dunklen Haaren südländische Wurzeln oder konsequente Sonnenbäder vermuten ließ.

»Gibt es Anlass für Beschwerden?«

Ach so.

Mein Blick fiel auf den Zusatz auf seinem Namensschild.

Leitung Empfang und Housekeeping

Schnulzi war hier das Oberzimmermädchen.

»Nein, nein«, versicherte ich. »Frau Jerken wirkte verwirrt. Ich möchte nur sicher sein, dass es ihr gut geht.«

Nun betrachtete der Empfangschef doch kurz Lenas Rock und meine nackten Füße in den hoteleigenen Plüschpuschen.

Angriffslustig strich ich meine künstliche Mähne aus dem Gesicht.

»Nett von Ihnen.« Er konnte seinen Rosamunde-Pilcher-Tonfall genauso abstellen wie das künstliche Lächeln. »Ich sehe nach ihr.«

»Ich begleite Sie«, erklärte ich schnell.

»Das ist nicht nötig«, winkte er ab.

So schnell wimmelte der Schleimer mich nicht ab.

»Immerhin studiere ich im sechsten Semester Psychologie. Ich bin in der Lage zu erkennen, wann jemand Hilfe braucht«, erklärte ich von oben herab. »Und so wie Frau Jerken reagiert hat, können *Sie* vielleicht Hilfe brauchen.«

Der Empfangschef biss sich auf die Unterlippe. Misstrauisch musterte er mich über den dunklen Brillenrahmen hinweg. Mir fielen seine Augen dahinter auf. Die matschbraune Farbe war nicht spektakulär, es war eher der dichte, dunkle Wimpernkranz am Unterlid, um den ihn einige Eyeliner-Fetischistinnen beneiden dürften.

»Und Herr Danner ist ein Patient von Ihnen, oder was?«, siegte Schnulzis Neugier über Flegenfelds heilige Diskretion.

»Herr Danner fotografiert«, gab ich ein paar Details unserer Tarnung preis. »Zurzeit ist eine Ausstellung mit Ruhrgebietsimpressionen in Planung. Unter *air-art.de* finden Sie mehr darüber.«

Seit meiner dreistündigen Friseursession konnte man einige von Danners ›Werken‹ tatsächlich auf besagter Homepage und einer zugehörigen Facebookseite bewundern. Mehrere aus der Höhe aufgenommene Bilder waren ziemlich interessant. Ich hatte mir vorgenommen, bei Gelegenheit herauszufinden, von wo aus er fotografiert hatte.

»Na gut«, nickte Schnulzi. »Kommen Sie mit.«

Ich folgte dem Empfangschef in den Raum mit den verspiegelten Scheiben hinter dem Tresen, in dem neben einigen Schreibtischen mit PCs, ein Tisch, ein Kühlschrank und eine Kaffeemaschine standen. Als Sitzgelegenheiten dienten aus den Hotelzimmern ausrangierte Sofas. Gemütlicher als gedacht.

Durch eine offen stehende Tür gelangten wir in einen erleuchteten, weiß gefliesten Flur, durch den ich bis in die Bar sehen konnte. Nach rechts blickte ich in eine geflieste Halle, vollgestellt mit Edelstahl.

Die Küche.

Schnulzi stieß eine andere Tür auf. Auf einem Tisch standen Tassen auf Klatschzeitungen, ein Kaffeevollautomat brummte.

»Dann muss sie auf der Toilette sein«, schlussfolgerte der Empfangschef. »Oder im Raucherbereich.«

Ich folgte ihm weiter den Flur entlang, auf die Bardame zu, die Gläser abspülte. Ihre Brauen rückten über ihren Katzenaugen zusammen, als sie mich erkannte, doch bevor wir die Bar erreichten, bog Schulz nach links ab. Wir traten aus einem Nebeneingang an der Gebäudeseite auf den hinteren Teil des Parkplatzes. Dürftig abgeschirmt von einer dünnen Hecke standen hier ein paar Plastikstühle unter einem Gartenpavillon, direkt neben einer Reihe von Mülltonnen in allen Größen. Der Raucherbereich der Mitarbeiter.

Die nachträglich angepflanzte Hecke sollte den Hotelgästen wohl den Anblick der Raucher und Mülltonnen ersparen.

Weil Brigitte Jerken auch hier nicht zu sehen war, eilte Schnulzi gleich weiter um die Hausecke, wo neben dem Lieferanteneingang für die Küche eine Außentreppe in den Kellerbereich führte. Der Empfangschef öffnete die Tür mit einer elektronischen Karte.

Ich beeilte mich, ihm zu folgen.

In den Katakomben musste das Licht per Hand eingeschaltet werden, Schnulzi traf den Schalter, ohne hinzusehen.

Haustechnik, Lager, Heizung überflog ich einige Türschilder. Neben der schematischen Abbildung einer Figur im Kleid stand *Personal.*

»Brigitte?« Der Empfangschef klopfte so nervend höflich an die Tür, wie er normalerweise zu sprechen pflegte.

Mann!

Ich trat neben ihn und bollerte heftig gegen das Pressholz, rüttelte an der Klinke. »Frau Jerken?«

Ich legte ein Ohr an die Tür.

Nichts.

Schnulzi hielt seine Karte vor das elektronische Schloss. Es öffnete sich klickend. Offenbar besaß der Typ eine generelle Eintrittsberechtigung für sämtliche Räume – einschließlich der Damentoiletten.

Er ließ mir den Vortritt.

Brigitte Jerken saß auf dem Klo.

Ihre buschigen, grauen Haare hingen ihr ins Gesicht, das Innere ihrer Augen trat noch immer unnatürlich gerötet hervor. Sie schaukelte den Oberkörper beinahe unmerklich vor und zurück.

Es roch nach Urin.

Erst jetzt fiel mir auf, dass der Klodeckel zwar hochgeklappt war, die Zimmerfrau die Bügelfaltenhose ihrer Uniform jedoch nicht heruntergelassen hatte.

»Wir brauchen einen Krankenwagen«, sagte ich zu Schnulzi.

Der rubbelte sich die Wangen, als wollte er sich aus einem schlechten Traum aufwecken.

Doch dann reagierte er souverän.

»Die psychiatrische Notfallambulanz ist direkt um die Ecke. Ich hab die Nummer oben.«

Offenbar war er auf Zwischenfälle dieser Art vorbereitet.

Mittwoch, 25. Juni, 5:00 Uhr

Im Hotel ist ständig Betrieb. Überall sind Leute.
Gäste. Angestellte. Lieferanten.
Viele beginnen ihre Schicht vor sechs, das Restaurant ist bis spät in die Nacht geöffnet. Die Gäste kommen noch weit nach Mitternacht aus dem Musicaltheater oder der Bar und torkeln über die Flure.
Hier dröhnt der Berufsverkehr. Doch nichts bewegt sich. Hier ist weit und breit niemand. Nur die Bäume strecken ihre schwarzen Arme in den violetten Himmel.
Ein abgelegener Ort, mitten in der Stadt.
Gut zu wissen.

14.

»Ein mehr als unglücklicher Zufall, dass ausgerechnet Brigitte Jerken mit dieser schrecklichen Geschichte in Berührung kam und auch noch aufs Polizeipräsidium geladen wurde.« Hoteldirektor Flegenfeld drückte die Spitzen der gespreizten Finger so fest aneinander, dass das Blut aus den Kuppen wich.

Ganz offensichtlich befanden wir uns jetzt im natürlichen Lebensraum von Menschen, die Zweitausend-Euro-Anzüge trugen.

Auf dem durchgesessenen Sofa in unserer schmuddeligen Wohnung hatte der hagere Mann wie ein fehlgebeamter Besucher aus einer anderen Galaxie gewirkt.

Auf dem Chefsessel seines Büros, hinter der gläsernen Arbeitsplatte seines aufgeräumten Schreibtisches hingegen fügte sich sogar seine auffällige Krawatte in das orangerote Gesamtbild der Corporated Identity der Hotelkette.

»Frau Jerken arbeitet in einem – sagen wir mal, geschützteren Arbeitsumfeld.«

»Weil sie eine Schwerbehinderung hat«, kürzte ich ab, warum Flegenfeld aus antrainierter Diskretion oder Datenschutzgründen herumschwafelte.

Empfangschef Schnulzi war mitteilungsfreudiger gewesen.

Flegenfeld blinzelte.

»Ja«, bestätigte er dann. »Brigitte Jerken ist aufgrund ihrer psychischen Behinderung nur eingeschränkt einsetzbar. Ihre Arbeitssituation ist an ihr Handicap angepasst. Zum Beispiel arbeitet sie gern in der Nachtschicht, weil sie dort allein tätig ist, mehr Pausen entstehen und kaum Reinigungsarbeiten anfallen.«

Brigitte Jerken war also schon länger, wie Danner es wenig einfühlsam auf den Punkt gebracht hatte, ›psycho‹.

»Sie ist also nicht erst seit dem Mord …«, Danner suchte nach einer respektvolleren Umschreibung für Brigitte Jerkens Zustand, »… labil?«

»Frau Jerken hat seit mehreren Jahren eine siebzigprozentige Einschränkung. Eigentlich hätte sie berentet werden sollen, doch nach einer längeren Reha wollte sie gern noch einen Arbeitsversuch unternehmen. Wir haben sie in der Hauswirtschaft in den Bereich Zimmerservice eingliedern können. Ihr Vorgesetzter Herr Schulz ist sehr geschickt in der Mitarbeiterführung und hat Frau Jerkens Tätigkeiten an ihre Belastbarkeit angepasst. Aus diesem Grund hat sie längere Pausen, mehr freie Tage und wird bei schwierigen Gästen nicht eingesetzt. Die Integration von Menschen mit Handicap ist in unserem Haus erwünscht und wird durchaus erfolgreich praktiziert.« Flegenfelds hohle Wangen färbten sich rosa. »Dass die Konfrontation mit einem Gewaltverbrechen und die Befragung durch die Polizei Frau Jerken überfordert, ist keine große Überraschung.«

»Und was für eine Behinderung hat sie genau?«, wollte Danner wissen.

Flegenfeld hob die Schultern: »Ich bin ihr Arbeitgeber, nicht ihr Psychiater.«

Wenn Schnabelnase Wegner die psychisch angeschlagene

Frau in ihrer gewohnt einfühlsamen Art vernommen hatte, war es kein Wunder, dass sie seit der Befragung durch den Wind war.

»Können Sie uns eine Liste der Mitarbeiter zusammenstellen, die bereits zu der Zeit hier angestellt waren, als Pfiffhofen Chefkoch war?«, wechselte Danner das Thema.

Der Hoteldirektor nickte. »Das Computersystem ist zwar inzwischen komplett erneuert worden, aber irgendwo wird meine Sekretärin die alten Akten garantiert ausgraben können.« Er machte sich eine Notiz auf dem einzigen Zettel, der auf dem riesigen Schreibtisch lag. »Ich kümmere mich darum. Geben Sie mir etwas Zeit, ich lasse Ihnen die Unterlagen zukommen.«

»Wir würden unterdessen gern einen Blick in die Suite von Marian Mohr werfen«, erinnerte ich. »Die Polizei hat den Tatort doch wieder freigegeben.«

Flegenfeld sah auf seine Armbanduhr. »Die Spurensicherung ist erst gestern mit ihrer Arbeit fertig geworden, deshalb haben wir die Reinigungsfirma für heute bestellt. Ich gebe Ihnen Bescheid, wenn das Zimmer wieder begehbar ist.«

»Wir würden gern einen Blick hineinwerfen, bevor es gereinigt wird«, erklärten Danner und ich gleichzeitig.

Flegenfeld verzog angeekelt das Gesicht.

Der Geruch war unverkennbar. Metallisch und unangenehm süßlich, weil die Verwesung einsetzte.

So roch Blut.

Viel Blut.

Die Erinnerung an das Badezimmer, in dem wir vor einiger Zeit eine erstochene Pflegedienstmitarbeiterin gefunden hatten, hatte sich in meinen Sinnen eingebrannt und flammte auf, als wir das Hotelzimmer betraten, in dem Castingstar Marian Mohr gestorben war.

Suite 502 war ein spiegelverkehrtes Abbild unseres eigenen Zimmers mit Terrasse und Blick über Bochum. Ich betrachtete die orangeroten, auf Leinwände gezogenen Kunstdrucke an den Wänden länger als notwendig, weil ich nicht wie Danner lässig mit den Händen in den Hosentaschen an einem Ort stehen konnte, an dem ein Mensch gestorben war.

Das Bettgestell war leer, auf den Lattenrosten fehlten Kissen und Matratzen.

Der dicke, cremefarbene Teppich jedoch war noch da. Irgendjemand hatte anscheinend bereits erkannt, dass die chemischen Mittel der Tatortreiniger an dem Ding scheitern würden. Die Kanten des Bodenbelags waren in den Zimmerecken hochgerissen und bis zum Bett übergeklappt worden, sodass Danner und ich auf blankem, mit Klebstoffresten beschmiertem Estrich standen.

Die Hände immer noch in den Hosentaschen, verpasste Danner der übergeschlagenen Teppichkante einen Tritt. Der schwere Bodenbelag entwickelte ein Eigenleben, rollte sich wie von Geisterhand bewegt aus und verriet, was nicht zu sehen sein sollte.

Die dicken Fasern hatten das Blut aufgesaugt, der Bodenbelag war regelrecht durchtränkt, das dunkle Rot bildete einen scharfen Kontrast zu den sauberen cremefarbenen Bereichen.

Der Fleck war relativ rund und von einem knappen Meter Durchmesser, mit scharf abgegrenzten Rändern. Wie groß wäre die Lache gewesen, wenn der Bodenbelag weniger saugfähig gewesen wäre?

Ich bemerkte, dass Danner sich hingehockt hatte, und trat vorsichtig neben ihn.

»Marian Mohr ist nach dem ersten Angriff anscheinend nicht mehr geflüchtet, sonst hätten sich die Blutspuren weiter im Zimmer verteilt«, sagte Danner. »Hätte der Täter mit dem blutigen Messer mehrmals ausgeholt, hätte es Spritzer gegeben. Mohr war entweder sofort tot oder bereits bewusstlos, als der Täter zugestochen hat.«

»Wie das erste Opfer«, begriff ich. »Pfiffhofen ist niedergeschlagen worden, bevor ...« Ich imitierte mit Zeige- und Mittelfinger eine Schere.

»Sieht aus, als handelt es sich tatsächlich um den gleichen Täter«, nickte Danner. »Oder die gleiche Täterin«, fügte er nach kurzem Überlegen hinzu.

15.

Die gleiche Täterin.

Wir waren wieder bei Pfiffhofen angekommen und damit bei unserem ersten Ermittlungsansatz, im Bekanntenkreis des Starkochs nach Verdächtigen zu suchen.

Zufällig dachte die Polizei ja in eine ganz ähnliche Richtung und rein zufällig besaß ich sogar eine SD-Karte, auf der der polizeiliche Ermittlungsstand abgelichtet war. Die Fotos konnte ich nur leider nicht zeigen, denn dass ich sie besaß, weil ich seinen Kumpel bespitzelte, sollte Danner nach wie vor besser nicht erfahren.

Glücklicherweise behielt ich interessante und kriminelle Sachverhalte mit fast fotografischer Präzision im Gedächtnis, sodass ich die Damenkonstellation um den kochenden Prinzen problemlos rekonstruieren konnte.

»Also, Carlo Pfiffhofen ...«, ich zeichnete ein Strichmännchen mit Kochmütze auf einen Zettel, der zusammen mit einem Kugelschreiber auf dem Schreibtisch unserer Suite lag, »... hatte eine Exfrau.«

Ein Strichmännchen mit Busen und Haaren entstand neben dem Koch.

»Die hat er gegen ein Exemplar im gebärfreudigen Alter ausgetauscht.« Ich malte ein großes Strichmännchen und ein kleines mit dunklen Locken neben die beiden anderen.

»Die Neue war schwanger, bevor Pfiffi gemerkt hat, dass sie doch nicht die Richtige war oder ihm die Familiensache zu stressig werden würde. Seine letzte Prinzessin war die Wasserrutschentesterin aus dem Vorabendprogramm. Zweiundzwanzig Jahre alt.«

Boshaft kritzelte ich ein Mädchen mit Zöpfen und Schulranzen. Danner boxte mich in die Seite, betrachtete dann aber interessiert mein Pfeildiagramm, das seinen Zweck genauso erfüllte wie das Original der Kripo.

»Und woher wissen wir das alles so genau?«, wollte Danner wissen.

»Recherche, Chefchen«, log ich. »Ich hab da einen Geheimtipp in Sachen Liebesleben von Prominenten. Ich nenne ihn ›die Klatschspalte‹.«

Danner seufzte: »Bevor wir uns an die Arbeit machen, setzen wir besser Lenny darüber in Kenntnis, dass wir in seinem Fall herumschnüffeln. Wenn er es nicht zu persönlich nimmt, erspart er uns vielleicht die Suche nach den Adressen von Pfiffis Frauen.«

»Kein Frühstück heute?« Mit gerunzelter Stirn registrierte Staschek meine jüngste Typveränderung.

Danners wachsamer Blick wanderte von Staschek zu mir.

»Unter Umständen könnten wir dich zu einer Vier-Sterne-Ochsenschwanzsuppe mit Meerrettich-Ravioli einladen«, schlug ich vor, setzte mich auf Stascheks Schreibtisch und fing an, in der Akte, die vor ihm lag, zu blättern.

»Falls du uns noch ein klitzekleines bisschen mehr über deinen Fall verrätst.« Danner setzte sich auf die andere Seite und tätschelte seinem Kumpel das akkurat frisierte Haar.

Genervt ordnete Staschek seine Frisur neu: »Wieso denke ich, dass ihr nicht einfach nur neugierig seid?«

»Mit ein paar Adressen wäre uns schon geholfen«, erklärte Danner.

»Der von Carlo Pfiffhofens Exfrau zum Beispiel«, sagte ich.

»Und der seiner aktuellen Freundin«, ergänzte Danner.

»Und der von der Mami vom Mini-Pfiffi mit dem Lockenkopf.« Ich deutete mit einer Kopfbewegung zur Pinnwand.

Staschek hob den Kopf. »Woher weißt du, wie das Kind aussieht?« Seine geschwungenen Augenbrauen waren zusammengerückt. Sie verliehen seinem Gesicht einen eher energischen als wütenden Ausdruck. Etwa so wie bei den

Typen, die in der Bierwerbung vom Dreimaster aus auf die stürmische See blickten.

»Steht doch in jeder Zeitschrift«, tat ich ahnungslos.

Staschek rückte von mir zurück. »Wie das Balg aussieht nicht.«

Ich musterte ihn, als hätte er den Verstand verloren: »Das Foto hängt doch da.«

Schnell versuchte ich, mich auf der Magnetwand zu orientieren, um in etwa auf die richtige Stelle zu deuten.

Staschek Stirn legte sich noch mehr in Falten: »Das Foto hat uns die Mutter des Kindes erst vor Kurzem persönlich gegeben. Die Presse darf keine Bilder veröffentlichen.«

Wieder wanderte Danners Blick zu mir, diesmal länger. Mir wurde klar, dass ich mir eine Erklärung einfallen lassen musste, die nichts mit seinem hochauflösenden Teleobjektiv zu tun hatte.

»Wir kriegen die Adressen eh raus. Du könntest uns nur ein paar nervige Ermittlungen ersparen«, lenkte Danner Stascheks Aufmerksamkeit trotzdem von mir ab. »Dafür erfährst du natürlich auch, wenn wir was Neues rausfinden.«

Staschek steckte sich einen Finger ins Ohr und rüttelte, als wollte er einen mittelgroßen Parasiten aus seinem Versteck schütteln: »Ich höre immer Ermittlungen?! Was habt ihr plötzlich in *meinem* Fall zu ermitteln?«

Danner zuckte entschuldigend die Achseln.

»Sag bloß nicht, dass sich unsere Interessen rein zufällig überschneiden.« Aus Stascheks Schnurren wurde ein Knurren.

»Rein zufällig«, gab Danner zu.

»Und das hat sich rein zufällig gerade eben ergeben, oder was?« Staschek funkelte mich wütend an. »Wollt ihr mich verarschen? Raus! Aber flott! Macht eure Hausaufgaben gefälligst selbst.«

Er klatschte die Akte zu.

»Und wenn ihr was rausfindet, erfahre ich das umgehend, sonst gibt es Ärger. Haben wir uns verstanden?«

16.

»Woher wissen wir, wie Pfiffhofens Kind aussieht?«, erkundigte sich Danner scharf, kaum dass wir Staschecks Kellerbüro verlassen hatten.

»War geraten«, winkte ich ab.

»Dann versuch es bei *Wer wird Millionär?*«, konterte Danner kalt. »Wir müssen *wissen,* wovon wir reden.«

Ihm war klar, dass ich log.

Sein Blick wurde zu Beton.

Arsch.

»Du musst nicht alles wissen«, murrte ich trotzig.

Er packte meinen Arm, damit ich ihn ansah. »Hör auf, allein rumzuschnüffeln, Lila! Wir suchen keinen Supermarktdieb. Ich will auf dich aufpassen, kapiert?«

Aufpassen?

Ich spürte meinen Ärger hochbrodeln!

Wütend riss ich meinen Arm weg. »Hast du sie nicht mehr alle? Ich brauche keinen Superman, der in seiner Strumpfhose über mir kreist! Ich bin erwachsen! Also lass mich in Ruhe!«

Zornig ließ ich ihn stehen. Im Vorbeigehen griff ich den in der Flurmitte stehenden Pappaufsteller mit dem Hinweis auf die Mordkommission und donnerte ihn Danner vor die Füße. Dann stürmte ich die Kellertreppe hinauf.

Was bildete der Idiot sich ein?

Dass ich allein nicht klarkam? Dass er sich als großer Beschützer aufspielen konnte?

Ich hätte schreien können vor Wut!

Erschrocken bemerkte ich die Tränen, die mir plötzlich in den Augen brannten. Ich wischte mir hastig durchs Gesicht, bevor ich mich vergewisserte, dass Danner es nicht gesehen hatte.

Doch der war anscheinend wirklich hinter dem umgeworfenen Schild im Kellerflur der Mordkommission zurückgeblieben. Ich hielt inne und sah den Pappaufsteller aufgeklappt neben Danners Schuhen stehen. Auf der anderen Seite des Schildes entdeckte ich feminine Lederstiefel mit kleinem Absatz.

Oh.

Ich bückte mich und lugte durch das Treppengeländer.

Eine schlanke Brünette in engen Röhrenjeans quatschte mit Danner. Über ihren Rücken bis zum Gesäß baumelte ein dicker, dunkler Zopf.

Lätizia.

Sie warf den Kopf in den Nacken. Ihr Zopf wippte.

Na, großartig.

Mein *Ex*lieblingskommissar verpetzte mich, mein Freund spielte Superman und die Kriposchnecke schmiss sich im ungünstigsten Augenblick an ihn ran.

Was für ein Mist!

Ein Bleikloß wuchs in meinem Brustkorb und wurde innerhalb von Sekunden so schwer, dass er mich auf die Stufen hinunterzuziehen drohte.

Ich kannte das Gefühl schon. Doch ich hatte immer noch keine Ahnung, was ich dagegen tun konnte.

Gern hätte ich Lara Croft an ihrem tussigen, arschlangen Zopf an den nächsten Baukran gehängt.

Unattraktiv fand Danner die Psychotante jedenfalls nicht, sonst wäre er nicht mit ihr in die Kiste gestiegen. Außerdem war Lätizia selbstbewusst und unkompliziert. Während meine auf Krawall gebürstete Fassade zerbröckelte und Danner sich im Augenblick offensichtlich eher für meinen Babysitter als für meinen Partner hielt.

Was der Grund war, aus dem er demnächst die unkomplizierte Lätizia auf der Motorhaube unseres Oldtimers flachlegen würde, statt mich.

Ich versuchte, die deprimierenden Gedanken abzuschütteln, indem ich schneller lief. Geradeaus, über die Straße, rechts die Treppe hinunter, in eine gepflegte Kleingartensiedlung.

Locker bleiben.

Leicht gesagt. Nachdem ich jahrelang zu überhaupt keinem Gefühl in der Lage gewesen war, fühlte sich neuerdings jeder Streit wie eine Achterbahnfahrt an.

Ich musste mich zusammenreißen. Ernsthaft unterstellte ich Danner doch nicht, dass er sich mal eben von Lätizia vernaschen ließ.

Und dass ich mich im Vergleich mit jeder von Danners Verflossenen automatisch klein, dumm und hässlich fühlte, war einfach nur bemitleidenswert.

Du schaffst es nicht, so zu tun, als würden dir deine Eltern am Arsch vorbeigehen, erinnerte mich die nicht existente Stimme in meinem Kopf auf einmal boshaft. *Nicht mal deine Eltern können dich ausstehen, wieso sollte das wohl ausgerechnet bei Danner anders sein?*

Ich atmete tief durch. Die warme Sommerluft schmolz den Bleiklumpen in meiner Brust ein wenig zusammen. Eine vage Ahnung sagte mir, dass ich überreagiert haben könnte.

Vielleicht.

Ein bisschen.

Mist.

Unser Oldtimer stand noch auf dem für die Dienstwagen reservierten Parkbereich neben den Baufahrzeugen und einem Schuttcontainer, als ich zum Präsidium zurückkehrte.

Doch als ich die Kellertreppe erreichte, schäkerte Danner nicht mehr mit Lätizia. Beide waren weg. Dafür stand ganz hinten die Tür zu Staschecks Chefbüro offen.

Ich schlenderte hin, entdeckte jedoch weder Danner noch Staschek.

Die Akte lag nun wieder aufgeschlagen auf dem Schreibtisch, der Drucker surrte. Sah aus, als wäre Staschek nur kurz hinausgegangen. Um etwas zu kopieren. Oder weil es brandheiße Neuigkeiten zu besprechen gab.

Carlo Pfiffhofen und Marian Mohr zwinkerten mir von der Magnetwand aus zu.

Hm.

Im alten Kriminalkommissariat 11 im ersten Stock war das Verlassen seines Büros für Staschek kein Problem gewesen. Im Großraumbüro davor hatte immer irgendjemand gesessen. Unbefugt reinzuschleichen war unmöglich gewesen.

Nun, hier im Keller war das anders. Da genossen die Mitarbeiter ihre neue Privatsphäre und achteten darauf, dass die schweren Stahltüren wirklich geschlossen waren, damit sie niemand beim Muffinmampfen störte. Daran hatte Staschek sich offensichtlich noch nicht gewöhnt.

Ich trat an die Pinnwand, sah mir die neu dazugekommenen Zettel kurz an und fotografierte sie dann mit dem Handy ab. Mich an die Digitalisierung unserer Aufzeichnungen zu gewöhnen, fiel mir nicht sonderlich schwer.

Auch um das zweite Opfer Marian Mohr herum war inzwischen eine Gruppe lächelnder junger Frauen mit Magneten befestigt worden.

Die Namen standen praktischerweise unter den Bildern.

Kimberly Grube, Exfreundin

Michelle Knobloch, Freundin

Ich fotografierte alles ab.

Daneben hing ein Zettel, auf dem mit schwarzem Edding ein Fragezeichen gekritzelt worden war.

Darunter stand: *Frau, 175–180 cm, 60 kg, 25–35 J., lange, rote Haare (laut B. Jerken in der Nacht von M. Mohrs Tod gegen 2:00 Uhr im Hoteltreppenhaus gesehen)*

Eine große Unbekannte wie im öffentlich-rechtlichen Vorabendkrimi?

Hm.

Ich lichtete auch diesen Zettel ab.

Die aufgeschlagene Aktenseite entpuppte sich als Bericht der Gerichtsmedizin im Fall Mohr. Eine Menge Latein, aber auf ein Foto mehr oder weniger kam es nicht an. Ich blätterte weiter, stieß auf die Adressen von Mohrs Freundinnen und schoss Bilder davon. Nach den Daten der Frau des Fernsehkochs suchte ich vergeblich.

Wo waren die Unterlagen über Pfiffhofen?

Ich trat einen Schritt zurück und betrachtete Staschеks Schreibtisch aus der Entfernung.

Im Fußraum entdeckte ich die zweite Akte. Ich wuchtete sie neben die Computertastatur. Na, wer sagte es denn?

Beinahe sofort stieß ich auf das Protokoll von Pfiffhofens Obduktion und den medizinischen Bericht. Das Ärztelatein und wenig später auch die Adressen der Frauen wanderten in den Datenspeicher meines Handys.

Ging doch.

Ich ließ mein Telefon in Lenas Glitzerhandtasche verschwinden.

Der Drucker spuckte inzwischen Blätter auf den Fußboden, weil der Stapel im Ausgangsfach zu hoch geworden war. Ich sammelte die Papiere ein und legte sie zusammen mit den restlichen Zetteln auf Staschеks Schreibtisch.

Dann ging ich hinaus und zog die Bürotür rumsend hinter mir zu. Als ich mich umdrehte, kam mir Lätizia entgegen. Sie musterte mich stirnrunzelnd, schien aber nichts sagen zu wollen.

Wortgewandt war Tomb Raider nicht gerade. Na ja, dafür konnte sie vielleicht Karate.

Aber das konnte ich ja auch, fiel mir ein.

»Frau von Bimburg«, nickte ich ihr zu.

Ihre Augenbrauen prallten über ihrer Nasenwurzel aufeinander.

»Lila Ziegler, Detektei Danner und Ziegler«, stellte ich mich vor.

Die Tiefe ihrer Nasenlippenfalten deutete darauf hin, dass ihre Mundwinkel nicht nur abwärts zeigten, weil mein Name ihr nicht gefiel. Sie schienen diese Richtung häufig einzuschlagen.

Ich hielt ihr eine Karte unserer Detektei hin. »Sie interessieren sich für unsere Telefonnummer, hab ich gehört.«

Lätizia schnappte mir mit zusammengekniffenen Lippen die Karte aus der Hand und beeilte sich, im Besprechungsraum gegenüber von Staschekʼs Büro zu verschwinden.

Such dir deinen Brad Pitt woanders, Schnecke!

»Ups! Sorry, Chef …!« Lätizia prallte stotternd zurück in den Flur.

Chef? Staschek hatte sich im Büro direkt nebenan aufgehalten, während ich in seinen Unterlagen geschnüffelt hatte? Automatisch ging ich schneller. Er musste ja nicht sofort schnallen, wer die Papiere auf seinem Schreibtisch sortiert hatte.

»Ich wollte – ich wusste nicht, dass …«

Weil Lätizias Wortfindungsstörungen noch anhielten, als ich das provisorische Schild am Flurende erreichte, siegte meine Neugier doch noch und ich blickte mich um.

Die Gesichtsfarbe der Psychologin hatte sich von angepisst zu extrem peinlich berührt verdunkelt.

Offenbar gelangte sie zu der Erkenntnis, dass jedes gestammelte Wort die Lage nur verschlechtern konnte – sie knallte die Tür zum Besprechungsraum zu und flüchtete zu Herta ins Zimmer des Schreibdienstes.

Häh?

Ich hüpfte auf den ersten Treppenabsatz und wartete ab.

Und tatsächlich: Wenige Sekunden später flog die Tür des Besprechungszimmers wieder auf und – o je!

Eine zierliche Frau in einem schimmernden, silbergrauen Hosenanzug trat in den Flur. Ihre modische, brünette Kurzhaarfrisur hatte sie sich fransig ins hübsche, herzförmige Gesicht geföhnt. Ihre Pumps waren farblich perfekt auf ihr Outfit abgestimmt.

Die Königin dieser uniformierten Unterwelt.

Klara Peters.

Danners exverlobte Erzfeindin.

Mit wackelnden Hüften stöckelte die Polizeipräsidentin den Flur hinunter auf mich zu.

Unmöglich konnte ich jetzt noch die Kurve kratzen. Ich

straffte die Schultern. Glücklicherweise bog sie kurz vor dem Treppenaufgang nach rechts in eine Nische ab – und orderte per Knopfdruck den Fahrstuhl.

Erst jetzt schwang die Tür am Ende des Flures erneut auf und Staschek trat heraus.

Einen Augenblick lang hatte ich noch die verzweifelte Hoffnung, der zuständige Staatsanwalt würde ihm folgen, damit sich das Ganze als Lagebesprechung entpuppte. Als das nicht der Fall war, griff ich mir stöhnend an die Stirn.

Das war der Super-GAU. Die größtmögliche anzunehmende Katastrophe.

Die Peters sah sich nicht nach Staschek um.

Der Erste Kriminalhauptkommissar war weniger gelassen. Er nutzte das spiegelnde Glas eines Wandbildes mit Wasserfall, um mit fahrigen, schnellen Bewegungen den kastanienfarbenen Kragen seines Pullovers zurechtzurücken und sich prüfend über die Mundwinkel zu wischen.

Dieser Lurch, diese Kellerassel, dieser schleimige Grottenolm!

Die Tatsache, dass sein Outfit wieder einmal perfekt auf die Farbe seiner Haare und Augen abgestimmt war, versetzte mir einen zusätzlichen Stich.

Die Sachen hatte ihm Verena rausgelegt.

Staschek und die Peters?

Ernsthaft?

Was sollte das werden? Eine kreative Art des beruflichen Suizids? So wie Männchen einer bestimmten Sorte Giftspinnen davon ausgehen mussten, beim Sex vom Weibchen gefressen zu werden?

Das war doch idiotisch!

Und hinterhältigster Verrat!

Aber dass beide aus dem gleichen Zimmer gekommen waren, nacheinander, mit etwas zeitlichem Abstand, damit es niemandem auffiel, war ein Indiz, das ich nicht ignorieren konnte.

So eine Scheiße!

Locker bleiben, beruhigte ich mich.
Ich hatte nichts gesehen!
Und erst recht keinen Beweis, den ich Lena präsentieren und damit Staschecks Ehe eliminieren konnte.
Aber ich hatte das ungute Gefühl, dass ich nun die Richtung kannte, in der ich den Beweis suchen musste.

17.

Danner hob lediglich eine Augenbraue, als ich die Hotelzimmertür hinter mir zudrückte. Ansonsten reagierte er nicht auf mich. Angelehnt an sämtliche Kopfkissen zappte er durchs Vormittagsprogramm.
Ich musterte ihn kurz, um sicherzugehen, dass er nicht mehr sauer war.
Das Grübchen zwischen seinen Bartstoppeln gab Entwarnung, ließ meinen eigenen Ärger aber gleichzeitig wieder brodeln, signalisierte es mir doch: »Wusste ich, dass du angekrochen kommst.«
Arroganter Arsch.
Ich kickte meine Pumps auf den Teppich, ließ mich wortlos auf meine Seite des Bettes fallen und verschränkte die Arme.
Blitzartig griff Danner hinter sich, zog ein Kissen hervor und schleuderte es mir ins Gesicht. »Ich passe auf dich auf, ob dir das gefällt oder nicht! Hast du mich verstanden?«
Ich versuchte, einen Kissenzipfel zu schnappen, um ihm das Ding wegzunehmen.
»Ich würde dir auch wieder ein Spionageprogramm auf dein Handy spielen, wenn ich es in die Finger kriege!« Danner verpasste mir einen Treffer in die Rippen.
Ich klemmte das Kissen unter dem Arm ein.
»Und nein, ich habe kein schlechtes Gewissen dabei!«
Danner hatte schon das nächste Kissen in der Hand und wehrte meinen Gegenangriff ab.

»Es ist mein verdammtes Recht, mir Sorgen um meine Frau zu machen!«

Seine Frau?

Er hatte mich abgelenkt und nutzte den Augenblick, um sich das Kissen mit einem schnellen Ruck wieder anzueignen.

1:0

»Du bist mir nicht egal …«

Ich bekam einen nach Waschmittel duftenden rechten Haken ab.

»… komm endlich damit klar!«

Verdammt!

2:0

Ich musste lachen und versuchte mit beiden Händen, seine Schläge abzuwehren. Keine Chance! Kapitulierend ließ ich mich auf den flauschigen Teppich plumpsen und blieb lachend liegen. Danners Kopf tauchte über mir an der Bettkante auf.

»Macho!«, knurrte ich. »Ich brauche keinen Superhelden, der auf mich herabstürzende Passagierflugzeuge auffängt, okay?«

»Dafür müsste ich mein Hanteltraining auch erst optimieren.« Seine Augen glitzerten, als er das Kinn auf die verschränkten Unterarme legte.

»Ich nehme das übrigens nicht so genau wie du«, setzte er hinzu. »Wenn du mal einen Jumbojet dran hindern kannst, mir auf den Kopf zu fallen, darfst du gern Superwoman spielen. Mein männlicher Stolz hält so was aus.«

3:0

Endstand.

Ich hielt lieber die Klappe.

18.

»Verbrecherin«, hatte Danner geknurrt, als ich ihm die aus der Polizeiakte abfotografierten Adresslisten gezeigt hatte.

Doch Staschecks fehlendes Einverständnis hielt ihn keineswegs davon ab, die geklauten Daten zu benutzen.

Deshalb verließen wir unsere Suite kurz darauf in mittlerweile gewohnter Dienstkleidung: Danner in smartem Schwarz, ich in einer von Lenas Kleiderschrankleichen.

Diesmal handelte es sich bei dem Rock – großartig! – um ein barbiefarbenes Modell. Zusammen mit meiner blonden Mähne war das Ding optimal geeignet, meiner selbstdiagnostizierten Weibchenphobie mit knallharter Konfrontationstherapie ein Ende zu setzen.

Auf dem Flur näherte sich Zimmerfee Ricarda mit dem klirrenden Getränkewagen, mit dem sie die Minibar auffüllte.

»Lassen Sie sich ruhig Zeit, wir sind erst mal weg«, sagte ich zu der jungen Frau und hielt ihr die Tür auf.

Ganz kurz sah sie mich an.

Im gleichen Moment entdeckte ich eine zweite Frau, die zielstrebig den Hotelflur entlang auf uns zusteuerte.

»Ben!« Aufgeregt tippte ich Danner an.

Obwohl meine Schuhe mich zehn Zentimeter größer machten, überragte mich die Fremde. Mein Blick wanderte automatisch auf ihre rot karierten Sneakers. Ihr gesamtes Erscheinungsbild war – nun ja, alternativ.

Zu einer ausgewaschenen Jeans trug sie ein schlabberiges, ärmelloses Shirt mit orangerotem Batikmuster. Sie hatte ein hübsches, von dicken Sommersprossen gesprenkeltes Gesicht, null Schminke und im Nacken zusammengezurrte Dreadlocks, die ihr über den gesamten Rücken hinunter bis ans Gesäß baumelten. In meiner noch nicht allzu lang vergangenen Schulzeit hatten solche Gestalten der Gesellschaft zum Erhalt und der Verbreitung der Hanfpflanze angehört. Auf einem Flur des edlen Vier-Sterne-Hotels hätte auch ein Shetlandpony nicht deplatzierter wirken können.

Doch das Entscheidende war die Farbe ihres Haupthaares. Die leuchtete unübersehbar rot.

»Da bist du ja, Ricki.« Die Stimme der Frau klang noch jünger, als sie in Wirklichkeit war. Ich schätzte sie auf kurz nach dreißig.

Sie nickte mir und Danner flüchtig zu. »Hast du Zeit für mich?«, erkundigte sie sich bei Ricki.

»Ich muss noch das Zimmer machen«, nuschelte diese und schob mit gesenktem Kopf den Wagen in unsere Suite.

Als würde sie flüchten.

»Ich warte auf dich«, rief die Rothaarige ihr nach, lehnte sich an die Flurwand und kramte einen Notizblock aus ihrer bunt bestickten Umhängetasche.

Von Ricki zu erfahren, wer die Frau war, dürfte kein allzu großes Problem werden, überlegte ich, während wir auf den Fahrstuhl warteten.

Danner tat, als würde er mit seinem Handy besseren Empfang suchen, während er die Unbekannte fotografierte.

Einen Moment lang hatte ich das Gefühl, ein Alien öffnete uns die Tür. Eine Außerirdische von der Sorte, die, in eine strahlende, goldene Aura gehüllt, in Parfümwerbungen auftauchte.

Mandy ›Amanda‹ Andraschek war eine Erscheinung. Mit einer sorgfältig über die Schulter drapierten, goldblonden Mähne, die mindestens so viel Zeit und Geld gekostet hatte wie meine eigene neue Frisur. Sie besaß ein makellos weißes Moderatorinnenlächeln, zehn manikürte Fingernägel und einen Körper, der zweifellos zum Wasserrutschentesten qualifizierte.

Das war irgendwie unheimlich. Immerhin war der mit ihr verlobte Küchenprinz keine zwei Wochen tot. Ich hatte eine gewisse Verwahrlosung erwartet.

Sie stützte eine Hand auf die Hüfte. Sah aus, als würde sie für Paparazzi posieren.

»Ja, bitte?« Sie musterte Danner und mich kritisch.

»Frau Andraschek? Danner und Ziegler, wir ermitteln die Hintergründe des Todes Ihres Freundes. Hätten Sie einen Moment für uns?«

»Ich habe gleich ein wichtiges Interview.« Ihr Blick blieb an meinen rosa Rock und den High Heels hängen. »Sind Sie überhaupt von der Polizei?«

An ihr vorbei sah ich hohe Fenster, Eichenparkett, eine Kommode im Landhausstil. Darauf frische Schnittblumen in einer Vase.

Wer sorgte denn kurz nach dem Mord an seinem Lebensgefährten mit frischen Blumen für ein behagliches Wohngefühl?, wunderte ich mich. Das Alien selbst? Die Putzfrau? Oder schenkte ihr jemand rosafarbene Edelnelken?

Ich angelte mein Handy aus der Hosentasche, während Danner sich zähneknirschend outete: »Wir ermitteln privat, im Auftrag des Hotels.«

»Also sind Sie keine Polizisten?!«, begriff die Moderatorin sofort. »Dann muss ich auch nicht mit Ihnen reden.«

»Wir versuchen, den Mord an Ihrem Lebensgefährten aufzuklären«, konterte Danner. »Das sollte doch auch in Ihrem Interesse liegen?«

»Meine Interessen können Sie getrost mir überlassen.«

Die Tür rumste zu.

»Brrr.« Danner schüttelte sich. »Die ist kalt wie ein Fisch.«

»Wir haben Sie gestört«, erklärte ich. »Sie hat ja gesagt, dass sie Besuch erwartet.«

Das Internet lieferte mir bereits, was ich gesucht hatte. Ich hielt Danner das Display unter die Nase. Auf der Homepage eines Fernsehsenders hatte ich die gestrige Ausgabe eines Klatsch- und Tratschmagazins gefunden und angeklickt. Gleich der erste Beitrag zeigte eine Rotz und Wasser heulende Mandy Andraschek.

»Würdest du die Promi-News nicht immer wegzappen, hätten wir sie schon gesehen«, mutmaßte ich.

Danner griff sich verblüfft an die Stirn.

»Die muss jedenfalls keine Käfer mehr essen, Achterbahn fahren, bis sie kotzt, oder genervte Promis interviewen«, stellte ich fest. »Im Augenblick wird sie selbst interviewt.«

19.

»Wissen Sie, wie schwer ein Mensch ist? Mein Rücken hat nicht mehr mitgespielt. Außerdem wollte ich nicht mein Leben lang Ärsche abwischen.« Ironischerweise schnappte Patrizia Jagoda im gleichen Atemzug den vorbeiwackelnden Mini-Pfiffi, um an seiner Windel zu schnüffeln.

Die Mutter von Carlo Pfiffhofens Kind war um die dreißig. Ihre braunen Locken hatte sie zu einem seitlichen Zopf geflochten. Sie trug kniehohe Stiefel ohne Absatz zu einem Faltenrock und einem verspieltem Rüschenshirt und hatte mit Rouge Konturen auf ihr ovales Gesicht geschminkt. Sie war groß, schlank und zumindest aus der Entfernung zweifellos attraktiv, allerdings kein Vergleich zum Alien.

»Deshalb hab ich das Praktikum bei Carlos Catering begonnen. Er meinte, ich könne leicht Karriere als Eventmanagerin machen. Und dann ging ja alles ganz schnell mit uns.«

Bums, war sie schwanger, schon klar.

»Aber genauso schnell hat Pfiffhofen Sie auch wieder verlassen, oder?«, kam Danner auf den Punkt. »Noch vor der Geburt des Kindes, da müssen Sie einigermaßen sauer gewesen sein.«

»Wenn Sie wissen wollen, ob ich ihn umgebracht habe: Nein. Dazu hatte ich überhaupt keinen Grund, das habe ich der Polizei auch schon erzählt.«

Ihr Blick flitzte dem Kleinkind hinterher, deshalb verriet ihre Miene nicht, ob sie log.

»Aus uns wäre sowieso nichts geworden. Und er hat immerhin Unterhalt gezahlt. Jetzt muss ich noch ein halbes Jahr auf einen Kindergartenplatz warten und weiß nicht, woher ich bis dahin das Geld für die Miete nehmen soll.«

Das Wohnzimmer war nicht luxuriös eingerichtet, aber geräumig. Mit einem Wickeltisch an der Wand und einer sonnengelben Krabbeldecke auf dem Teppich.

»Wieso wäre nichts aus Ihnen beiden geworden?«, hakte ich nach.

Der kleine Pfiffi, der die dunklen Locken seines Vaters geerbt hatte, plumpste auf seine Windel. Seine Mutter sah mich doch kurz an.

»Also, um ehrlich zu sein, wenn ich nicht schwanger gewesen wäre ... ich möchte nicht schlecht über ihn reden«, schüttelte sie dann den Kopf. »Er ist Leons Vater.«

»Vor allem ist er tot, Frau Jagoda«, erinnerte Danner. »Frau Ziegler und ich werden Ihre Worte nicht in die nächste Zeitung setzen. Wir versuchen lediglich, herauszufinden, was passiert ist.«

Sie holte tief Luft.

»In der Küche herrscht eben ein rauer Ton, hat Carlo immer gesagt. Weil alles schnell gehen muss, bleibt keine Zeit für höfliche Umgangsformen. Am Anfang hab ich das gar nicht gemerkt, weil er mit mir ja immer geflirtet hat.«

Aha?

»Aber dann hat mich das schon gestört. Und im Privatleben war sein Umgangston auch kein anderer. Er ist regelrecht beleidigend geworden. Na ja, als er gegangen ist, hab ich jedenfalls kein Drama draus gemacht.«

20.

»Glauben Sie nicht, dass ich dem nachweine.«

So viel zum Traumprinzen.

Lexa Pfiffhofen saß rauchend in ihrer schmalen Küche.

Einen kurzen Moment erinnerte mich die Frau mit dem gebeugten Rücken, den müde aufgestützten Armen und der Kippe im Mundwinkel an meine Mutter. Obwohl meine Mutter nicht rauchte und, als wir uns das letzte Mal gesehen hatten, auch die Haare nicht mehr gefärbt und einen Botoxentzug gemacht hatte.

Mir fielen die schwarzen Schimmelflecken auf, die über

dem einzigen Fenster wucherten. Carlo Pfiffhofens Exfrau lebte in deutlich bescheideneren Verhältnissen als seine letzte Lebensgefährtin.

Als Danner sich auf den Stuhl zwängte, stieß sein Rücken gegen die Kante der Spüle. Weil es keinen dritten Stuhl gab, hockte ich mich auf eine Kiste Mineralwasser.

Lexa Pfiffhofen schenkte uns lauwarmen Kaffee aus einer Thermoskanne ein. Die braunen Flecken unter dem Ausguss der Kanne hatten offensichtlich viel Zeit gehabt, sich festzufressen.

Viel Energie schien Pfiffhofens ehemalige Ehefrau nicht mehr zu haben und den Rest davon verschwendete sie offensichtlich nicht an ihren Haushalt.

Worauf sich ihre Restenergie richtete, war nicht allzu schwer zu erraten: Ihr Haar war zu blond, das Gesicht zu glatt und die Brüste zu prall. Wenn ihr ausgemergelter Körper von Natur aus alle Reserven in zwei Höckern speichern würde, wäre sie ein Kamel.

»Klingt, als hätten Sie und Ihr Exmann Probleme miteinander gehabt«, hakte Danner nach.

Sie schnaubte verächtlich. »*Ich* hatte Probleme, *er* wohl kaum.«

»Wollten Sie ihn zurück?«, erkundigte ich mich direkt. Das würde erklären, warum sie wie ein schlecht verarbeitetes Chinaplagiat des Aliens aussah.

Sie wandte sich mir zu, als hätte sie nur darauf gewartet, dass ich etwas sagte. Weil ich auf der Wasserkiste saß, konnte sie auf mich herabsehen.

»Du hast doch keine Ahnung, Kleines.« Sie pustete mir ihren Zigarettenrauch ins Gesicht.

Mir fiel ein, dass auch ich derzeit wie eine Bewerberin für die Rolle als Küchenprinzessin wirkte. Optisch zumindest.

»Jetzt wackelst du einmal mit dem Arsch und die Typen vergessen, wie sie heißen.« Pfiffis Ex hauchte mir die nächste Rauchwolke ins Gesicht. »In zehn Jahren sieht das anders aus. Glücklicherweise bleibt das auch dir nicht erspart.«

Dies war einer der seltenen Momente, in denen ein rosa Rock sich tatsächlich als nützlich erwies. Ich zog eine Schnute und schlug beleidigt die Beine übereinander.

»Dann lässt du dir auch den Busen vergrößern und den Arsch verkleinern und taugst trotzdem nicht für den roten Teppich. Und es ist wurscht, ob du ihm zehn Jahre seine Firma geschmissen hast, verstehste?«

»Sie haben sich für Ihren Exmann unters Messer gelegt, aber er hat Sie trotzdem verlassen?«, versuchte ich, das Gehörte zusammenzupuzzeln.

»*Ich* hab *ihn* verlassen!«, keifte sie mich empört an. »Über seine ständigen Affären hab ich noch hinweggesehen, aber als er die dusslige Praktikantin geschwängert hat, hat es mir endgültig gereicht. Das Personal hat sich totgelacht über mich. Geh ich eben wieder kellnern, was soll's? Dass die kleine Aushilfe weder die Firma am Laufen hält noch einen vollständigen Satz rauskriegt, wenn sie ein Mikro unter der Nase hat, hat er aber auch schnell geschnallt. Da war sie abgemeldet, sobald sich was Besseres ergeben hat. Samt ihrem Balg. Kinder wollte er ja sowieso nicht.«

Sie gab sich keine Mühe, ihren Triumph zu kaschieren.

»Für die Typen bist du in etwa so wichtig wie – deine Handtasche für dich.« Sie deutete auf Lenas Glitzerkoffer. »Wenn ein schickeres Ding besser in sein Leben passt, landest du in der Kleiderspende.«

Oder mit einem Aushilfsjob und einer schlecht sitzenden Brustprothese in einer schimmelnden Bude.

Sie zog krampfartig an der bis auf den Filter heruntergebrannten Kippe.

»Haben Sie Ihrem Exmann zuliebe auf Kinder verzichtet?«

Meine Worte ließen sie kurzzeitig das Ausatmen vergessen, bis der Rauch einen Hustenanfall auslöste. Der glühende Zigarettenfilter fiel ihr aus der Hand, sie trat ihn auf dem PVC aus.

Nachdem der drohende Küchenbrand verhindert war, fing

sie sich wieder. »Deswegen habe ich ihn nicht umgebracht. Ich bin seit beinahe zwei Jahren geschieden.«

Dass sie über ihn hinweg war, würde ich trotzdem nicht unterschreiben.

Sie sah mir meine Skepsis offenbar an: »In der Nacht, als er – gestorben ist, stand ich bis morgens um vier hinterm Tresen. Danach hab ich geputzt und bin mit den Öffentlichen von Gelsenkirchen nach Hause. Sie können meinen Chef fragen, wenn Sie unbedingt müssen.«

21.

Unsere Verdächtigenliste wurde länger.

Nachdem ich Pfiffhofens Exfrau Lexa kennengelernt hatte, war die Barkeeperin auf Platz zwei meines Mordverdächtigen-Rankings gerutscht.

Der Möchtegernmälzer hatte den Selbstwert seiner Ex auf den einer Küchenschabe heruntergeputzt. In meinen Augen trug er zumindest eine Mitschuld daran, dass ihr aus dem Spiegel eine Gruselbarbie entgegenglotzte und ihrer biologischen Uhr die Batterien ausgegangen waren. Während er versehentlich eine andere geschwängert hatte.

Als Motiv für die Attacke auf Pfiffis Männlichkeit erschien mir das brauchbarer, als der Barfrau eine Psychose anzudichten.

Ich lenkte den Oldtimer auf den Hotelparkplatz.

Auch für Pfiffhofens Verlobte Mandy Andraschek hatte die derzeitige Situation Vorteile. Das öffentliche Interesse, das sie durch seinen Tod erhielt, konnte man in ihrem Geschäft ja schon fast als Karrierekick bezeichnen.

Und trauern tat sie vor der Kamera mehr als dahinter, unterstellte ich einfach mal boshaft. Was damit zusammenhängen konnte, dass auch sie bereits eine ganze Weile mit Carlo Pfiffhofen liiert gewesen war. Nach allem, was Lexa Pfiffhofen und Patrizia Jagoda über den Koch berichtet hatten, hatte vermutlich auch Mandy Andraschek mittlerweile mitbekommen, dass sich die Umgangsformen ihres Prinzen auf Neandertalerniveau bewegten. Es sei denn, er hätte seiner neuen Flamme zuliebe mehrere Evolutionsschritte in Rekordzeit absolviert.

Die Einzige, bei der ich wirklich neigte, sie von der Liste der Verdächtigen zu streichen, war Patrizia Jagoda. Bei der Mutter von Pfiffhofens Sohn konnte ich kein Mordmotiv entdecken und einen zurechnungsfähigen Eindruck machte sie auch.

Mein Handy piepte, als ich aus dem Auto stieg.

Ich war allein, Danner hatte ich bei Molle abgesetzt. Er wollte versuchen, Lexa Pfiffhofens Alibi telefonisch abzuklopfen, und Molle dazu bringen, uns etwas zu essen zu kochen.

Die SMS kam von Lena: *Arbeitest du oder bist du tot?*

Seufzend steckte ich das Handy ein. Bevor ich meiner ungeduldigen Auftraggeberin von meinem Verdacht von akuter Lebensmüdigkeit ihres Vaters berichtete, musste ich brettharte Beweise für eine Affäre mit der männerfressenden Giftspinne in der Hand haben.

Ich lenkte meine Gedanken zurück zu unserer Verdächtigenliste, denn die war noch nicht zu Ende.

Die psychisch behinderte Zimmerfrau Brigitte Jerken war immerhin die Letzte, die Marian Mohr lebend gesehen hatte, und wenn irgendjemand als Psychopathin eine gute Figur machen würde, dann sie. Theoretisch hätte sie die geheimnisvolle Rothaarige sogar erfunden haben können, um von sich selbst abzulenken.

Doch es war ja tatsächlich eine große Rothaarige aufgetaucht, die sich offenbar im Hotel auskannte. Auch die Fremde war eine heiße Spur.

Und ich war optimistisch, von unserem Zimmermädchen Ricki mehr über die Frau erfahren zu können. Ricki kannte sie ja.

Mittlerweile war es später Nachmittag. Keine Ahnung, wann Rickis Dienst endete.

Ich wandte mich an die Empfangsdame – heute eine gepflegte Mittvierzigerin mit schulterlanger durchgestufter Bobfrisur.

»Ziegler, Zimmer 501«, identifizierte ich mich. »Ist die Dame vom Zimmerservice, die heute Morgen unsere Minibar gefüllt hat, noch da?«

Die Rezeptionistin sah auf die Uhr. »Normalerweise ist die Frühschicht von sechs bis halb zwei im Haus, aber … Kleinen Moment, bitte.«

Sie verschwand kurz hinter der blickdichten Wand, vermutlich, um nachzusehen, ob Ricki noch in einem der Aufenthaltsräume saß.

Anscheinend war das nicht der Fall, denn die Frau kehrte gleich darauf zurück und griff nach einem schnurlosen Telefon.

»Hallo, Rita, hier ist Silke. Bei mir ist eine Dame aus der fünften Etage mit einer Frage zum Service. – Ja, vorne bei mir. – Gut. Bis gleich.«

Silke Maier saß hinter dem Tresen, verriet mir das obligatorische Namensschild. Frau Maier setzte ihr Lächeln wieder auf und sagte zu mir: »Rita Kröppke, die stellvertretende Leitung des Housekeepings, wird gleich hier sein. Sie kann Ihnen bestimmt weiterhelfen.«

Kaum hatte sie zu Ende gesprochen, trat schon eine korpulente Frau in einer türkisfarbenen Flatterbluse über einer stramm sitzenden Möhrenjeans aus dem Fahrstuhl und steuerte zielstrebig auf uns zu.

Wäre die farbenfrohe Bluse nicht gewesen, hätte Kröppke auch ein bulliger, kleiner Schläger sein können. Sie hatte kräftige Schultern, einen breitbeinigen Gang und einen grauen Bürstenhaarschnitt. Ihr aggressiv vorgeschobener Unterkiefer ragte über den Oberkiefer hinaus.

»Ja, bitte?«, blaffte sie mich an. Offenbar rechnete sie mit einer Beschwerde.

»Lila Ziegler, Zimmer 501«, stellte ich mich artig vor. »Heute Morgen war eine junge Kollegin von Ihnen bei mir auf dem Zimmer. Ihr Name ist Ricarda.«

»Und?«, schnauzte Kröppke. »Guten Tag gesagt hat sie wohl, sonst wüssten Sie ihren Namen ja nicht.«

Kein Wunder, dass für Beschwerden dieser Pitbull zuständig war. Da überlegte man sich zwei Mal, ob es was zu meckern gab.

»Natürlich hat sie sich vorgestellt«, tat ich irritiert. »Sie war sogar ausgesprochen nett und hilfsbereit.«

Rita Kröppke stemmte misstrauisch die Hände in die Hüften.

»Deshalb wollte ich Ricarda unbedingt Trinkgeld geben. Ist sie noch da?«

Die bullige Frau sah mich an, als hätte sie die Pointe nicht begriffen. »Das ist alles?«

Kam ein Lob so selten vor? Ich erinnerte mich an den Auftritt von Azubine Leonida und ihr Gemecker über Rickis Arbeit.

»Wieso denn nicht?«, kläffte ich angriffslustig zurück.

Kröppke musterte meinen rosa Rock. »Schichtwechsel war um zwei«, muffelte sie dann. »Da müssen Sie schon bis morgen warten.«

Schade.

22.

Normalerweise zeigte Molles Kneipe verlässlich die Wirkung eines prasselnden Kaminfeuers: Sie wärmte. Von innen und außen. Das funktionierte sogar mitten im Sommer.

Nur heute nicht.

Dabei war alles wie immer, als ich hereinkam. Trotzdem kam mir die Situation unecht vor wie eines dieser Bioethanolfeuer, die zwar tatsächlich brannten, aber nicht knisterten.

Die drei Männer saßen am Tisch vor der Theke, auf dem

Molle einen elektrischen Grill aufgestellt hatte. Während die Steaks brutzelten, ploppten Molle, Danner und Staschek die Bierflaschen auf.

Staschek, diese verlogene Ratte, trank mit Danner sein Feierabendbier, als wäre alles wie immer. Garantiert hatte der kein Wort darüber verloren, dass er die exverlobte Erzfeindin seines Kumpels im Besprechungskeller datete!

Unbekümmert häufte sich Staschek eine Portion Salat auf den Teller. Eine Minitomate kullerte über den Tisch. Er schnappte sie mit den Fingern, um sie sich in den Mund zu stecken.

Der verarschte nicht nur Lena!

»Sag bloß, deine Oberbefehlshaberin hat dir Ausgang gewährt?«, schnappte ich giftig und rückte meinen Stuhl von Staschek weg, bevor ich mich setzte.

Staschek entging meine Feindseligkeit nicht. Die Tomate verfehlte seinen Mund und kullerte erneut über Molles karierte Tischdecke.

»Hat sie dich heute gar nicht zu einer dringenden Besprechung abkommandiert?«, wurde ich noch direkter.

Staschek vergaß, nach der Tomate zu greifen. Sie rollte vom Tisch und Molles Hund stürzte sich darauf. Staschek fixierte mich feindselig.

»Heute ist jedenfalls meine Bürotür abgeschlossen.«

Wir wussten also beide, was Sache war.

Danner und Molle registrierten die gereizte Stimmung selbstverständlich.

»Das nächste Mal hast du eine Anzeige am Hals, kapiert?«, drohte Staschek eisig.

Willst du dich wirklich mit mir anlegen?

»Was soll der Stress, Leute?« Molle wurde es zu ungemütlich, während Danner sich gespannt zurücklehnte. Der dicke Wirt wuchtete eilig die Steaks auf die Teller. »Esst, bevor es kalt wird. Sonst mache ich mir morgen nicht mehr die Mühe.«

Ich schwieg, legte aber den Zeigefinger an die Wange und funkelte den Kriminalkommissar herausfordernd an. Selbst im Winter hatte sein Teint eine gesunde Farbe. Jetzt im Sommer sah er aus, als wäre er gerade von den Kanaren zurückgekehrt.

Er rutschte auf seinem Stuhl herum und pikte die Gabel schlecht gelaunt in Molles perfekt medium gegartes Steak.

Fürchtete er, dass ich mehr wusste, als dass er sich nach einer Besprechung mit der Polizeipräsidentin den Mund abwischen musste?

Ich musste herausfinden, was genau Lätizia gesehen hatte, als sie versehentlich in die Besprechung geplatzt war, erkannte ich. Dann hatte ich eine Zeugin. Und damit den Beweis, den ich suchte.

Ich legte den Kopf schief.

Dann bist du geliefert, Verräter!

Als hätte er meine Gedanken gelesen, war Staschek der Appetit endgültig vergangen. Er schob den Teller zur Seite.

Danner musterte seinen Kumpel scharf: »Stimmt was nicht, Lenny?«

»Deine kleine Spionin hat meine Ermittlungsergebnisse geklaut, das ist los!«, explodierte der und ließ seine Faust unkontrolliert auf den Tisch krachen.

Das Geschirr klirrte, Molles Bierpulle kippte um, der Inhalt überschäumte die karierte Decke.

Weil sie Staschek einen solchen Ausbruch nicht zugetraut hatten, saßen Danner und Molle sprachlos da.

Ich war besser vorbereitet.

»Verhafte mich doch«, polterte ich zurück. »Verknackt werde ich sowieso nicht, ich bin noch nicht einundzwanzig und meine geistige Reife ist verzögert. Wahrscheinlich komme ich mit einer Verwarnung oder Sozialstunden davon.«

Staschek attraktive Bräune färbte sich beängstigend dunkel.

»Wir sprechen uns noch, du verzogene Göre!« Vor Wut kippte seine Stimme. Er schnappte seinen dünnen Sommermantel und stürzte aus der Kneipe.

Danner und Molle blieben staunend sitzen.

Ich betrachtete das angeschnittene Steak, das auf dem Teller des Kommissars zurückgeblieben war. Ich konnte mich nicht erinnern, dass Staschek je liegen gelassen hatte, was Molle ihm vorgesetzt hatte.

Donnerstag, 26. Juni, 5:00

K.-o.-Tropfen oder Knockout-Tropfen sind Zubereitungen aus narkotisierend wirkenden Stoffen, die im Rahmen von Straftaten wie Sexual- oder Eigentumsdelikten genutzt werden, um die Opfer zu betäuben und damit wehrlos zu machen. Sie werden unbemerkt in Nahrung oder Getränke gemischt.
Nach dem Erwachen können sich die Opfer häufig aufgrund von Gedächtnislücken nicht mehr an die Tat oder den Tathergang erinnern.
Die Wirkstoffe werden zum Teil auch therapeutisch als Schlaf- oder Beruhigungsmittel genutzt. Häufige Anwendung in K.-o.-Tropfen finden etwa Benzodiazepine, Neuroleptika und Gamma-Hydroxybuttersäure (Liquid Ecstasy).
Früher wurden auch Chloralhydrat und Barbiturate verwendet.
Vor allem Barbiturate sind bei Überdosierung lebensgefährlich, da die Gefahr eines Atemstillstands besteht.
Interessant.
Das Zeug muss her.
Im Fall der Fälle würde das einiges einfacher machen.
Aber jetzt ist es Zeit fürs Frühstück.
Die Müslischüsseln stehen neben dem Futternapf im Geschirrspüler. Alles ist blitzblank.
Heute gibt es Cornflakes mit Milch. Und frischen Erdbeeren.

23.

»Ich schlage vor, wir fragen Marian Mohrs Exfreundin persönlich, warum sie nach dem Abend in der Hotelbar Hals über Kopf abgereist ist.« Danner rubbelte sich mit einem

Handtuch die Glatze trocken. »Und ob Mohr genauso ein Sympathieträger wie Pfiffhofen war.«

»Hmhm«, nickte ich, ohne richtig zugehört zu haben.

Weil wir den Abend gestern im Whirlpool hatten ausklingen lassen, sparte ich mir die morgendliche Dusche und lag auf dem Bauch im Himmelbett. Während Danner seine Glatze polierte, studierte ich die Berichte der Gerichtsmedizin, die ich mit dem Smartphone abfotografiert hatte.

»Vielleicht ist dem Mädchen auch irgendwas anderes Verdächtiges in der Bar aufgefallen. Ist ja denkbar, dass der Täter den Streit verfolgt hat. Vielleicht saß er am Nebentisch.« Danner schlüpfte in eine dunkle Jeans. »Allerdings wohnt die junge Dame nicht gerade um die Ecke.«

»Hmhm«, machte ich wieder.

Daraufhin warf Danner sich neben mich aufs Bett und drehte neugierig mein Handy in seine Richtung. Das Display zeigte die Auflistung von Carlo Pfiffhofens Verletzungen.

Frakturen:
os occipitale

Stich- und Schnittverletzungen:
M. psoas mai./min re.
M. quadr. fem. re.
M. sartorius re.
Lig. inguinale re.
V. inguinale re.
Tunica fibrosa urogenitale ext.
A. pudenda int.
A./V./N. femoralis re.

Die Liste ging noch weiter. Mein großes Latinum half mir nicht wirklich, die Fachbegriffe zu verstehen, aber dem abschließenden Bericht des Gerichtsmediziners konnte ich immerhin so weit folgen, dass die Fraktur am Hinterkopf eine Gehirnblutung und höchstwahrscheinlich eine Bewusstlosigkeit zur Folge gehabt hatte. Bei einer einigermaßen zügigen Behandlung hätte diese Verletzung nicht zum Tod führen müssen. Den Schädelbruch führten die Ärzte auf den Zusammenstoß mit einer Bordsteinkante auf dem Parkplatz zurück. Ob dieser Aufprall jedoch durch eine weitere Person oder durch Pfiffhofens Blutalkoholgehalt verursacht worden war, konnten die Mediziner nicht zweifelsfrei feststellen.

2,1 Promille

Wahrscheinlich war der Koch also bewusstlos gewesen, als ihm die Unterleibsverletzungen zugefügt worden waren und er seiner Männlichkeit beraubt wurde.

Der Intimbereich und der rechte Oberschenkel waren regelrecht zerfetzt worden. Die Klinge war nach Einschätzung der Mediziner höchstens acht Zentimeter lang, eher sechs, und außerdem ziemlich abgenutzt gewesen. Dieser Umstand dürfte das Entfernen des bekannten Körperteils nicht leichter gemacht haben. Zum Tod geführt hatte letztendlich eine Verletzung der rechten Oberschenkelarterie.

Die Aufzählung von Marian Mohrs Verletzungen war übersichtlicher.

Frakturen:
os parietale

Schnitt- und Stichwunden:
A. pudenda int.
Tunica fibrosa urogenitalis ext.
A./V. femoralis re.

Der zugehörige Bericht erklärte, dass Marian Mohr ebenfalls aufgrund einer Schädelfraktur bewusstlos gewesen, dann aber wesentlich präziser entmannt worden war.

Zum Tod geführt hatte auch im Fall des Sängers letztendlich der Blutverlust durch Gefäßverletzungen im Oberschenkelbereich, die ihm durch einen zweiten, anscheinend ebenfalls gezielten Schnitt zugefügt worden waren.

»Es kann also durchaus sein, dass Pfiffhofen gestürzt ist und bewusstlos auf dem Parkplatz lag«, fasste ich zusammen, was ich verstanden hatte. »Der Täter oder die Täterin hat die Gelegenheit erkannt und genutzt. Marian Mohr hingegen wurde gezielt niedergeschlagen, entmannt und auf die gleiche Art wie Pfiffhofen mit einem Oberschenkelschnitt getötet.«

»Könnte sein, dass der Täter beim zweiten Mal gewusst hat, was er tat.« Danner rieb sich das kratzige Kinn. »Das passt zu unserer Theorie, dass der erste Mord im Affekt passiert ist. Bei der zweiten Tat hat der Täter die bewährte Methode erneut angewendet.«

»Womit wir wieder bei dem Punkt wären, dass er mächtig sauer auf Pfiffi war. Was eher auf eine Täterin schließen lässt«, erinnerte ich. »Als der Koch wehrlos am Boden lag, hat sie ihre Wut an ihm ausgelassen. Eine ziemlich große Wut«, fügte ich hinzu, »die sich über Jahre aufgestaut haben könnte.«

Lexa Pfiffhofen schob ihren missglückten Kunstbusen in den Vordergrund meines Bewusstseins.

»Und als sie Marian Mohr begegnet ist, kam sie zu der Überzeugung, dass er das gleiche Schicksal verdient hat«, nickte Danner. »Und hat es durchgezogen.«

Ich dachte an die lange Reihe von Mohrs Exaffären.

»Du hast recht.« Ich zog Danner von der Couch hoch. »Wir müssen rauskriegen, wie genau sich Mohr so einen Tod verdient haben könnte. Dann kennen wir das Motiv.«

24.

Michelle Knobloch sah sich selbst nicht sehr ähnlich.

Jedenfalls nicht, wenn sie wirklich die Frau auf den gegoogelten Fotos war, die sich in glitzernden Kleidchen bis ins Halbfinale des Samstagabendcastings eines privaten Fernsehsenders gejodelt hatte. Die Internetbilder zeigten Marian Mohrs Exfreundin mit unechten Wimpern, ins Gesicht geklebten Strasssteinen und einer langen, dunklen, übertrieben toupierten Mähne.

Nachdem die Hundertdreißigkilometerfahrt nach Osnabrück dank unseres altersschwachen Oldtimers gute zweieinhalb Stunden gedauert hatte, öffnete uns ein unscheinbares Mädchen die Tür der Dachgeschosswohnung. Michelle Knobloch trug kurz vor Mittag einen Pyjama, war ungeschminkt und hielt einen Becher warmen Kakao umklammert, als würde sie frieren. Das Haar trug sie kurz und sie hatte dunkle Ringe unter den verquollenen Augen.

Krank?, war mein erster Gedanke.

»Ja?«

Danner sagte seinen gewohnten Spruch auf.

Tatsächlich ließ Michelle Knobloch uns eintreten.

Wie der jungen Frau fehlte auch ihrer Wohnung der Glamour der Internetbilder. Der kurze Flur führte unter einer so niedrigen Dachschräge hindurch, dass Danner sich unwillkürlich duckte, als er der jungen Frau in die Wohnküche folgte.

Der Raum wirkte chaotisch. Als wollte Michelle Knobloch umziehen. Oder einen Großputz veranstalten. Die beiden Kartons neben dem niedrigen Couchtisch waren mit zerknülltem Papier und Altkleidern gefüllt. Im Gegensatz zu der mit BRAVO-Postern beklebten Single-Küchenzeile waren die Wände kahl.

»Setzen Sie sich.« Die auf dem Sofa eines skandinavischen Möbelherstellers ausgebreiteten Klamotten landeten ebenfalls im Karton.

Ich nahm Platz und betrachtete nachdenklich einen zerkratzten Plastikkopf, der vor mir auf dem Tisch stand. Ein Frauenkopf, dem ein blaues Puppenauge fehlte. Die pechschwarze Perücke mit Pony, die schief auf dem Ding hing, ließ es wie Mutter Munster aussehen. Nach einem schlimmen Unfall.

Gruselig.

Mehrere zerrupfte Packungen Taschentücher lagen auf dem Tisch daneben, ein Großteil war bereits benutzt im Papierkorb neben dem Sofa gelandet.

Michelle Knobloch zog den Altkeiderkarton an den Tisch heran und stellte ihren Kakaobecher darauf ab. »Was wollen Sie wissen?«

Mein Blick wanderte auf ihre kurzen Haare. Die waren jedenfalls echt. Was war mit ihrer Divenmähne auf den Internetbildern passiert? Hatte sie sie abgesetzt wie die Perücke auf dem Monsterkopf?

»Mein Beileid, Frau Knobloch«, sagte Danner.

Das Mädchen nickte müde.

»Marian Mohrs Tod nimmt Sie mit, obwohl Sie sich kurz zuvor getrennt hatten, oder?«, verpackte er die Frage nach Michelle Knoblochs Verhältnis zu dem Ermordeten bemerkenswert taktvoll.

Michelle Knobloch seufzte: »Sie können ruhig fragen, ob ich ihm vor Wut die Eier abgeschnitten hab. Hat die Polizei auch gemacht.«

»Und haben Sie?«, fragte ich prompt.

»Nee!«, murrte sie doch entrüstet. »Ich fühl mich, wie in 'nem Albtraum, nur dass der nicht zu Ende ist, wenn ich aufwache. Ich meine, letzte Woche, da waren wir noch zusammen.«

»Wollten Sie sich denn wieder mit Marian Mohr versöhnen?«

Sie schnaufte verächtlich: »Im Leben nicht.«

»Weil er sie betrogen hat? Haben Sie deshalb in der Hotelbar gestritten?«

Michelle Knobloch ließ den Kakaobecher los und verbarg das Gesicht in den Händen.

»Frau Knobloch?«

»Ich bin selber schuld.« Ihre Stimme wackelte.

»Mein Hirn war irgendwie – off.« Sie drückte die Fäuste an die Schläfen. »Das Casting, die schicken Klamotten, das ganze Blingbling und ein geiler Typ, der mich anmacht. Ich bin irgendwie ausgeflippt.«

»Ausgeflippt?«

»Na ja«, sie hob den Kopf wieder, »abgehoben. Wir haben Party gemacht. Natürlich hab ich nicht gleich von einer Hochzeit geträumt. Ich hab ja Marians Castingstaffel damals im Fernsehen gesehen, von wegen ›Prince Charming‹ und so.« Sie verstummte.

»Sie haben sich trotz seines Rufs als Aufreißer auf ihn eingelassen?«, half Danner ihr auf die Sprünge.

»Ich kannte den nur aus dem Fernsehen und dann schreibt der mir plötzlich bei Facebook. Mir!« Einen Augenblick lang sah sie aus, als wollte sie mich an den Schultern packen und schütteln, weil ich das nicht kapierte. »Das war ein Traum.«

Die abgekaute Geschichte vom weißen Pferd, schon klar.

»Was hat Sie aufgeweckt?«, wollte ich wissen. »Hatte er eine neue Prinzessin?«

Michelle Knobloch atmete tief ein.

»Reihenweise Groupies vernascht?«, riet ich weiter. »Sie mit Kabelbindern ans Bett gefesselt? Private Sexfilmchen zu Kassenschlagern gemacht?«

»HIV!«, schrie mich Michelle Knobloch an.

Ach herrje!

Ich schwieg.

»Ich hab seine Mailbox abgehört, als er schon in der Bar war.« Michelle Knoblochs Stimme zitterte, als sie weitersprach. »Die Sprechstundenhilfe seines Hausarztes hatte eine Nachricht hinterlassen, weil er schon wieder den Termin verpasst hatte. Der HIV-Test wär wichtig, hat sie gesagt.« Das Mädchen kaute auf ihrer Unterlippe. »Da hab ich geschnallt, dass das alles keine große Party ist.«

»Und dann sind Sie in die Hotelbar runter und haben Mohr zur Rede gestellt?«, versuchte Danner, das Gespräch in Gang zu halten. »Das Mädchen, dem er einen Drink spendiert hat, hatte mit ihrem Streit gar nichts zu tun?«

»Ach, Quatsch. Die Kleine hat gleich die Biege gemacht, als ich ausgerastet bin! Der Empfangstyp wollte mich rausschmeißen, aber der hat ja nix im Ei. Mari hat dann zugegeben, dass sich eine Tussi bei ihm gemeldet hat, mit der er mal was hatte. Die hat HIV und gesagt, er soll sich vorsichtshalber testen lassen. Aber er meinte nur, ihm würde es gut gehen.« Sie verbarg das Gesicht wieder in den Händen. »Dieser Scheißkerl!«

»Mohr hat den Test nie gemacht. Das heißt, Sie selbst wissen immer noch nicht, ob Sie HIV-positiv sind«, vergewisserte sich Danner.

Sie schüttelte schluchzend den Kopf: »Ich hab mich gleich testen lassen, aber bis das Ergebnis kommt, dauert es vier Wochen, sagt der Arzt.«

Danners vielsagender Blick verriet mir, dass er den gleichen Gedanken hatte wie ich: Die Geschichte lieferte ein Mordmotiv.

Michelle Knobloch griff nach einer Packung Taschentücher und putzte sich die Nase.

»Kannten Sie auch Carlo Pfiffhofen, den Koch aus dem Fernsehen, der ebenfalls umgebracht wurde?«, lenkte Danner ab.

»Nee«, schniefte sie.

»Wo waren Sie in der Nacht, in der Ihr Exfreund ermordet wurde?«

»Hier.«

»Allein?«

»Mit meiner Mutter. Sie hat mir geholfen, meine Sachen aus Maris Bude zu holen, solange der noch in Bochum war. Sie hat hier übernachtet.«

Danners Blick wanderte zu den Kartons: »Und jetzt wollen Sie ausziehen?«

»Nee, ich räume auf.« Sie trocknete ihre Tränen mit dem benutzten Taschentuch.

Ich angelte einen der zerknüllten Zettel aus dem Altpapierkarton neben der Couch.

»Wenn ich gesund bin, mach ich meine Friseurlehre weiter …«, sagte Michelle Knobloch nach kurzem Überlegen, »… und wenn nicht, auch.«

Ich faltete das Blatt Papier auseinander.

Ein Poster.

Aus der BRAVO.

Rihanna.

25.

»Was ist mit dir und Lenny los?«, wollte Danner endlich wissen, als wir am Nachmittag in unser Hotelzimmer zurückkehrten. »So schnell wie du gestern Abend hab ich seinen Blutdruck noch nicht hochbekommen.«

Er setzte sich aufs Bett, stützte die Ellenbogen auf die Oberschenkel und wartete auf eine Erklärung.

Dass er die Sache einfach vergessen würde, hatte ich sowieso nicht geglaubt.

»Vielleicht hatte er einen miesen Tag?!«, schlug ich vor.

»Ich kriege es sowieso raus«, bemerkte Danner.

Früher oder später sicherlich.

Sein Blick wurde durchdringend.

Ich ging um das Bett herum, um die Bedienung des Fernsehers vom Nachtschrank zu nehmen.

Doch Danner war schneller. Mit einem Satz über die Matratze schnappte er sich das Ding und stopfte es unter ein Kissen.

»Du sparst uns eine Menge Zeit, wenn du gleich damit rausrückst. Ich weiß, dass da irgendwas nicht stimmt.«

Damit er mich als Überbringerin der miesen Nachricht lynchen konnte? Denn dass sein bester Freund mit seiner schlimmsten Feindin ›gemeinsame Sache‹ und noch einiges mehr machte, würde ihn keinen Freudentanz aufführen lassen, so viel war klar.

»Erwischt. Ich gehe neuerdings mit Lenny ins Bett«, fauchte ich.

Überraschenderweise verschlug ihm das tatsächlich die Sprache. Leider nicht besonders lange.

Seine Miene versteinerte, doch er legte beherrscht die Fingerspitzen aneinander: »Ich werde bestimmt nicht vor Wut platzen, damit du mich los wirst.«

Eine spontane Idee trudelte durch meine Gedanken.

Na schön, wenn du unbedingt wissen musst, was für ein Problem dein sauberer Kumpel hat, kannst du es selbst rausfinden, Sherlock!

»Ich weiß nicht, was mit Lenny los ist«, knurrte ich gereizt. »Ehrlich.«

»Vorsicht mit dem Wort«, warnte mich Danner.

»Aber …« Ich machte eine bedeutungsvolle Pause. »Aber ich weiß, wie wir es rausfinden könnten.«

Ich benahm mich hochgradig peinlich.

Hoffentlich bemerkte das niemand!

Okay, Empfangschef Schnulzi hatte mir bereits mitleidig nachgesehen.

Dabei hatte ich immer den Kopf geschüttelt über Frauen, die die SMS ihres Auserwählten kontrollierten oder ihm hinterherschlichen, wenn er im Fitnessstudio verschwand. Ich hatte mir schlicht und einfach nicht vorstellen können, wegen irgendeines Kerls so einen Aufwand betreiben zu wollen.

Nun ja.

Jetzt rauchte ich bereits die zweite Alibi-Zigarette auf dem Hotelparkplatz, nur weil ich dabei durch den offen stehenden Seiteneingang direkt in die Bar spionieren konnte.

Glücklicherweise sahen weder Danner noch seine Begleiterin in meine Richtung. Lätizia hatte sich für meinen Geschmack viel zu bereitwillig auf das spontane Date eingelassen. Sie hatte nicht einmal so getan, als müsste sie erst in ihrem Terminkalender nachsehen, ob sie Zeit für einen Drink hatte. Und der Kontrast von Danners Anzug und seinem unrasierten Macholook stand ihm einfach zu gut.

War das immer so einfach gewesen? Hatte er nur eine beliebige Nummer aus seinem Handytelefonverzeichnis anklicken und nach einem One-Night-Stand fragen müssen und schon hatte die Dame auf der Matte gestanden?

Hastig füllte ich meine Lunge mit Nikotin.

Es war mittlerweile nach neun.

Lätizia war ein wenig zu spät gekommen und hatte sich zu Danner an den Tresen gesetzt.

Jetzt warf sie lachend den Kopf zurück. Sie trug eine enge, schwarze Lederhose zu Stiefeln mit Absatz und einer schulterfreien Bluse, deren Dekolleté eine eindeutige Einladung darstellte. Die lange Mähne hatte sie im Nacken zu einem Knoten gedreht, aus dem ihr eine gewollt lose Strähne ins Gesicht fiel. Sie war ein Knaller!

Als Danner ihr ein Glas Scotch hinschob und sich selbst eine Tasse Tee, zog ich hastig wieder an der Zigarette.

»Lila, wie geht es Ihnen? Alles in Ordnung?« Wie zufällig gesellte sich Empfangschef Nino Schnulzi zu mir und fummelte ebenfalls eine Zigarette hervor.

An dem Typ war ein Spion verloren gegangen.

Statt sich auf einen der Plastikstühle unter dem Pavillon zu setzen, auf denen das Personal gewöhnlich die Raucherpausen verbrachte, verfolgte er meinen Blick in Richtung Bar.

»Wer ist denn die Schnalle?«

Jaja, du hast mich beim Schnüffeln ertappt, 007.

»Seine Ex«, gab ich zu.

»Hab ich mir gedacht.« Schnulzi seufzte mitfühlend. »Männer. Darf ich Ihnen einen Drink ausgeben?«

Jetzt hatte er es doch geschafft, mich abzulenken. Skeptisch musterte ich ihn. Sollte das eine Anmache werden?

Zum ersten Mal checkte ich ihn aus dieser Perspektive ab. Wieder fielen mir seine auffällig dichten, dunklen Wimpern auf. Doch auch der Rest von ihm war nicht unattraktiv. Er war der schmale Typ, dem Anzug und Hornbrille einen intellektuellen Touch verliehen. Seine leitende Position machte ihn in den Augen der Damenwelt nicht hässlicher, alles in allem war Schnulzi ein Schnittchen. Aber er hatte sein professionelles Dienstleistungslächeln aufgesetzt.

Ich erinnerte mich an die Worte von Marian Mohrs Exfreundin Michelle: *Der Empfangstyp wollte mich rausschmeißen.*

Durchaus denkbar, dass Schnulzi es schlicht und einfach als seine Aufgabe ansah, zu verhindern, dass ich in die Bar marschierte und ein Drama in fünf Akten aufführte.

»Danke«, winkte ich ab.

Schnulzi verschwand trotzdem samt seiner Zigarette in der Bar.

Auch gut.

Ich wandte meine Aufmerksamkeit wieder Danner und Lätizia zu.

Der prallte gerade zurück, als hätte Lara Croft ihm in die Eier getreten. Er versuchte gar nicht erst, mit unbewegter Miene zu vertuschen, dass ihn ihre Worte vollkommen unvorbereitet trafen, sondern griff sich auf die Glatze, als drohte sein Kopf herunterzukippen und als müsse er ihn festhalten.

Mein Gewissen meldete sich.

Reichlich spät.

Ich hatte Danner benutzt, um Lätizia auszuhorchen. Und weil ich dank meiner sozialen Legasthenie keine Ahnung hatte, wie ich ihm selbst beibringen sollte, was ich vermutete.

Danner griff Lätizias Whiskyglas und kippte den kompletten Inhalt herunter.

Schnulzi versperrte mir die Sicht, weil er den Flur entlang wieder auf mich zukam.

»Geht aufs Haus.« Er reichte mir ein Sektglas und hielt mir ein zweites zum Anstoßen entgegen. Sekt war so ziemlich das Letzte, wonach mir gerade zumute war.

»Kommen Sie, es gibt noch andere Männer.« Schnulzi knipste sein dienstfertiges Lächeln wie eine Schreibtischlampe an.

Ich nahm das Glas, ohne zu trinken.

Drinnen legte Lätizia mitfühlend ihre Hand auf Danners Unterarm.

Mein Magen faltete sich zusammen. Ich wandte mich ab.

Den beiden ein Date zu verschaffen, war eine grandios dämliche Idee gewesen.

»Sie haben übrigens toll auf Brigitte Jerkens Zusammenbruch reagiert«, lenkte Schnulzi mich ab. »Danke noch mal für Ihre Hilfe.«

Als ich ihn ansah, hatte er sein unechtes Lächeln ausgeknipst.

»Wie geht es ihr denn?«

»Wenn es gut läuft, kann sie in den nächsten Tagen nach Hause«, erzählte mir der Empfangschef. »Allerdings mache ich mir deswegen ein bisschen Sorgen. Sie lebt allein, ihre gesetzliche Betreuerin kommt nur einmal in der Woche vorbei.«

Mir fiel die Art auf, wie Schnulzi sein Sektglas hielt. Während Danner sein Bierglas immer zu laut auf den Tisch polterte, trank der Empfangschef mit elegant abgespreiztem kleinem Finger.

Ich sah versehentlich zur Bar zurück. Lätizia rutschte dichter an Danner heran.

Verdammt!

»Was für eine Behinderung hat Frau Jerken denn?«, wandte ich mich wieder an den Vorgesetzten der Zimmerfrauen.

Der zuckte die Schultern: »Sie hatte wohl eine schwierige Kindheit.«

»So schwierig, dass sie eine Schwerbehinderung davongetragen hat?« Kaum vorstellbar. Und ich war in der Lage, mir einiges vorzustellen.

»Wen behindert seine Kindheit denn nicht?«, entgegnete Schnulzi philosophisch.

Erst einen Sekundenbruchteil später registrierte ich, dass das nicht die Antwort war, die ich von dem leicht schleimigen Empfangschef erwartet hatte. Einen Moment lang war ich mir nicht sicher, ob seine Bemerkung auf meine eigene

Kindheit anspielte. Vor Schreck wurde mir heiß. Konnte er mir ansehen, dass ich ein Opfer war? So wie ich selbst die Anzeichen manchmal bei anderen erkannte?

Als Schnulzi merkte, dass er meine volle Aufmerksamkeit auf sich gelenkt hatte, redete er schnell weiter: »Derzeit habe ich drei Menschen mit geistigem Handicap in meine Abteilungen integriert – zwei im Zimmerservice und einen Mitarbeiter am Empfang. Das Hotel kooperiert seit über fünf Jahren mit der örtlichen Behindertenwerkstatt. Seitdem haben wir sechs behinderte Menschen in unseren Betrieb eingegliedert, das ist rekordverdächtig.«

Als ich den nächsten Blick in die Bar wagte, waren Danner und Lätizia verschwunden.

26.

Unsere Suite war leer, als ich kurz darauf vorsichtig Zimmertür 501 öffnete.

Mist!

Meine dusselige Eifersucht ließ sofort alle vorstellbaren und unvorstellbaren Fantasien in meinem Kopf aufblinken.

Im nächsten Moment krachte hinter mir die Tür zu!

»Du hinterhältige, kleine Schlange.«

Danner stand so dicht vor mir, dass ich den Scotch riechen konnte, den er getrunken hatte.

»Du hast es die ganze Zeit gewusst? Der Arsch flüstert der Schlampe beim Vögeln zu, wie sie mir einen reinwürgen kann, und du sagst mir kein Wort?«

Die Spannung seiner Schultern und Fäuste ließ mich zurückweichen – doch ich stand schon mit dem Rücken zur Zimmerwand.

Mein Herz hüpfte erschrocken. Reflexartig checkte ich meine Verteidigungsmöglichkeiten.

Moment!

Mein Gehirn schaltete sich unerwartet ein. In die Eier treten war im fortgeschrittenen Stadium unserer Beziehung keine Option mehr. Egal, wie sehr er sich aufpustete. Miteinander reden war angesagt. Wenn auch ziemlich laut.

»Gar nichts hab ich gewusst!«, fauchte ich verärgert.

Er kam mir absichtlich noch näher.

Mein Herz flatterte. »Was hätte ich denn sagen sollen?« Meine Stimme wackelte und ich ärgerte mich darüber. »Ach übrigens, ich glaube, dein Kumpel poppt die Peters? Wie ich darauf komme? Sie waren zusammen im Besprechungszimmer. Hättest du da wirklich meiner weiblichen Intuition vertraut?«

Danners Miene blieb unbewegt.

Mein Alarmsystem schaltete eine Stufe herunter. »Ich musste also erst herausfinden, was deine liebe Lätizia gesehen hat, als sie in Lennys Date gestolpert ist.«

»Hat funktioniert«, gab er zu.

Die Spannung zwischen uns verpuffte. Tatsächlich. Unauffällig wischte ich meine Hände an meiner Hose ab.

»Und?«, erkundigte ich mich vorsichtig. »Hat sie was Eindeutiges erzählt?«

»Eindeutig hat sie die Schlampe auf Lennys Schoß und seine Nase in ihrem Dekolleté gesehen.« Danner wandte sich ab. »Wo das Ding vorerst nicht wieder landen wird, wenn ich sie ihm gebrochen habe«, fügte er hinzu, während er in Richtung Dachterrassentür tigerte.

»Wenn er nicht ausgerechnet deine Ex bumsen würde, hättest du ihn allerdings noch gedeckt«, stellte ich einfach mal zur Diskussion.

Danner starrte schweigend aus dem Fenster.

»*Ich* werde Lena Bericht erstatten«, verklickerte ich ihm.

Als er sich umdrehte, glitzerten seine Augen. »Du hast für sie gespitzelt«, begriff er. »Die ganze Zeit schon. Deshalb das Rumgeschleiche im Präsidium, von wegen Frühstücksfrikadellen. Mann, da hätt ich gleich draufkommen können. Ich hab ja schon bei Molle gesehen, dass mit Lena irgendwas nicht stimmt.«

Ich antwortete mal auf seine Art, nämlich gar nicht.

Danner schien eher belustigt als verärgert. »Geschieht Lenny recht.«

Freitag, 27. Juni, 5:00 Uhr

Neben dem Wecker steht das Fläschchen.
Ursprünglich sind Nasentropfen drin gewesen, das verrät die Gumminase am Deckel. Das Zeug zu besorgen, ist beinahe einfach gewesen.
Sollten sie wirklich gebraucht werden, ist alles vorbereitet. Der Blaumann liegt auf dem Stuhl neben dem Bett. Das Päckchen Kabelbinder auf dem Nachttisch. Der Gartenschlauch ist auch angeschlossen.
Alles gut, alles nach Plan.
Jetzt noch fünf Minuten liegen bleiben und Schlaf nachholen. Heute ist Großputz angesagt.
Wär doch gelacht, wenn die Fliesen nicht wieder glänzen würden. Auf der Sprühflasche klebt ja extra der pinkfarbene Button: ›Mit Lotuseffekt‹.

27.

Ein im Rhythmus meines Herzschlages klopfender Kopfschmerz weckte mich am nächsten Morgen.

Stöhnend griff ich mir an die Stirn.

Vage erinnerte ich mich an eine Flasche Scotch. In der Hand vom Kofferschieber. Vor unserer Suite. Mitten in der Nacht.

Nachdem sämtliche alkoholhaltigen Vorräte unserer Minibar aufgebraucht waren.

Ich öffnete ein Auge und lugte zum Nachtschrank neben meiner Bettseite. Da standen zwei Bierpullen, Rotwein- und Weißweinflaschen, Prosecco und Champagner. Zusammen mit der Extraflasche Scotch erklärte das meinen ausgewachsenen Kater.

Danner und ich hatten Staschecks hinterhältiges Überlaufen zum Feind nicht mithilfe tiefenpsychologischer Gesprächsanalyse, sondern lieber mit ausreichend Alkohol zu verarbeiten versucht.

Ätsch, Lätizia!

Der Kater in meinem Kopf strafte meine Schadenfreude mit einem schmerzhaften Tatzenhieb. Stöhnend rollte ich mich auf den Rücken und tastete mit der Hand nach Danner. Fand ihn aber nicht.

Ich richtete mich auf. Die Tür zum Bad stand offen. Anscheinend war er diesmal wirklich nicht im Zimmer. Dabei konnte es ihm nicht wesentlich besser gehen als mir selbst.

Ich wurschtelte mich aus dem Bett und schlüpfte in die erstbeste Klamotte, die mir in die Finger kam: Danners T-Shirt.

Barfuß stolperte ich ins Bad, drehte den Wasserhahn auf und hielt meinen Kopf unter den kalten Strahl.

Der Kater kreischte empört.

Für Danners frühes Aufstehen fiel mir spontan nur eine Erklärung ein: Er wollte sich bei Staschek für die Kopfschmerzen bedanken. Hoffentlich machte er die Stahltür von Staschek neuem Büro dabei zu, sonst buchtete ihn die übereifrige Wegner wegen Beamtenbeleidigung ein.

Ich stützte die Unterarme auf den Waschbeckenrand und ließ mir das Wasser über den Nacken laufen. Meine unechte Frisur ergoss sich über die Keramik und floss in Richtung Ausguss. Im Leben würde ich die nicht mehr hingeföhnt kriegen.

Es klopfte an der Tür.

Schwerfällig wickelte ich meine tropfende Mähne in ein Handtuch und öffnete.

Rita Kröppke starrte mich an, als wollte sie mich beißen.

»Post!« Sie hielt mir einen braunen DIN-A4-Umschlag hin.

»Danke.« Artig nahm ich das Kuvert an und sie stapfte grußlos zurück zum Fahrstuhl.

Ich zog die Zettel aus der Hülle. Ein dünner Stapel Papier war mit einer Büroklammer zusammengeheftet worden.

Tabellen.

Seitenlang waren in alphabetischer Reihenfolge Namen, Adressen, Telefonnummern und andere Daten aufgelistet.

MitarbeiterInnen Allee-Hotel Bochum, stand als Überschrift auf der ersten Seite. Daneben das Datum von gestern. Der mit einer roten Büroklammer zusammengeheftete, dickere Zettelstapel war die Auflistung der Mitarbeiter, die aktuell im Hotel arbeiteten. Endlich!

Ich überflog die erste Seite. Mehrere Namen kannte ich.

Flegenfeld, Hans
Jerken, Brigitte
König, Alina

Neben den zusammengehefteten Listen steckte noch ein einzelner Zettel im Umschlag. *Mitarbeiter Allee-Hotel Bochum, die seit über zehn Jahren im Betrieb tätig sind*, hatte jemand mit Kugelschreiber auf das Blatt geschrieben.

Ich las:

Abraham, Adele
Bubbelsen, Gabriele
Jerken, Brigitte
Kröppke, Rita
Maier, Silke
Pierini, Antonio
Pöhler, Klaus
Schulz, Nino

Richtig, Brigitte Jerken arbeitete schon viel länger als Hans Flegenfeld selbst hier im Hotel, erinnerte ich mich. Sie war nur irgendwann zwischendurch in die Reha verschwunden.

Aber auch die bissige Rita Kröppke hatte ihre Stelle schon gehabt, als der tote Küchenprinz hier seine Chefkochkarriere gestartet hatte. Und sogar Schnulzi. Vor zehn Jahren konnte der höchstens Azubi gewesen sein. Mit sechzehn oder so.

Klaus Pöhler, das war der Kofferschieber, wenn ich mich richtig erinnerte. Der Name Silke Maier sagte mir ebenfalls etwas.

Ob eine der genannten Personen ein Mörder – oder eine Mörderin – war, verriet mir die Liste leider nicht.

Es klopfte erneut.

Rasch stopfte ich die Zettel zurück in den Umschlag.

Das elektronische Türschloss klackte, der Getränkewagen klirrte.

»Housekeeping«, nuschelte Ricki.

Na endlich! Auf die Frau hatte ich gewartet. Das war die Gelegenheit, ihr die Fragen über ihre mysteriöse, rothaarige Bekannte zu stellen. Hastig stopfte ich das um meine Haare gewickelte Handtuch fest.

»Kommen Sie herein«, winkte ich, als Ricki um die Ecke spähte. Doch die Nase des Zimmermädchens leuchtete knallrot, ihre Unterlippe zitterte, ihre Oberweite hob sich ruckartig.

»O je, hab ich Sie erschreckt?«, versuchte ich, sie zu beruhigen, aber die Tränen kullerten bereits über ihre von Aufregung und Akne leuchtenden Wangen.

»Leoni hat Rita gesagt, ich bin zu langsam«, schluchzte die junge Frau aufgebracht. »Nino sagt, ich soll mich nicht aufregen, sondern so arbeiten, wie ich kann. Aber der ist diese Woche nur nachmittags da und kriegt nicht mit, dass mich Rita und Leoni wieder ärgern.«

Ich räumte die leeren Flaschen vom Nachtschrank auf Rickis Wagen.

»Die denken, sie können mich rumkommandieren, weißt du?« In ihrer Aufregung ging Ricki zum Du über. Wahrscheinlich lag es nahe, weil wir in etwa im gleichen Alter waren.

Ich ließ mich darauf ein, als hätte ich es gar nicht bemerkt: »Wie kommst du denn darauf?«

»Leoni sagt mir immer, was ich machen soll, dabei mache ich das schon viel länger als sie. Und wenn Nino Spätschicht hat, muss ich welche von ihren Zimmern mitmachen. Dabei ist es okay, dass ich nur die Einzelzimmer und die beiden Suiten mache, weil ich ja eine Behinderung habe.«

Ricarda saß weder im Rollstuhl noch hinkte sie. Und sie hatte auch nicht die schräg stehenden Augen und die schwere Zunge, die die Chromosomenanomalie meiner Krankenhausfreundin Tink auf den ersten Blick verraten hatten. Ohne die Akne wäre Ricki auf mädchenhafte Art attraktiv gewesen.

Nur ihre verzögerten Reaktionen ähnelten denen von Tink, die durch ihre Morbus-Down-Erkrankung eine geistige Einschränkung davongetragen hatte.

Derzeit habe ich drei Menschen mit Handicap in meine Teams integriert, hatte Schnulzi erklärt. *Zwei im Zimmerservice.* Neben Brigitte Jerken hatte Schnulzi offenbar auch Ricki unter seine Fittiche genommen.

Jedenfalls mehr oder weniger, denn sie schluchzte immer noch: »Und dann hat Leoni mich auch noch zu den schwierigsten Gästen geschickt. Damit die sich beschweren, wenn ich nicht mit denen klarkomme.«

»Was hast du denn für eine Krankheit?«, erkundigte ich mich.

»Keine Krankheit.« Ricki wischte ihre Tränen mit dem Ärmel ab. »Ich kann nur nicht so schnell denken und nicht die richtigen Worte finden, wenn ich was sagen muss. Deshalb musste ich auf die Förderschule. Und danach in die Behindertenwerkstatt.«

Und weil die mit dem Hotel kooperierte, hatte sie hier eine Stelle bekommen, vollendete ich ihren Lebenslauf in Gedanken.

Ricki hatte sich unterdessen an ihre Aufgabe erinnert und begann, Flaschen vom Wagen in die Minibar zu räumen.

»Tür zu, Tink!«

Ein knappes Kopfnicken, dann dreht sich das Mädchen um und gehorcht.

»Danke schön!«, strahle ich.

Sie strahlt auch.

Klare Ansagen funktionieren bei Tink am besten. Sie nimmt mir den Kommandoton nicht übel. Im Gegenteil: Sie freut sich, dass sie mich versteht.

»Du und ich, wir sind Freundinnen, Lila.« Tink plumpst neben mir aufs Bett.

Tatsächlich stimmt das umgekehrt genauso, wird mir klar: Auch ich freue mich über das ungewohnte Gefühl, jemanden verstehen zu können.

Möglicherweise wusste ja auch Ricki klare Ansagen zu schätzen. Ich probierte es einfach.

»Wer war die rothaarige Frau, die dich gestern besucht hat?«, kam ich ohne Umschweife auf den Punkt.

Ricki antwortete, ohne sich zu wundern: »Frau Siebenstein.«

Aha.

»Und wer ist Frau Siebenstein?«

»Meine Berufstante.«

»Berufstante?«

»Ja.«

»Was ist eine Berufstante?«

»Die guckt, ob ich mit der Arbeit und den Leuten zurechtkomme.«

»Und wo kommt die Berufstante her?«

»Aus der Werkstatt.«

»Aus deiner Behindertenwerkstatt?«

Ricki nickte.

Bingo. Die geheimnisvolle Unbekannte arbeitete also in der Behindertenwerkstatt. Das machte sie schon deutlich weniger geheimnisvoll und unbekannt.

»Wenn es mir hier mal nicht mehr gefällt, kann ich immer wieder dahin zurück.« Ricki klappte die Tür der Minibar zu.

»Wie heißt die Werkstatt denn genau?«, fragte ich.

»Werkstatt *Morgensonne*.«

28.

Zweieinhalb Minuten und fünf Klicks später erschien ein Foto der rothaarigen ›Berufstante‹ auf dem Display meines Smartphones.

Problemlos hatte ich die Internetseite der *Werkstatt Morgensonne* in Altenbochum gefunden, die *Menschen mit körperlichen, geistigen und psychischen Einschränkungen* eine *Teilhabe am Arbeitsleben* gemäß irgendeinem EU-Gesetz ermöglichte. Derzeit waren über achthundert Menschen in der Behindertenwerkstatt tätig.

Ein Bild zeigte einen jungen Mann mit den schräg stehenden Augen der Menschen mit Down-Syndrom, der an einem Insektenhotel schraubte.

Unsere Mitarbeiter sind in den Bereichen Reinigung, Holz verarbeitende Produktion, Malerhandwerk, Textilverarbeitung und Verpackung tätig.

Gleich darauf stieß ich auf die Rubrik *Betriebliches Eingliederungsmanagement.* Neben einem Infotext räumte ein Mädchen im blau-gelben Dress einer Supermarktkette Regale ein. Darunter der Hinweis: *Kontakt.*

Und dieser *Kontakt* wiederum ließ die Fotos von zwei Frauen erscheinen: Sabina Moretti und – na, bitte! – Charlotte Siebenstein.

Die beiden Frauen waren Ansprechpartnerinnen für Firmen, die an der beruflichen Integration behinderter Menschen in ihrem Betrieb interessiert waren. E-Mail-Adresse und Telefonnummer standen unter den Bildern.

Ich kritzelte sie gerade auf den Hotelnotizblock – als das Handy in meiner Hand zu summen begann.

Lenny, verriet mir die Anzeige im Display sofort. Bei Gelegenheit musste ich seinen Namen mal in *Arschkriecher vom Dienst* ändern.

»Was willst du?«

»Halt dich aus meinen Angelegenheiten raus!« Staschecks Stimme war lauter als gewohnt und heiser vor Zorn. Vom anschmiegsamen Schnurren war nichts mehr zu hören. »Du hast keine Ahnung, was du anrichtest, also halt einfach die Klappe!«

Aha.

»Ben hat dich besucht«, schlussfolgerte ich kühl.

Glaubte der Idiot tatsächlich auch nur eine Sekunde, dass er mich einschüchtern konnte, indem er mich anschrie? Und das auch noch telefonisch?

»Es ist nicht wie es aussieht, Lila!«, brüllte Staschek weiter. »Wieso fragst du mich nicht erst mal selbst, was los ist?«

»Du meinst, so wie Lena es getan hat?«

Staschek verstummte, als hätte ihn meine telefonische Ohrfeige wirklich getroffen. Es knackte in der Leitung. Einen Augenblick lang glaubte ich, er hätte aufgelegt.

»Hast du ihr irgendwas gesagt?«, erkundigte er sich dann, deutlich beherrschter.

Als ich schwieg, wurde sein Ton drängend: »Gib mir die Chance, die Geschichte zu erklären, bevor du mit Lena sprichst! Bitte, Lila! Wo bist du?«

Irgendwas in seiner Stimme gefiel mir nicht. »Mach's gut, Lenny.« Ich legte auf. Staschecks Stimme hinterließ ein Pochen in meinen Ohren.

Ich atmete tief durch. Dann band ich meine unechten Haare zum Pferdeschwanz zusammen, schlüpfte in meine Jeans, verstaute den Notizzettel und den Umschlag mit den Mitarbeiterlisten in meiner Handtasche und schrieb Lena eine SMS. *Müssen uns treffen. Jetzt.*

Die drei riesigen Linden auf dem quadratischen Schulhof des Otti-Baader-Gymnasiums waren vermutlich zuerst da gewesen. Die vier durch gläserne Gänge verbundenen Gebäude des Schulkomplexes hatte man drum herum gebaut. Im Augenblick war offensichtlich große Pause, Hunderte von Schülern lärmten durcheinander.

Ich überlegte noch, wie ich Lena in dem Gewimmel finden sollte, da fegte der Gong die Schüler zurück in die Klassenräume. Die Fünftklässler flitzten an den gelangweilt hineinschlendernden Größeren vorbei.

Zehn vor zehn – der Unterricht ging weiter.

Lena blieb auf einer um den dicken Lindenstamm herumgezimmerten Bank sitzen.

»Scheiße!«, sagte sie nur. Ihr war klar, dass ich sie nicht wie beim Feueralarm aus dem Unterricht kommandierte, um ihr zu sagen, dass meine Ermittlungen ergebnislos geblieben waren.

Ich setzte mich neben sie und zögerte nur einen winzigen Moment, bevor ich ihr einen Arm um die Schultern legte.

»Bist du dir sicher?«

»Ich hab eine Zeugin, die Lenny mit seiner Vorgesetzten auf dem Schoß erwischt hat. Die Zeugin ist glaubwürdig.«

»Dieser Penner!«, fluchte Lena. »Ich fasse nicht, dass er auch Verena wieder betrügt. Will der die ganze Scheidungsscheiße wirklich noch mal durchziehen?«

»Das musst du ihn selbst fragen.«

»Damit ich mir noch eine fange?« Lena verschränkte bockig die Arme. »Der hatte seine Chance. Außerdem glaube ich nicht, dass er überhaupt noch was dazu sagen kann, sobald Verena weiß, dass seine Vorgesetzte auf seinem Schoß sitzt.«

Ich hatte nicht im Ernst geglaubt, dass Lena ihren Vater mithilfe einer Privatdetektivin bespitzelte, um die daraus gewonnenen Erkenntnisse hinterher für sich zu behalten. Trotzdem knüllten ihre Worte meinen Magen zusammen wie eine leere Plastiktüte.

Es war fast elf, als ich zu Fuß zum Hotel zurückkehrte.

Zwischen den Limousinen auf dem Parkplatz entdeckte ich unseren Oldtimer. Danner war also auch wieder da.

Und hinten, am Ende des Gebäudes, am Nebeneingang zur Bar, wartete eine junge Frau.

Erst auf den zweiten Blick erkannte ich Ricki, unsere Zimmerfee, weil sie nicht ihre dunkle Dienstkleidung, sondern ein gelb geblümtes Sommerkleid zu Turnschuhen trug.

Ricki weinte.

Schon wieder?

Die gläserne Eingangstür war schon zur Seite gesurrt, als ich in Rickis Richtung abschwenkte.

»Hi!«, sprach ich sie an. »Gab's schon wieder Ärger mit Rita und Leoni?«

Ricki schniefte.

Wie die Uniform stand ihr auch das Kleid ausgesprochen gut, bemerkte ich.

»Die hat mich wieder zum Steuerberater geschickt. Obwohl sie weiß, dass der rumbrüllt!«

Ich begriff nicht, worüber wir sprachen.

Ricki presste sich ein durchweichtes Taschentuch unter die Nase. »Dabei ist das ihr Zimmer! Ich muss das gar nicht machen. Aber sie sagt einfach, dass ich das machen soll!«

Ach so.

»Ein Gast hat dich angeschrien?«, versuchte ich, ihr zu folgen.

»Drei Mal musste ich das Klo putzen. Auf Knien. Und dann hat die Rita mich fertiggemacht. Weil ich so lange gebraucht habe. Weil die Leoni gepetzt hat. Da bin ich abgehauen.«

Also deshalb stand sie jetzt auf dem Parkplatz, obwohl ihr Dienst offiziell erst um 13:30 Uhr endete. Aber sie konnte anscheinend nicht einfach ins Auto steigen und wegfahren. Einen Führerschein besaß sie wahrscheinlich nicht.

»Wo willst du denn jetzt hin?«

»Ich geh nach Hause«, schniefte Ricki.

»Soll ich dich fahren? Oder jemanden anrufen?«, schlug ich vor.

Ihr Pferdeschwanz wippte, als sie den Kopf schüttelte: »Mein Bruder holt mich ab.«

Weil Ricki aufgehört hatte zu weinen und jetzt nachdenklich schwieg, verabschiedete ich mich. »Dann bis morgen, okay?«

Wenn es mir hier mal nicht mehr gefällt, kann ich wieder in die Werkstatt zurück, gingen mir ihre Worte von vorhin durch den Kopf.

»Du kommst doch morgen wieder, oder?«

Sie zuckte die Schultern.

»Komm schon. Unsere Minibar ist schon fast wieder leer«, flunkerte ich. »Die muss doch jemand auffüllen.«

»Okay«, nickte Ricki brummig.

Ging doch.

Ich hatte den Haupteingang des Hotels fast erreicht, als Ricki auf dem Beifahrersitz eines sportlichen, himmelblaumetallicfarbenen Audi TT an mir vorbeikurvte.

Hinterm Steuer erkannte ich Empfangschef Schnulzi.

Der war Rickis Bruder?

Ich kniff mir in die Nasenwurzel. Da hätte ich früher draufkommen können. Nicht nur, dass ich Rickis Nachnamen auf ihrem Namensschild ständig vor Augen gehabt hatte, damit waren auch Schnulzis Erfolge bei der Integration behinderter Menschen nachvollziehbar: Er wusste, wie das ging, weil er selbst mit einer behinderten Schwester aufgewachsen war.

Ich musste grinsen.

Leonidas Mobbingversuche waren vollkommen zwecklos.

29.

Als ich unser Hotelzimmer betrat, lag Danner auf dem Bett.

Er fragte nicht, wo ich gewesen war. Vermutlich, damit ich die Frage nach seinem morgendlichen Ausflug ebenfalls herunterschluckte. Dumm nur, dass Staschek mir mit seinem Anruf bereits verraten hatte, dass Danner nicht um den Stadtpark gejoggt war.

Ich warf mich neben ihn auf die federnde Matratze und zückte mein Handy. Mit ein paar Klicks ließ ich das Foto von Rickis Integrationsbeauftragter auf dem Display erscheinen.

»Voilà!«

Danner nahm mir das Handy weg und rollte sich auf den Bauch. »Wie hast du das denn geschafft?«

»Tja, ich hab gearbeitet, während du Lenny den Arsch versohlt hast«, grinste ich.

Danner wandte den Blick nicht von dem Handy, doch das Grübchen zwischen seinen Bartstoppeln verriet mir, dass ich richtig lag.

»Da ich meinen linken Arm dafür geben würde, den Mörder vor Lennys Truppe zu finden, können wir leider nicht länger faul im Bett liegen, sondern müssen uns an die Arbeit machen«, entschied er.

Berufliches Integrationsmanagement

C. Siebenstein

S. Moretti

Eine stark schielende Empfangsdame hatte Danner und mir den Weg zum Integrationsbüro durch die verwinkelten Flure der Werkstatt für Menschen mit Behinderung gewiesen. In dem alten Backsteinbau war früher eine Ziegelei beheimatet gewesen. Nach der Schließung waren die Räume umfunktioniert worden.

Die roten Steinwände der Flure waren vor nicht allzu langer Zeit neu verfugt und mit bunten Acrylbildern behängt worden. Drei Reinigungskräfte, von denen eine stark hinkte, wischten den unempfindlichen, grauen PVC-Boden.

Durch offen stehende Türen konnten wir in Räume sehen, die tatsächlich Werkstätten ähnelten. Geräumigen Werkstätten in freundlichen Farben. Die Mitarbeiter saßen zu dritt oder viert an Holztischen mit Metallbeinen, Musik dudelte aus einem Radio auf der Fensterbank. Einige falteten Kartons, andere sortierten Haarpflegeprodukte in die Schachteln und ein älterer Mann in einer blauen Latzhose schweißte an einer Maschine die fertigen Pakete in Folie ein. Eine junge Frau mit schicker lila Punkfrisur unterhielt sich kichernd mit ihrer Kollegin, während beide Shampooflaschen verpackten.

Ein Stück weiter den Flur hinunter hatte Danner das Büro der Integrationsbeauftragten identifiziert und klopfte an der Tür.

»Immer herein«, hörte ich die jugendliche Stimme der Rothaarigen antworten.

Sie klang, als würde sie hinter der Tür lächeln. Zu einer Mehrfachmörderin passte diese Stimme nicht. Aber mit dieser vorschnellen Einschätzung konnte ich auch danebenliegen.

Die Integrationsbeauftragte hatte ihre hüftlangen, hennaroten Filzsträhnen mit einem sonnengelben Haartuch aus dem Gesicht gebunden, die Matte hing über ihrer Schulter auf den Schreibtisch. Dazu trug sie Jeans, Sneakers und ein ärmelloses Shirt mit Sonnenblumenprint.

Ein Look, der auch mir selbst vor nicht allzu langer Zeit gefallen hätte. Heute nicht mehr. Knielange Wollpullis zog ich nur noch zu Ermittlungszwecken an oder abends auf dem Sofa. Sie waren zusammen mit der Punkfrisur aus meinem Leben verschwunden.

Bewusst wurde mir das, weil die Frau im Büro mit Anfang dreißig aussah, als würde sie noch immer in der großen Pause am Fahrradständer hinter der Sporthalle kiffen.

Als Danner und ich eintraten, blickte die Rothaarige überrascht vom Bildschirm ihres Computers auf – offenbar hatte sie jemand anderen erwartet.

»Guten Tag, mein Name ist Danner, das ist meine Kollegin Frau Ziegler. Wir ermitteln in dem Mordfall im *Allee-Hotel.* Sie haben bestimmt davon gehört?!«

»Natürlich.«

»Eine Mitarbeiterin Ihrer Einrichtung arbeitet als Zimmermädchen in dem Hotel, deshalb haben wir ein paar Fragen an Sie. Dürfen wir hereinkommen?«

»Ähm – klar?« Sie brauchte einen Augenblick, um den Schreck zu überwinden. Offensichtlich ging sie davon aus, dass wir Polizeibeamte waren. Ein Irrtum, den wir nicht aufklären würden, wenn es sich irgendwie vermeiden ließ.

Ich schloss die Bürotür hinter mir und Charlotte Siebenstein deutete auf einen runden Tisch, um den herum vier Stühle standen.

»Sie glauben doch nicht, dass einer unserer Mitarbeiter in die Sache verwickelt sein könnte?!«, erkundigte sie sich.

Sie wirkte eher verunsichert als empört, registrierte ich. Schloss sie selbst diese Möglichkeit nicht aus? Oder versuchte sie, den Verdacht von sich selbst abzulenken?

»Wir bemühen uns lediglich um ein umfassendes Bild vom Tagesablauf des Opfers«, wich Danner der Antwort aus. »Betreuen Sie Ricarda Schulz schon lange?«

»Einen kleinen Moment.« Siebenstein trat an ein Sideboard und zog eine Akte aus der langen Reihe von Ordnern auf dem Schränkchen.

»Vor fünf Jahren kam Ricarda mit dem Praktikumswunsch auf mich zu. Ihr Bruder hatte ihr die Stelle in dem Hotel besorgt, in dem er selbst arbeitete. Nach der Leitung des Empfangs hatte er auch den Zimmerservice übernommen und der neue Hoteldirektor stand dem Arbeitsversuch aufgeschlossen gegenüber.«

Weil Siebenstein die Akte flach vor mir auf den Tisch gelegt hatte, konnte ich – wenn auch über Kopf – deutlich das mit einem neongrünen Textmarker an den Rand gemalte Ausrufezeichen sehen.

»Gab es Bedenken?«

Siebenstein studierte kurz den Text. »Ja, ich erinnere mich … Ricarda war damals gut in ihre Gruppe im Arbeitsbereich Verpackung integriert. Sie war mit leichten Tätigkeiten wie Kartons falten und Produkte abzählen betraut. Ihre Belastbarkeit war aber nicht so groß, dass wir sie für einen externen Arbeitsplatz auf dem ersten Arbeitsmarkt in Erwägung gezogen hätten. Sie war sehr unsicher, traute sich nur wenig zu.«

Daran hatte sich bis heute nicht viel geändert, sonst hätte

Ricki der aufsässigen Azubine ja längst mal die Meinung gesagt.

»Weil ihr Bruder sie unter seine Fittiche nehmen wollte und auch der Hotelchef sehr aufgeschlossen schien, haben wir es dennoch versucht. Glücklicherweise, muss man im Nachhinein sagen. Die beiden haben viel Fingerspitzengefühl bewiesen. Inzwischen hat der Betrieb eine erstaunliche Eingliederungsquote und eine Seniorenresidenz in Wiemelhausen hat nachgezogen. Dadurch haben unsere Mitarbeiter derzeit wirklich eine reale Chance, auf dem ersten Arbeitsmarkt Fuß zu fassen.«

»Aber wenn ich das richtig verstanden habe, ist Ricarda auch nach fünf Jahren noch Angestellte Ihrer Werkstatt, oder? Sie wird nach wie vor von Ihnen betreut?«, wunderte ich mich.

Die Integrationsbeauftragte holte tief Luft. Als sie weitersprach, quietschte ihre Stimme. »Ricarda bekleidet einen ausgelagerten Arbeitsplatz. Ich will ehrlich sein: Den Weg komplett aus der Werkstatt hinaus in eine Festanstellung hat seit Jahren kein Mitarbeiter mehr gewagt. Die Entwicklung auf dem Arbeitsmarkt hat die Integration von Menschen mit Handicap in den letzten Jahren erschwert. Die Arbeitsplätze sind unsicher geworden, die Abläufe verdichten sich immer mehr und der Druck auf die einzelnen Personen nimmt zu. Kaum jemand kann sich noch die Zeit nehmen, einen geistig oder psychisch eingeschränkten Mitarbeiter einzuarbeiten. Und wenn doch, fällt es den nicht behinderten Kollegen häufig schwer zu tolerieren, dass der andere Erleichterungen erhält. Dadurch fühlen sich unsere Mitarbeiter häufig als Arbeitnehmer zweiter Klasse. Sie halten sich den Weg zurück ins geschützte Umfeld der Werkstatt offen, für den Fall, dass sie die Arbeit nicht mehr schaffen. Oder mit den Kollegen nicht zurechtkommen. Der Trend geht leider dahin, dass behinderte Menschen nicht zusammen mit Nichtbehinderten in einem Team arbeiten, sondern in Werkstätten für behinderte Menschen unter sich bleiben. Und trotz

Vollzeittätigkeit vom Mindestlohn weit entfernt sind.« Siebenstein warf kämpferisch die Dreadlocks über die Schulter. »Echte Integration sieht anders aus.«

Ihre Regimegegnereinstellung gefiel mir.

»Ricarda Schulz besuchen Sie seit fünf Jahren?«, wollte Danner wissen.

»Sozusagen. Ricarda hat sich in den letzten fünf Jahren sehr viele Aufgaben erarbeitet. Ursprünglich war sie nur im Wäschelager eingesetzt. Mittlerweile arbeitet sie mit kleinen Einschränkungen im Serviceteam, hat sogar Gästekontakt. Ehrlich gesagt, hätte ihr das anfangs niemand zugetraut. Aber durch ihren Bruder ist sie ja gut betreut. Ich unterstütze sie nur noch, wenn es Schwierigkeiten gibt.«

»Gibt es gerade Schwierigkeiten?«

Charlotte Siebenstein klappte die Akte zu und stützte das Kinn in die Hände. »Ricki hat wie viele unserer Mitarbeiter soziale Probleme. Sie kommuniziert einfach und kann sich nur schwer durchsetzen. Wie viele geistig behinderte Menschen verfügt sie nicht über den Wortschatz und die Schlagfertigkeit, sich gegen ungerechte Behandlungen zu wehren. Ihr Bruder hat damit natürlich keine Probleme, aber die stellvertretende Leitung ist leider schlichter gestrickt.«

Ich konnte mir ein Schmunzeln nicht verkneifen. Ich bezweifelte, dass *schlichter gestrickt* auch in Siebensteins sorgfältig abgehefteten Unterlagen als Notiz zu Rita Kröppke zu finden war.

»Und mit der Auszubildenden kommt Ricki gar nicht klar. Die Kollegin versteht nicht, warum Ricarda weniger Zimmer betreut, mehr Pausen und mehr freie Tage hat und mehr Urlaub bekommt. Von Hoteldirektor Flegenfeld hat sie verlangt, dass er Ricki wieder in die Wäscherei zurückversetzt, weil«, Siebensteins Sommersprossen verschwanden, weil sich ihre helle Haut vor Ärger dunkelrot färbte, »und das ist jetzt ein wörtliches Zitat: ›Ricarda zu blöde ist und Gäste vergrault‹.«

Die Frau wurde mir immer sympathischer. Ich hoffte

wirklich, dass sie in ihrer Freizeit nicht idiotischerweise ein paar Menschen umgebracht hatte.

»Zum Glück ist der Hoteldirektor prinzipiell der Meinung, dass sowohl die Kollegen als auch die Gäste damit klarkommen müssen, dass er seine gehandicapten Mitarbeiter nicht in der Wäscherei versteckt. Stattdessen hat er die Auszubildende einen Monat lang in den Keller versetzt.«

Schöne Lösung. Leider hatte auch der Kellerarrest offensichtlich nichts genutzt.

»Können Sie uns sagen, wie oft und wann genau Sie Ricarda in den letzten Wochen besucht haben?«, versuchte Danner weiter, an Fakten zu kommen.

»Ja, natürlich, wenn Sie einen Augenblick Geduld haben«, Siebenstein leckte an ihren Fingern und fing wieder an, in ihren Unterlagen zu blättern.

»Also, am Montag vor vier Wochen ist die Auszubildende aus dem Keller zurückgekehrt, in der Woche war ich zwei Mal da. Beim zweiten Termin haben Nino Schulz, Direktor Flegenfeld und ich ein Gespräch mit Ricki und Leonida geführt. Danach herrschte erst mal Ruhe.«

Danner rechnete kurz nach, während er die Daten notierte. »Bis am Donnerstag letzter Woche der Koch aus dem Fernsehen – Carlo Pfiffhofen – auf dem Parkplatz des Hotels ermordet aufgefunden wurde. Kannten Sie ihn?«

Siebenstein schüttelte den Kopf. »Ich hab die Sendung nie gesehen. Ich war in der Woche auch nicht in Bochum, sondern bei meinen Eltern im Taunus, deshalb hab ich erst von der Sache erfahren, als mich Ricki am Donnerstagnachmittag völlig aufgelöst auf dem Handy anrief.«

Auffallend freundlich, dass sie gleich ein Alibi lieferte …

»Ricki und ich haben gleich einen Termin am Montagmorgen vereinbart. Doch da war sie angeblich mit Fieber zu Hause geblieben. Bei meinem Krankenbesuch stellte sich heraus, dass sie wieder mit Leonida aneinandergeraten war und das Fieber nur vorgetäuscht hatte, damit ihr Bruder nicht mitbekam, dass sie nicht zur Arbeit wollte.«

So viel kriminelle Energie hätte ich Ricki gar nicht zugetraut.

»Ich hab versucht, sie zu beruhigen, aber seitdem ist sie emotional … noch instabiler.«

Siebenstein blätterte wieder.

»Seitdem war ich beinahe täglich da.« Die Integrationsbeauftragte sprach nicht weiter, sondern kaute stattdessen auf ihrer Unterlippe.

»Weil?«, ließ Danner nicht locker.

Doch Siebenstein blieb schweigsam.

Nun – in jedem Fall wussten wir jetzt, dass sich auch Rickis ›Berufstante‹ bestens im Hotel auskannte.

»An dem Montag, an dem Ricki sich krankgemeldet hatte, ist Marian Mohr tot im Hotel aufgefunden worden«, erklärte Danner. »Wie hat Ricki reagiert, als sie davon erfahren hat? Hingen Ihre vermehrten Besuche mit dem Mord zusammen?«

»Der Vorfall hat Ricarda natürlich ebenfalls belastet. Und sie hatte in letzter Zeit …«

Sie brach schon wieder ab.

»Eigentlich möchte ich das jetzt nicht so sagen. Das klingt für Sie sicher … merkwürdig«, setzte sie dann noch mal an. »Ricki hatte in letzter Zeit wieder mehr Schwierigkeiten mit K…« Siebenstein verstummte hilflos.

Welches böse Wort wollte wohl nicht über ihre Lippen? Kloputzen? Kotze? Kakerlaken?

»Ja?«, wurde Danner ungeduldig.

»Kunden«, seufzte Siebenstein.

Oh.

»Mit den männlichen Kunden des Hotels«, ergänzte die Integrationsbeauftragte. »Aber denken Sie jetzt bitte nicht gleich, dass sie jemanden umgebracht hat. Das Problem ist früher auch schon aufgetreten.«

Ich schaffte es im letzten Moment, mir den überraschten Blick zu Danner zu verkneifen.

Ricki hätte es im Leben nicht auf meine Verdächtigenliste

geschafft, wenn Siebenstein uns jetzt nicht so ausdrücklich darauf hingewiesen hätte.

»Was wir denken, müssen Sie uns überlassen«, bemerkte Danner. »Was für Schwierigkeiten sind das denn?«

»Sie hat, wie gesagt, Probleme, sich abzugrenzen. Und sie hat eben ...«, wieder suchte Siebenstein nach Worten, »... unübersehbare sekundäre Geschlechtsmerkmale.«

Titten.

»Sie hat mir erzählt, dass ihr ein Gast Komplimente gemacht hat. Und ihr möglicherweise sogar an den Busen gefasst hat.«

Danner richtete sich auf. »Möglicherweise? Hat er oder hat er nicht?«

Siebenstein zuckte die Schultern. »In jedem Fall hat er offenbar deutlich gemacht, dass er es gern tun würde. Ricki sagt, sie hätte dem Typ erklärt, dass er das lassen sollte, aber ... Verstehen Sie das nicht falsch, aber es könnte sein, dass sie das nur sagt, weil ich es hören möchte.«

Siebensteins Worte ließen mich die Szene in meiner Fantasie durchspielen.

»Ist das alles echt oder hast du Melonen im BH?« Marian Mohrs Bübchengesicht schielt mit flegelhaftem Grinsen auf Rickis Busen.

Der Getränkewagen klirrt, als Ricki erstarrt.

»Darf ich mal hupen?« Ohne ihre Antwort abzuwarten, greift Mohr mit beiden Händen zu und drückt ihre Brüste prüfend mit den Fingern zusammen. »Hammer! Hast du einen Freund?«

Ricki schüttelt stumm den Kopf. Als Mohr einen Schritt auf sie zu macht, weicht sie hinter den Getränkewagen zurück. Sie umkreisen den Wagen.

»Du willst Fangen spielen? Dann pass auf, dass ich dich nicht erwische.«

Plötzlich war mein Mund trocken und ich schluckte, bevor ich fragte: »Hat Ricki erzählt, wer sie angrapschen wollte?«

Siebenstein rieb sich mit beiden Händen das Gesicht: »Ricarda war vollkommen aufgelöst deswegen und wollte am liebsten in die Werkstatt zurückkehren.«

»Ist sie aber nicht«, stellte Danner fest.

»Nein. Sie ist oft nicht in der Lage, auf Unbekanntes angemessen zu reagieren. Deshalb haben wir uns darauf geeinigt, mithilfe von Rollenspielen zu üben, wie sie Annäherungsversuche abweisen kann. Damit haben wir diese Woche begonnen.«

Annäherungsversuche.

Das Wort ärgerte mich. Und es kostete Siebenstein einige der Sympathiepunkte, die sie bisher bei mir gesammelt hatte.

Sexuelle Belästigung hieß das. Und normalerweise sollte Ricki doch nicht trainieren müssen, angemessen zu reagieren. So etwas sollte einfach nicht vorkommen.

Auch nicht bei einer Schwerbehinderten.

Schon gar nicht bei einer Schwerbehinderten!

Wie wäre es stattdessen mit einem Hinweisschild in verschiedenen Sprachen? Neben den Rauchverbotsschildern und der Bitte, die Handtücher auf den Boden zu werfen, wenn sie ausgetauscht werden sollen.

Oder einem simplen Tritt in die Eier?

Ups.

Ich faltete die Hände auf dem Tisch, um mir nicht ebenso ratlos durchs Gesicht zu wischen wie die Betreuerin.

Lenkte Charlotte Siebenstein unsere Aufmerksamkeit absichtlich auf Ricki?

»War der Gast, der Ricki an die Brust gefasst haben soll, Marian Mohr?«, wiederholte Danner die Frage, um deren Antwort die Integrationsbeauftragte die ganze Zeit herumeierte.

Siebenstein blinzelte erschrocken.

»Leider«, sagte sie dann.

30.

»Das gefällt mir nicht.« Danner trommelte mit den Fingern auf das lederummantelte Lenkrad unseres Autos, während er den Wagen vom Parkplatz der Behindertenwerkstatt steuerte.

»Dass Siebenstein als Verdächtige anscheinend ausscheidet?«, versuchte ich das Satzende zu erraten.

»Eine Behinderte zu verdächtigen«, brummte Danner.

Ich runzelte die Stirn. Charlotte Siebenstein hatte nicht nur für den Mord an Carlo Pfiffhofen ein Alibi geliefert – in der Nacht des zweiten Mordes wollte sie auf einem Junggesellinnenabschied gewesen sein. Mit dem beiläufigen Kommentar »Das müssen Sie doch bei allen machen, oder?« hatte sie uns Namen und Telefonnummern der anderen Teilnehmerinnen notiert, damit wir ihre Angaben überprüfen konnten. Wenn alles stimmte, schied sie als Verdächtige aus.

Mir gefiel es ebenfalls nicht, Ricki zu verdächtigen. Aber noch weniger gefiel mir, sie *nicht* zu verdächtigen, nur weil sie eine Behinderung hatte. Warum sollte sie nicht so sehr hassen können, dass sie einen Mord beging?

»Meinst du, sie ist zu blöde, sich ein Messer zu schnappen und ins Zimmer zu marschieren?«, erkundigte ich mich spitz.

Danner warf mir einen wütenden Seitenblick zu: »So hab ich das nicht gemeint.«

»Wenn du einen Moment drüber nachdenkst, hast du es vielleicht doch so gemeint.«

Danner schwieg einen Augenblick.

»Na schön«, murrte er dann. »Behandeln wir sie genau wie jede andere Verdächtige. Marian Mohr hat sie definitiv gekannt, aber hat sie ihn umgebracht, weil er ihr an den Busen gefasst hat? Und was ist mit Pfiffi? Kannten die sich überhaupt? Als Ricki Schulz im Hotel angefangen hat, war Pfiffhofen doch schon lange nicht mehr da, oder?«

Das konnte ich ihm sagen. Ich kramte die Liste der Angestellten hervor, die zu Pfiffhofens Zeit bereits im Hotel gearbeitet hatten. Sie steckte noch immer in meiner Glitzerhandtasche.

Rickis Name stand nicht auf dem Zettel.

Aber an einem anderen Namen blieb ich hängen.

»Vielleicht hat sie Pfiffhofen doch gekannt«, stellte ich zähneknirschend fest.

Weil Ricki ihren Dienst für heute ja bereits emotional instabil beendet hatte, beschlossen wir, erst etwas zu essen, bevor wir sie besuchten, um sie nach Pfiffhofen zu fragen.

Danner parkte auf dem Gehweg vor Molles Kneipe.

Das war voraussehbar, fiel mir auf. Er parkte prinzipiell so, dass Fußgänger auf die wenig befahrene Straße ausweichen mussten, um an unserer Schüssel vorbeizukommen. Wenn Staschek bei seiner Kommandantin Schleimpunkte sammeln wollte, indem er seinen Kumpel an sie verpfiff, war die Kiste gleich weg und wir könnten den Rest des Tages damit verbringen, sie auszulösen.

Vorsichtshalber prüfte ich die nächsten paar Wagen am Straßenrand und – ich hielt irritiert inne: Vor der Häuserreihe gegenüber parkte Stascheks Kombi unter einer Birke!?

Während Danner bereits in der Kneipe verschwand, überquerte ich die gepflasterte Straße und warf einen Blick auf das Kennzeichen des dunkelgrünen Wagens.

Der traute sich noch her?

Wütend drehte ich mich auf dem Absatz meiner Pumps in Richtung Kneipe und prallte zurück, weil Staschek aus einem Hauseingang trat.

»Mann, lass das! Da krieg ich ja einen Herzinfarkt!«, motzte ich ihn an.

»Du lässt mich jetzt endlich ausreden!« Ohne Vorwarnung versetzte er mir einen Schubser vor die Brust, sodass ich rückwärts stolperte. Seine Haare hingen ihm wirr ins Gesicht.

Na schön, er hatte mich überrumpelt.

Auf den unebenen Gehwegplatten knickte mein Absatz um. Ich strauchelte.

»Du killst meine Ehe mit deiner verdammten Schnüffelei!«

Staschek kam mir wieder bedrohlich nah. Zum allerersten Mal wurde mir bewusst, wie groß er war. Und der harte Zug um seine Mundwinkel stellte mir die Nackenhaare auf. Diese Körpersprache konnte ich verstehen wie Hochdeutsch.

Eilig richtete ich mich auf.

»Ich glaube nicht, dass *ich* deine Ehe kille!« Ich hob trotzig die Nase. Mein rechter Schuh fand keinen Halt, irgendwas stimmte mit dem Absatz nicht. Ich stützte mich am groben Putz der Hauswand ab.

Danner war nicht mehr zu sehen, wahrscheinlich schob ihm Molle bereits ein Schnitzel über die Theke. Ansonsten war kein Mensch unterwegs.

Meine Hände wurden schwitzig, mein Herz raste.

»Mir wäre es auch lieber gewesen, es hätte nichts zu schnüffeln gegeben«, schnappte ich. Ich schüttelte die Schuhe von den Füßen.

Verdammt, jetzt war ich noch kleiner!

»Oder du hättest dich zumindest nicht erwischen lassen dürfen wie ein Zwölfjähriger auf dem Schulhof!«

Stascheks Wut schoss dunkelrot in sein Gesicht.

Ich hätte ihn beruhigen müssen. Schwören, dass ich Lena erklären würde, das alles ein großer Irrtum war. Ein bisschen flennen. Zumindest, bis ich nicht mehr mit ihm allein auf der Straße stand.

Die trotzige kleine Punkerin in meinem Kopf hätte sich lieber die Zunge abgebissen! Was erlaubte der Scheißkerl sich?

»Ich. Habe. Kein. Verhältnis. Mit. Klara!«

Ich stieß mit dem Rücken gegen die bräunlich verputzte Fassade. Staschek schien zu wachsen, als er dicht vor mich trat.

»Klar. Du bist nur gestolpert und dabei versehentlich mit

der Nase in ihrem Ausschnitt gelandet, nicht wahr?«, spottete ich giftig.

Ich wollte meinen Stand sichern, einen Fuß in Schrittstellung nach vorn, den anderen nach hinten. Einen Tritt in die Mitte hielt ich im Moment für eine durchaus akzeptable Art, mich mitzuteilen. Allerdings schränkte der rosa Rock meine Beinfreiheit erheblich ein. Das war nicht die optimale Kleidung, um einen Karatekick zu platzieren.

»Wag es nicht, den Mist Lena zu erzählen!« Staschek packte mich zu fest an den Schultern, seine Daumen bohrten sich unterhalb meiner Schlüsselbeine in meine Brust. Das Adrenalin jagte mit Hochdruck durch meinen Körper.

Staschek schüttelte mich, als wollte er mich aufwecken. »Verdammt, du weißt gar nicht, was eine Scheidung bedeutet!«

»Fass mich nicht an!« Mit aller Kraft schlug ich seine Hände zur Seite.

Ich konnte sehen, dass sich Stascheks Mund weiterbewegte, dass er aufgebracht gestikulierte, hörte aber nur noch mein eigenes Blut in meinen Ohren rauschen.

Du machst mir keine Angst! Und sonst auch niemand! Nie mehr!

»Dass es teuer werden kann, hättest du dir vorher ausrechnen sollen«, spuckte ich verächtlich aus.

Staschek holte aus.

Hah! Ich habe in meinem Leben mit Sicherheit mehr Ohrfeigen kommen sehen, als du verteilt hast, Arschloch!

Als es knallte, drehte ich nur den Kopf. Beinahe sofort sah ich Staschek wieder an. Das hatte meinen Vater immer ausflippen lassen.

»Und?« Meine Stimme zitterte vor Wut. »Soll ich jetzt heulen?«

Staschek hielt irritiert inne.

»Glaubst du echt, ich halte jetzt die Klappe? Wegen einer Ohrfeige?«, schnauzte ich ihn an. »Mein Vater hat mir mit einem Schlag drei Rippen gebrochen, aber Moment – meine Fresse hab ich trotzdem nicht gehalten!«

Staschek wich tatsächlich vor mir zurück.

»Du solltest mich also besser ins Koma prügeln, damit die Veranstaltung hier was bringt«, empfahl ich ihm eisig. »Und Lena weiß längst Bescheid.«

Mit beiden Händen griff sich Staschek in die wirren Haare: »Du hast nie erzählt, dass dein Vater dich geschlagen hat.«

Ich registrierte, dass meine Hände zitterten. Ich griff mit der rechten nach der linken, um sie festzuhalten.

»Nein, stell dir vor.«

Mein linkes Auge, die Schläfe und Wange pulsierten. Als ich mir ins Gesicht griff, wurden meine Finger klebrig warm.

Blut.

Na toll.

»Ich habe keine Affäre mit Klara, sie lässt mich nur einfach nicht in Ruhe«, murmelte Staschek müde. »Sie kneift mir in den Arsch, fummelt bei Konferenzen unter dem Tisch, bestellt mich in ihr Büro. Und ich kann nichts dagegen machen. Mir glaubt doch keiner, dass ausgerechnet ich von einer Frau belästigt werde.«

»Und deshalb lässt du dich weiter begrapschen und hoffst, dass es keiner merkt? Wie armselig ist das denn?« Danner stand so plötzlich neben Staschek, als hätte er sich aus dem Nichts materialisiert. Er klang einigermaßen fassungslos – allerdings nur so lange, bis er das Blut in meinem Gesicht bemerkte.

Dann ging alles ganz schnell.

Staschek rannte bereits, als Danner auf ihn losging. Sekunden später krachte die Tür des Kombis zu und der Motor kreischte auf.

An einem Nachmittag im Sommer war es in unserer Dachwohnung bestimmt nicht kalt, trotzdem fröstelte ich.

Mein Gesicht spiegelte sich im Metall des Löffels, der in meiner Teetasse steckte.

Durch die Rundung verzerrt guckten mich riesige, blaue Augen über einem Puppenmündchen und einem winzigen

Körper an, umrahmt vom Blond meiner unechten Mähne. Meine linke Gesichtshälfte leuchtete rot.

Wäre ich riesig, fett und hässlich, würde nicht jeder schleimige, kleine Arschkriecher auf die Idee kommen, mich vertrimmen zu können. Ob daran ein paar gruselige Narben und eine Glatze etwas ändern würden?

Hm. Im Hinblick auf meine Idee, meine Phobie vor langen Haaren zu bekämpfen, waren diese ungesunden Gedanken nicht gerade hilfreich.

»Hättest du ihm nicht bei der Flucht geholfen, hätte ich in seinem eigenen Zuständigkeitsbereich eine Leiche aus dem Sack gemacht«, knurrte ich Danner an, als der ein Pflaster auf meine aufgeplatzte Braue klebte.

»Dank deiner posttraumatischen Belastungsstörung wärst du garantiert als schuldunfähig davongekommen«, meinte der.

»Dank meiner was?«

»Dank deiner posttraumatischen Belastungsstörung. Immerhin bist du Opfer häuslicher Gewalt.« Danners graue Augen streiften mein Gesicht nur kurz.

Alles in mir gefror.

Danner betrachtete nicht das Pflaster, sondern meine Reaktion. Und er wartete absichtlich, bis er mir zuzwinkerte. »Das halbe Jahr in der Psychiatrie hättest du doch auf einer Arschbacke abgesessen.«

Ich zwang mich, wieder zu atmen. Mühsam bewegte ich die Schultern, um meine Schreckstarre zu lösen.

»Hältst du es für möglich, dass Klara Lenny wirklich belästigt?«, wechselte ich plump das Thema.

Danner verstaute die Pflaster wieder im Verbandskasten.

»Sie kann ihn nicht ausstehen, seit er mir damals den Arsch gerettet hat«, überlegte er laut.

Danner war drei Jahre mit Klara Peters zusammen gewesen, als die beiden bei einer anstehenden Beförderung zu Konkurrenten wurden. Sie hatte kurzerhand einen Häftling bestochen, der Danner eine schwere Körperverletzung andichtete. Und sein Alibi für die Nacht, die er mit ihr verbracht hatte, hatte sie platzen lassen, bevor er überhaupt wusste, dass er eines brauchte. Als Staschek von der Sache Wind bekam, hatte er Danner ein falsches Alibi gegeben. Die Peters hatte ja bereits zu Protokoll gegeben, dass sie keine Ahnung habe, wo er gesteckt hatte.

Nachdem die internen Ermittlungen ergebnislos eingestellt worden waren, hatte Danner allerdings trotzdem den Dienst quittiert und so hatte die Schlampe letztendlich ihr Ziel erreicht. Immerhin war sie inzwischen die Polizeipräsidentin, während Danner meist am Existenzminimum herumermittelte.

»Ja«, sagte er schließlich, »ich schätze, es würde sie ziemlich amüsieren, wenn sie Lennys Ehe ruinieren könnte.«

»Du meinst, sie baggert ihn nicht an, weil sie scharf auf ihn ist, sondern weil sie ihn nicht ausstehen kann?«

Interessante Idee.

»Wäre nicht der erste Chef, der Untergebene begrapscht, weil er es geil findet, dass er es einfach tun kann.« Danner zuckte die Schultern und ließ sich neben mich auf die Couch fallen.

Das stimmte, so richtig neu war die Idee gar nicht.

»Und da Lenny selbst schon die halbe Belegschaft angegraben hat, wird er tatsächlich Schwierigkeiten haben, Abnehmer für seine Geschichte zu finden.«

Danner zog mich an sich.

Wenn du mal ein Flugzeug dran hindern kannst, mir auf den Kopf zu fallen, darfst du gern Superwoman spielen. Mein männlicher Stolz hält so was aus.

Ich gab dem plötzlichen Gefühl nach und lehnte meinen Kopf an seine Schulter.

»Aber ob ihm Lena glaubt, darauf kommt es ja nicht an«, meinte Danner. »Die Einzige, die ihm glauben sollte, ist Verena. Allerdings wird die so oder so nicht begeistert davon sein, dass er sich unterm Besprechungstisch die Eier kraulen lässt. Auch wenn es nur ist, weil er den blöden Job unbedingt behalten will.«

31.

Die Freudenbergstraße zweigte von der A 40 ab und führte vom aufgeschütteten Wall der Autobahn hinunter in ein Industriegebiet. Der Autobahnverkehr dröhnte nur wenige Meter neben uns her, als Danner scharf abbremsen musste, weil sich ein breiter Lastzug im Schritttempo die Straße hinabschob. Der grüne Aufbau der Ladefläche besaß schmale Luftschlitze. Aus einem davon guckte eine runde Schweinenase.

Mit blinkenden Lichtern bremste der Tiertransporter gleich vor der ersten Einfahrt. Ein flaches Pförtnerhäuschen stand zwischen den zwei grünen Rolltoren in der mannshohen Backsteinmauer.

Der Hof dahinter war von langen Gebäuden umgeben.

Schlachthof Bochum stand in weißen Buchstaben am Hauptgebäude vor uns.

Auf die Eingangstür der nächsten Lagerhalle hatte jemand eine nackte Frau gesprayt. Ein Saunaclub.

Ich klickte die abfotografierte Adressenliste auf mein Handy. *Freudenbergstraße 22* lautete tatsächlich die aktuelle Adresse von Ricarda Schulz.

Interessante Wohngegend.

In der Zeile darüber fiel mir die gleiche Adresse noch einmal auf. Davor stand Nino Schulz' Name. Ihr Bruder wohnte im gleichen Haus? Mit seiner behinderten Schwester zusammen? Gut, dass Schnulzi nicht nur aus beruflichen Gründen nett war, war mir bereits aufgefallen. Und allein leben konnte Ricki vielleicht gar nicht. Was kam sonst infrage? Betreutes Wohnen? Bei den Eltern bleiben? Oder eben eine WG mit dem Bruder gründen. Warum nicht?

Aber ausgerechnet hier?

Danner ließ den Oldtimer in eine Hofeinfahrt rollen.

»Sieht aus, als wären wir da.«

Die Lagerhalle hatte ihre besten Zeiten eine ganze Weile hinter sich. Der Blechbau setzte Rost an. An der Vorderseite des Gebäudes stand ein großer, schmuddelig-roter Schriftzug: *Spedition Schulz*. Die Klebefolie, aus der die Buchstaben gefertigt worden waren, blätterte ab.

Ein an die fünf Meter hoher Maschendraht umgab das Gelände, allerdings hatte er Löcher, durch die mühelos ein Auto fahren konnte.

Der Hof war ungepflegt, Unkraut wucherte aus dem Schotter und ein Sperrmüllberg wuchs neben der Halle in die Höhe. Danner parkte direkt vor dem rostigen Rolltor. Früher einmal waren hier vermutlich die riesigen Zugmaschinen der Lkw zur Wartung in die Halle gedröhnt. Heute existierte die Spedition definitiv nicht mehr.

Wir stiegen aus.

»Die wohnen in einer Lagerhalle?«, wunderte sich auch Danner. Die Hände in den Hosentaschen sah er am Gebäude hinauf. Zumindest an der Vorderseite hatte es keine Fenster, Licht konnte lediglich durch den Wandbereich oberhalb der Beschriftung hineinfallen, der nicht aus Blech, sondern aus durchsichtigem Plastik bestand.

Neben dem Rolltor war eine rostrote Tür in die Wand eingelassen. Daneben befanden sich Klingeln und ein Briefschlitz.

Ich trat näher und las die Beschriftungen auf den vergilbten Klingelschildern. *Büro* – stand neben dem untersten Knopf. *R.+N. Schulz* auf einem neuen Schildchen darüber. Es war weniger verblichen und neben den Namen hatte jemand bunte Blumen gemalt.

»Schätze, wir sind wirklich richtig.«

Ich klingelte bei den Blümchen.

Danner drehte sich um sich selbst und betrachtete den verlassen wirkenden Hof. Eine Reifenspur, die im Schotter auf das Tor zuführte, bewies zumindest, dass hier gelegentlich ein Fahrzeug hineinfuhr.

»Sieht nicht aus, als wäre jemand zu Hause«, fand Danner.

»Nino Schulz hat diese Woche Spätdienst«, erinnerte ich mich. »Aber Ricki hat ihre Arbeit heute Vormittag abgebrochen. Sie müsste eigentlich da sein.«

Ich klingelte noch mal, hielt den Knopf etwas länger gedrückt. Drinnen blieb alles still.

Danner schlenderte an der Halle entlang, um einen Blick auf das Gelände dahinter zu werfen. Weil niemand öffnete, folgte ich ihm neugierig – und riss erstaunt die Augen auf.

Das Grundstück der Schulzes war riesig! Ein Parkplatz, der seit einem geschätzten Jahrzehnt nicht mehr benutzt worden war, erstreckte sich vor uns.

Zahllose weiße Poller, die früher die Parkzonen der Fahrzeuge gekennzeichnet hatten, ragten aus dem kniehohen Gras, Brennnesseln und Dornengestrüpp.

Direkt hinter der Halle hatte jemand einen kleinen Garten angelegt. Zwei ausgeblichene Liegestühle standen unter einem Sonnenschirm auf dem überwucherten Beton. Rosenstöcke kletterten an der Gebäudewand in die Höhe, in den halbrunden Beeten hatte jemand Unkraut gejätet.

Doch im Moment war auch hier niemand zu sehen: »Vielleicht ist Ricki zum Arzt gegangen oder heult sich bei einer Freundin aus oder entspannt sich bei einer Massage, was weiß ich.«

Danner zuckte die Schultern: »Dann müssen wir Ricarda morgen bei der Arbeit fragen, ob sie eine Serienmörderin ist. Machen wir Feierabend.«

»Und *Sex on the beach*?«

32.

»Was ist dir denn passiert?«

Die Barkeeperin beugte sich unter den Gläsern und Lampen hindurch über den Tresen und musterte mein blaues Auge.

Der Bluterguss hatte sich nicht komplett wegschminken

lassen, außerdem waren Ober- und Unterlid inzwischen sichtbar angeschwollen.

Die blonde Empfangsdame hatte mein blau angelaufenes Gesicht beim Vorbeihuschen nicht bemerkt. Der Barkeeperin hingegen fiel es sogar im gedimmten Licht der Bar auf. Sie sah offenbar genauer hin.

»Kleiner Zusammenstoß mit einem Klo«, lächelte ich. »Im Bad ausgerutscht.« Die älteste aller Ausreden.

Das wusste Alina König wohl auch, denn ihr Blick flitzte zu den Tischen, während sie mir einen Scotch, der für Danner bestimmt war, auf die Theke schob.

An einem Tisch mitten im Raum schwieg die verklemmte Rockträgerin wieder ihren kleinkarierten Gatten an. Danner hatte hinter den beiden Platz genommen.

Die dunkel geschminkten Augen der Barkeeperin wurden sehr schmal. »Sieht aus, als hätte jemand geschubst«, erklärte sie direkt, während sie meinen Cocktail zusammenmixte.

Ich begriff, dass das als Frage gemeint war.

Wir hatten das Alibi der Barkeeperin nicht überprüft, wurde mir siedend heiß bewusst. Weil es Frauen gab, die offensichtlichere Mordmotive hatten. Weil es zu weit hergeholt erschien, dass eine Irre grundlos Jagd auf Vollidioten machte, die sich für Supertypen hielten. Aber vielleicht hatten wir einfach nur vergessen, die Barkeeperin nach ihrem Motiv für die Taten zu fragen.

»Verpass dem Arsch 'nen Arschtritt«, schlug sie vor, als ich schwieg. Sie schob mir mein pinkfarbenes Getränk auf den Tresen.

»Du weißt nicht, wie das ist, wenn du nirgends hinkannst«, murmelte ich.

Ihre Augen funkelten triumphierend, als sie die Hände auf die Theke stützte und sich zu mir herüberlehnte.

»Das ist nur in deinem Kopf so«, zischte sie eindringlich. »Setz dich in den nächsten Zug, färb deine Haare, such dir einen Job. Irgendeinen.«

Interessant. Die wusste offensichtlich, wovon sie sprach.

Ich nuckelte an meinem Strohhalm, während ich verstohlen ihre rabenschwarzen Haare musterte.

»Zur Not gibt es Frauenhäuser. Und die Polizei.«

Entschuldigend zuckte ich die Achseln: »Sorry, ich bin tatsächlich ausgerutscht.«

Sie wischte kopfschüttelnd über den Tresen.

Das ältere Paar am Nebentisch lenkte meine Aufmerksamkeit von der Barkeeperin ab. Besser gesagt, der Mann im Anzug. Eine junge Frau mit zwei hinter die Ohren geklemmten, dunklen Zöpfen war an den Tisch getreten. Ihre zueinander zeigenden Fußspitzen und der verlegen gesenkte Kopf ließen sie kleiner aussehen, als sie tatsächlich war, während der Anzugträger eine Faust auf den Tisch donnerte.

»Sie haben *was?*«

»War keine Absicht«, nuschelte die Fremde kleinlaut. »Ich hab den Wagen wohl beim Ausparken übersehen.« Sie versteckte sich hinter dichten Ponyfransen, als könnte sie das vor einer Standpauke bewahren.

»Übersehen? Das ist eine S-Klasse! Ich hoffe, Sie sind gut versichert, junges Fräulein!« Der Mann klirrte sein Glas auf den Tisch und erhob sich energisch.

Seine Frau blieb weiterhin stumm. Sie nestelte an ihrem mausgrauen Rock, während sich ihr Gatte schimpfend in Richtung Parkplatz entfernte.

»Für Frauen wie Sie wurden übrigens extra Einparkassistenten erfunden«, hörte ich ihn noch kläffen, bevor er durch die Glastür verschwand.

Die Verursacherin der Lackkratzer entschuldigte sich nochmals leise bei der Frau, bevor sie dem Mercedesfreund zerknirscht in Richtung Parkplatz folgte.

Die Arme. Wahrscheinlich war sie eine Fahranfängerin. Und rasselte gleich bei der ersten Beule mit einem fanatischen Heißwachspolierer aneinander.

Die Frau des cholerischen Anzugträgers schien beinahe erleichtert über die Unterbrechung des frustrierenden Schweigens.

Die Barkeeperin verzog angeekelt das Gesicht. Auch bei ihr hatte der Typ mit seinem Auftritt sicher keine Sympathiepunkte gesammelt.

Bei romantischem Kerzenlicht grübelte Danner über einem Zettel, als ich ihm seinen Scotch auf den Tisch schob.

Ich sah ihm über die Schulter und erkannte eine Auflistung der potenziellen Serienmörder.

Bei Danner hatte es tatsächlich *Ricarda Schulz* auf Platz 1 geschafft. Sie hatte meine rothaarige Lieblingsverdächtige *Charlotte Siebenstein* verdrängt. Danner hatte die Integrationsbeauftragte mit dem Zusatz *Alibi!!!* durchgestrichen, denn der Junggesellinnenabschied hatte definitiv stattgefunden, das hatten wir gleich heute Mittag überprüft.

Auf Platz zwei folgte *Lexa Pfiffhofen* – bei ihr stand hinter dem *Alibi* nämlich noch immer ein Fragezeichen. An dem Abend, an dem Marian Mohr ermordet worden war, hatte sie zwar nachweislich in Gelsenkirchen gekellnert. Doch bei dem Anruf in der Kneipe hatten wir von ihrem Kollegen auch erfahren, dass er selbst gegen Mitternacht nach Hause gegangen war und Lexa Pfiffhofen mit dem letzten an seinem Bier klebenden Gast allein gelassen hatte. Der Gast war futsch und mit ihm ihr lückenloses Alibi.

Pfiffis Freundin *Mandy Andraschek* folgte auf Platz drei. Darunter hatte Danner noch *Brigitte Jerken* notiert.

Ich nahm ihm den Stift aus der Hand und schrieb *Alina König* dazu, bevor ich mich ihm gegenübersetzte.

Danner blickte stirnrunzelnd zur Barkeeperin hinüber, die bei der stummen Frau des Kleinkarierten kassierte.

»Die hätte ich fast vergessen.«

Die Gattin des Autofreundes verdrückte sich. Durch die Glastür der Bar konnte ich sehen, dass sie in der Eingangshalle zögerte. Genauer gesagt, konnte ich die Füße unterhalb ihres Rocksaumes erkennen, die unschlüssig hin und her trippelten. Schließlich entfernte sie sich in Richtung Fahrstuhl.

»Lila?« Danner riss mich aus meinen Gedanken.

Wo waren wir stehen geblieben? Ach ja, die Barfrau.

»Alina König ist erst vor einem Jahr hierhergezogen, aber ich glaube, sie könnte ein Mordmotiv im Gepäck gehabt haben. Zumindest ein kleines.«

Danner richtete sich gespannt auf. »Und zwar …?«

»Vielleicht musste sie damals vor einem Typ abhauen«, riet ich. »Auf blaue Augen reagiert sie jedenfalls stark allergisch.« Ich deutete auf Stascheks Handabdruck in meinem Gesicht. »Ich wüsste zu gern, wo sie vorher gelebt hat«, erklärte ich. »Und mit wem. Und warum nun nicht mehr.«

»Dummerweise können wir auf die freundliche Unterstützung der Polizei bei ihrer Überprüfung nicht zählen.« Danner rieb sich nachdenklich das Kinn. »Aber es gibt andere Möglichkeiten …«

»Nämlich?«

»Ich könnte dir den Hintern versohlen und abwarten, ob die Barkeeperin heute Nacht mit einem Messer in unserem Zimmer steht.« Seine Augen glitzerten belustigt.

Die Logik der Idee leuchtete mir ein. Ausgerechnet mit dem Angebot, mich übers Knie zu legen, gelang es ihm, mich anzutörnen. Unfassbar.

Hinter der Glastür der Bar durchquerte der graue Rock erneut die Eingangshalle, diesmal in Richtung Parkplatz.

»Lass dir was Besseres einfallen«, erklärte ich entschieden.

»Die Idee ist gut. Wir könnten den Fall heute Abend noch lösen«, ließ Danner nicht locker.

»Sorry, aber ich bin noch jung«, winkte ich ab. »Vielleicht will ich ja mal Kinder.«

Er schwieg verblüfft – und auch nach ausgiebigerem Überlegen fiel ihm darauf keine Antwort ein.

»Okay«, gab er sich geschlagen.

Samstag, 28. Juni, 5:00 Uhr

Die Bilder blitzen im Takt des Weckerblinkens auf.
Wieder Blut. Es fließt in den Fugen entlang auf den rostigen Abfluss im Boden zu.
Aufstehen jetzt!
Das Putzen wird Arbeit machen.
Egal. Alles funktioniert.
Endlich.

33.

»Das dürfte kein Problem sein.«

Hans Flegenfeld erhob sich und trat an den Aktenschrank, der hinter seinem gläsernen Schreibtisch in die Höhe wuchs.

»Frau König ist ja noch nicht lange bei uns, ich habe sie selbst eingestellt«, erläuterte der Manager, während er mit der Hand an den Rücken der Akten entlangfuhr. »Bei Einstellungen, die passiert sind, bevor ich die Hotelleitung übernommen habe, wäre es schwieriger, Unterlagen zu finden. Andererseits archiviert Bubbelchen – ähm, Frau Bubbelsen, meine Sekretärin, seit Jahrzehnten sogar die Bestelllisten der Plüschpuschen. Sie kann wahrscheinlich alles finden.«

Ich dachte an die gepflegte Mittsechzigerin mit dem knallroten Kurzhaarschnitt im Vorzimmer. Sie verteidigte das Büro ihres Chefs gegen das unerlaubte Eindringen unzufriedener Hotelgäste wie ein dreiköpfiger Höllenhund.

Flegenfeld klatschte eine dicke Akte mit der Aufschrift *F-L* auf den Schreibtisch und klappte den Plastikeinleger mit dem *K* am Rand zur Seite.

»Hier ist sie.«

Er klackte die Klammer auf, nahm eine Bewerbungsmappe

heraus und legte sie so hin, dass Danner und ich sie sehen konnten.

Vom Deckblatt unter der durchsichtigen Folie lächelte uns eine junge Frau mit Dackelblick und farblosem Fusselhaar schmallippig an.

Bewerbung um eine Stelle als Gastronomie-/Servicekraft
Alina König

Keine Spur von der Katze, nicht ein einziger Pfotenabdruck.

Erstaunt wollte ich nach der dünnen Mappe greifen, aber Danner war schneller.

»Sie hat eine kleine Typveränderung hinter sich, hm?«, erkundigte ich mich.

Danner bemerkte endlich, dass ich das Bild auch mal betrachten wollte, und legte die Mappe wieder auf den Schreibtisch.

Oha.

»Glauben Sie etwa, Frau König …?« Der Hoteldirektor hatte sich zusammengereimt, dass wir uns keine Bewerbungstipps abschauen wollten.

»Wir *glauben* aus Prinzip nicht«, sagte Danner. »Wir sammeln Informationen, bis wir wissen, was passiert ist.«

»Sie sollen beweisen, dass gar nichts passiert ist!« Flegenfeld lockerte nervös seine Krawatte. Angesichts der beiden Leichen, die auf dem Hotelgelände gefunden worden waren, klang der Manager wie ein Strauß, dessen Kopf einen halben Meter tief im Sand steckte.

»Wir geben uns Mühe«, brummte Danner.

Flegenfeld holte tief Luft. Dann überlegte er es sich aber anscheinend anders und atmete, ohne ein weiteres Wort zu sagen, wieder aus.

Danner schnalzte mit der Zunge. Er hatte inzwischen Alina Königs Lebenslauf in der Bewerbung studiert. Nun las ich das Geburtsdatum der Barkeeperin, ihre frühere Anschrift in Münster, die Namen der Schulen, die sie besucht, und der Restaurants, in denen sie gearbeitet hatte. Und den Familienstand.

Verheiratet.

Danner fotografierte das Papier.

34.

»Ich check das nicht! Wenn ich eineinhalb Stunden für ein Zimmer brauchen würde, es danach immer noch aussähe wie Sau und ich heulend wegrenne, weil mich der Gast zusammenscheißt, dann krieg ich kein Sozial-Dingsbums-Training, dann schmeißen die mich einfach raus, weil ich zu blöde bin!«

Der Meckermonolog hatte einen sich wiederholenden Rhythmus von schrillen und scharfen Tönen. Klang, als würde die Frau schon eine ganze Weile vor sich hin fluchen.

Im Flur der fünften Etage war niemand zu sehen, doch die Tür unserer Suite stand weit offen.

»Wärst du auch mit sechs Geschwistern aufgewachsen wie ich, hättest du gelernt, dich durchzusetzen! Und dass dein Geflenne nichts bringt. In Griechenland würden sich die Leute den Arsch aufreißen für einen Job wie deinen.«

Weil wir nach wie vor die einzigen Gäste auf dieser Etage des Westflügels waren und das Gezeter das leise Klingeln der Fahrstuhltür übertönt hatte, glaubte die aufgebrachte Frau offenbar, allein zu sein. Wenn mich nicht alles täuschte, handelte es sich um die aufsässige Auszubildende Leonida.

Danner pirschte sich näher an die Tür heran.

»Ist echt ein Witz, dass ich jetzt auch noch den Babysitter spielen muss«, zickte die Tussi weiter.

Im nächsten Moment unterbrach ein ohrenbetäubendes Krachen ihre Motzerei. Es schepperte und klirrte eine gefühlte Ewigkeit, bevor Leonida loskreischte.

»Aua! Spinnst du jetzt völlig, oder was?« Ihre Stimme überschlug sich hysterisch. »Willst du mich umbringen? Das wirst du noch bereuen, das lasse ich mir nicht gefallen! Von dir nicht!«

Danner und ich stürzten gleichzeitig los.

Doch bevor wir die Suite erreichten, schoss das Zimmermädchen bereits auf uns zu. Sie presste den weißen Ärmel ihrer Uniformbluse auf ihren Kopf. Ein dünnes, rotes Rinnsal lief von ihren zum Pferdeschwanz zurückgebundenen Haaren über ihre Stirn. Leonida spürte es, wischte wütend und verteilte dadurch hellrotes Blut auf ihrem Gesicht und ihrer Kleidung. Jetzt sah sie aus wie das Opfer einer Vampirattacke.

»Frau …?« Wie lautete noch mal ihr Nachname? Ich trat ihr mit ausgebreiteten Armen in den Weg, als müsste ich sie einfangen. »Was ist passiert? Brauchen Sie Hilfe?«

»Hilfe braucht die da!« Ihr südländisches Temperament ließ ihre Arme unkontrolliert durch die Luft wirbeln. »Die blöde Schlampe, die ist total gestört! Die mach ich fertig! Und wenn die das noch mal macht, poliere ich ihr die dumme Fresse!«

Entschlossen rempelte sie sich an mir vorbei.

Danner war bereits in unserem Zimmer verschwunden, vorsichtig spähte ich durch die Tür.

Der Getränkewagen lag auf die Seite gekippt vor dem Himmelbett, die Räder drehten in der Luft. Die Flaschen waren aufeinandergeklirrt und durchs Zimmer gerollt. Bunte Flüssigkeiten sickerten aus dem Scherbenhaufen in den hellen Teppich.

Ricki starrte angestrengt ihre klumpigen Schuhe an. In ihrer Hand hielt sie eine Bierflasche. Ihre Nase und ihre Pickel glühten, ihre Schultern zuckten. »Ich will zurück in die Werkstatt.«

»Beruhigen Sie sich erst mal, Frau Schulz.« Vorsichtig löste Danner die Flasche aus ihrem Griff und stellte sie auf das Minibar-Sideboard. »Was ist denn passiert?«

»Ich wollte nur, dass sie aufhört«, wimmerte Ricki.

Dieses Ziel hatte sie zumindest für den Moment erreicht.

»Ich geh in die Werkstatt zurück. Ist mir egal, ob Nino dann sauer auf mich ist.«

Eilige, vom dicken Teppich gedämpfte Schritte näherten sich im Flur. Im nächsten Augenblick stand Hoteldirektor Flegenfeld mit hochrotem Kopf im Raum, gefolgt von der blutenden Leonida und Rita Kröppke, die die Zähne fletschte, als würde sie sich mit äußerster Anstrengung ein Grinsen verbeißen.

»Sie hat mir eine mit der Flasche übergezogen, die Spastikerin! Ich bin voll in den Getränkewagen geschmettert.« Leonidas schrille Stimme würde in absehbarer Zeit wohl die wenigen noch ganz gebliebenen Flaschen im Raum zerplatzen lassen.

Ricki starrte stumm auf ihre Füße hinunter.

»Sie vergessen zu erwähnen, dass Sie Frau Schulz gemobbt haben!«, ging ich dazwischen, weil Ricki das offensichtlich nicht vorhatte. »Daraufhin hat Frau Schulz sich gewehrt.«

Ricki sah ganz kurz hoch.

Leonida schnappte empört nach Luft: »Gemobbt? Ich hab ihr erklärt, wie viel Schwein sie hat, so einen Job zu haben!«

Flegenfeld atmete so lange ein, dass er sich eigentlich wie ein Luftballon hätte aufblähen müssen. Vermutlich wollte er Zeit gewinnen, bevor er etwas sagte.

»Es wurde auch mal Zeit, dass Frau Schulz sich wehrt«, erklärte er endlich.

Rita Kröppke grinste. Dann erst bemerkte sie offenbar, dass das gar nicht die erwartete Antwort gewesen war.

»Ich habe Ihnen weiß Gott genug Chancen gegeben, Frau Floridou …«, Flegenfeld raufte sich das spärliche Haar, »… aber Ihnen fehlt offenbar einfach die Teamfähigkeit, sich auf unterschiedlich leistungsstarke Menschen einzustellen und harmonisch mit ihnen zusammenzuarbeiten.«

Leonida Floridou und Rita Kröppke machten große Augen.

»Wahrscheinlich hätte ich das früher begreifen müssen, aber ich habe gehofft, Sie lernen aus der Versetzung ins Wäschelager. Ich wollte Ihnen wirklich noch eine Chance geben.« Flegenfeld zog entschuldigend die knochigen Schultern unter die Ohren. »Leider mangelt es Ihnen an sozialer Kompetenz und ich habe auch keine Idee mehr, wie ich Ihnen die vermitteln könnte.«

Einen Augenblick ließ er seinen Schädel an seinem dünnen Hals baumeln wie an einem Bindfaden. Sah aus, als könnte der Kopf jeden Augenblick abfallen, über den Teppich kullern und unter dem Bett verschwinden.

Dann straffte er die Schultern wieder. Ich ahnte, dass er in dem Moment seine Entscheidung gefällt hatte.

»Kommen Sie in mein Büro, sobald Sie sich verarzten lassen haben, Frau Floridou.«

Leonida rümpfte die Nase und sah ihre Kollegin Rita Kröppke fragend an. Doch die schwieg lieber.

Flegenfeld nickte kurz in die Runde und stürmte mit langen Schritten aus unserer Suite.

»Aber …?«, grunzte Rita Kröppke, als ihr Chef längst verschwunden war, wusste dann aber doch nicht, was sie sagen sollte.

Ricki traute sich endlich, den Kopf zu heben, hatte aber offensichtlich nicht geschnallt, was passiert war.

»Kann ich jetzt nach Hause?«, erkundigte sie sich unsicher.

35.

»Was war eigentlich los?«, erkundigte ich mich bei Ricki, als Danner und ich sie wenig später nach Hause fuhren. Ich hatte mich auf den Notsitz unseres Oldtimers gequetscht. »Der Streit mit Leonida fing doch schon gestern an, oder?«

Ricki nickte.

»Die hat mich zu so einem Idioten aufs Zimmer geschickt. Der beschwert sich jeden Tag. Leoni wusste genau, dass ich da nicht weiß, was ich machen soll.«

»Was genau hat er gemacht?«

»Na, erst hat er genörgelt, weil ich nicht ›Guten Tag‹,

sondern ›Hallo‹ gesagt habe. Dann hat er gemeint, mein Rock wär zu kurz, dabei ist das doch die Uniform. Ich hab gesagt, ich mag Hosen nicht. Und dann hat er mich ins Bad geschubst und gesagt, da ist Schimmel zwischen den Fliesen. Ich musste mich hinknien und er hat die ganze Zeit hinter mir gestanden und aufgepasst.«

Manche Leute wittern tatsächlich wie Trüffelschweine, wen sie rumschubsen können.

»Und was haben Sie gemacht?«, wollte Danner wissen.

»Frau Siebenstein sagt, ich muss Grenzen setzen.« Ricki zuckte die Schultern. »Aber wie soll ich das machen, wenn der rumbrüllt? Da fallen mir nicht die richtigen Worte ein.«

Was, wenn Ricki die Sache mit den Grenzen nicht hinkriegte? Musste sie dann im Wäschelager verschwinden?, ging es mir durch den Kopf.

»Was war mit Marian Mohr, dem toten Musicalsänger?«, fragte Danner weiter, während er den Spitfire auf die Autobahn lenkte.

Ricki wunderte sich nicht im Mindesten, dass Danner offensichtlich wusste, wohin er sie fahren musste.

»Mohr hat Ihnen an die Brust gefasst«, blieb Danner hartnäckig. »Was genau ist da passiert?«

Obwohl Danner die Frage gestellt hatte, sah Ricki sich nach mir um. »Der fand mich gut. Der hat gesagt, dass er sich von seiner Freundin getrennt hat und total auf mich steht. Der wollte mich unbedingt ins Bett kriegen. Er hat mich gefragt, ob ich seine Freundin sein will.«

Ups.

Mein Gefühl sagte mir, dass ich mehr eigentlich nicht wissen wollte.

»Und?«, fragte Danner an meiner Stelle. »Wollten Sie?«

»Ich hab ihm gesagt, dass ich nicht darf. Weil ich ja im Hotel arbeite und er Gast ist.«

Der Satz klang wie eine Strophe aus Goethes *Zauberlehrling.* Auswendig gelernt und aufgesagt.

»Und dann?«

»Er hat gesagt, die Gäste müssen zufrieden sein.«

Ricki murmelte plötzlich so leise, dass ich mich zwischen den Sitzen nach vorn lehnte, um sie verstehen zu können. »Zufrieden wäre er, wenn er meine Brust anfassen dürfte. Es würde ja auch keiner mitkriegen.«

»Also haben Sie mitgemacht«, erkannte Danner.

»Er hat gesagt, er beschwert sich sonst«, verteidigte sich Ricki kleinlaut.

Sie wusste sehr wohl, dass daran irgendetwas nicht in Ordnung gewesen war. Allerdings vermutete sie die Schuld anscheinend bei sich selbst.

Danner ballte die Fäuste ums Lenkrad.

Hatte sich Mohr wirklich mit dem Busengrapschen zufriedengegeben, wo das so einfach gewesen war?

Ricki nagte an ihrer Oberlippe.

»War das alles?«, fragte ich.

Rickis Blick flitzte hektisch zwischen ihren Schuhen hin und her. Als suchte sie wieder nach Worten.

»Sag mir einfach, was er zu dir gesagt hat.«

»Ich soll ihm einen blasen«, nuschelte Ricki.

Oh.

Danner nahm die Rechte vom Lenkrad und legte sie auf seine Glatze.

»Ich wollte ja nicht, aber ...«, Ricki zuckte hilflos die Schultern, »... er hat mich irgendwie überredet.«

»Woher wussten Sie denn, was Mohr damit meinte?«, rutschte es Danner heraus.

Zum ersten Mal wagte das Zimmermädchen einen Blick in seine Richtung. Einen verständnislosen Blick.

»Das weiß doch jeder.«

Ich biss mir auf die Zunge.

»Internet«, fügte Ricki nach kurzem Überlegen hinzu. »Außerdem war ich ja auch schon mal mit dem Matze aus der Werkstatt zusammen. Das alles dürft ihr Nino aber nicht verraten.«

Danner lenkte unsere Klapperkiste am Schlachthof vorbei

zu der ehemaligen Speditionshalle, in der die Geschwister lebten.

»Der ist sonst sauer auf mich.«

Weil Marian Mohr seinem Schwanz das Denken überlassen hatte? Ricarda Schulz hätte einen ziemlich guten Grund gehabt, aus Marian Mohrs Familienplanung Rührei … In Anbetracht von Mohrs Schicksal brach ich den Gedanken ab, bevor die Vorstellung allzu bildlich werden konnte.

Was war mit dem ersten Toten?

Wenn Ricki als Mörderin infrage kommen sollte, dann musste sie doch auch für den ersten Mord irgendein Motiv haben. Hatten wir etwas übersehen?

»Bist du denn dem anderen Toten, dem Koch, auch mal begegnet?«, erkundigte ich mich so unaufgeregt wie möglich.

»Nee.«

»Nie? Er hat auch mal im *Allee-Hotel* gearbeitet, vor zehn Jahren, als dein Bruder gerade dort angefangen hatte. Hast du ihn damals vielleicht schon mal getroffen?«

»Nee.«

»Hast du ihn im Fernsehen gesehen?«

»Nee.« Mehr gab es für Ricki dazu offenbar nicht zu sagen.

Sie stieg aus dem Wagen. Wir sahen zu, wie sie einen Schlüssel aus der Tasche kramte und in der Lagerhalle verschwand.

Wieso sollte sie uns offen von Marian Mohrs Übergriff berichten, ein Zusammentreffen mit dem ersten Opfer aber verschweigen?

Andererseits hatte Ricki Schulz bei unseren ersten Gesprächen über Marian Mohr und sogar bei den Polizeibefragungen einiges nicht erzählt, weil sie wusste, dass ihr Bruder Nino über diese Dinge nicht erfreut sein würde. Konnte sie absehen, dass sie als Täterin für den zweiten Mord nicht infrage kam, wenn sie den ersten nicht begangen hatte?

War Ricarda Schulz in der Lage, Fakten gezielt zu verheimlichen? Um uns zu täuschen?

36.

»Für den Mord an Carlo Pfiffhofen kann ich bei Ricki absolut kein Motiv entdecken.«

Motiv???, kritzelte Danner hinter Ricki Schulz' Namen auf seine Liste, als wir wieder auf dem Hotelparkplatz hielten.

»Wir sollten lieber endlich in Erfahrung bringen, was für Mordmotive unsere Barkeeperin aus Münster mit nach Bochum geschleppt hat.«

Vor dem Empfangstresen in der Eingangshalle stand die Frau mit den mausgrauen Haaren in ihrem mausgrauen Kostüm – die Gattin des cholerischen Autofreundes.

»Ich kann Ihnen leider nicht weiterhelfen. Ich habe Ihren Mann heute noch nicht gesehen. Hat er denn kein Handy dabei?« Die junge Rezeptionistin mit der roten Brille lächelte professionell.

»Ich weiß seine Nummer nicht«, hörte ich die Frau antworten.

Automatisch ging ich langsamer. Lustig. Offensichtlich sprach das Paar auch per Telefon nicht miteinander.

Die Rezeptionistin warf einen nachdenklichen Blick auf die Uhr. »Vielleicht ... hat Herr Holm das Hotel gestern im Dunkeln einfach nicht mehr gefunden? Er ist ja nicht mehr der Jüngste. Ist er denn sonst nie über Nacht weg?«

Ich biss mir auf die Unterlippe.

»Wollen Sie die Polizei rufen?«

Die Frau im mausgrauen Rock schüttelte erschrocken den Kopf.

Danner winkte vor dem Fahrstuhl ungeduldig nach mir. Er hatte einen Fuß in die Lichtschranke der Tür gestellt, damit diese sich nicht wieder schloss.

Der Kofferschieber, der die Gäste sonst gern zum Aufzug begleitete, übernahm anscheinend noch immer die Nachtschicht. Er war nicht da.

Ich schlüpfte zu Danner in den Fahrstuhl.

Die Frau im Rock trippelte hinter mir her. Nachdem ihr Ehemann gestern Abend mit der niedlichen Parksünderin die Bar verlassen hatte, war er anscheinend nicht zurückgekehrt. War ihm seine Frau nicht nachgegangen?

Zu dem Zeitpunkt musste er dann ja schon verschwunden gewesen sein. Mit der Fahranfängerin? Waren die zusammen abgehauen? Sofort ließ meine Fantasie die buntesten Theorien aufblühen. Hatte sich das Mädel spontan in den schlecht gelaunten Sechzigjährigen verguckt und war mit ihm durchgebrannt? Oder war das am Ende gar keine zufällige Begegnung gewesen? Hatten sie den Auftritt in der Bar verabredet, um seine Gattin abzuhängen? Oder …?

Die gehörnte Ehefrau lehnte sich atemlos mir gegenüber an die Fahrstuhlwand.

Nachdenklich betrachtete ich ihren grauen Rock.

Ihr Mann hatte die Fahranfängerin in der Bar nicht gerade höflich behandelt. Vor den Augen von Alina König. Und vielen anderen …

Ich bremste meine Fantasie entschieden. Egal, wie frei man den Begriff interpretierte, zu den Traumprinzen zählte der rentennahe Choleriker nun wirklich nicht.

In der ersten Etage stoppte der Aufzug und ein molliges Zimmermädchen, das ich noch nicht kannte, quetschte sich samt einem prall gefüllten Wäschesack herein.

Wir mussten zusammenrücken.

»Entschuldigen Sie bitte das Verhalten meines Mannes«, sagte die Gattin des Cholerikers unvermittelt zu der Angestellten, als der Aufzug in der dritten Etage wieder anhielt.

»Wie bitte?« Die Zimmerfrau mit den im Nacken zusammengebundenen, dunklen Locken, runzelte verständnislos die Stirn. »Ich weiß nicht, was Sie meinen.«

»Oh.« Die Wangen der Rockträgerin färbten sich rosa. »Dann habe ich Sie mit Ihrer Kollegin verwechselt«, nuschelte sie und huschte aus dem Fahrstuhl.

Während Danner eine Telefonnummer aus Alina Königs Lebenslauf wählte, hallten die Worte der Frau im Fahrstuhl in meinem Kopf nach.

Das Zimmermädchen, dem gegenüber der Choleriker sich schlecht benommen hatte, war Ricki Schulz gewesen. Der Typ war der Steuerberater. Hier wohnten wohl kaum zwanzig intolerante Pedanten gleichzeitig, die bei einem Haar in der Dusche gleich ausfallend wurden.

Der Gedanke traf mich wie eine Faust in den Magen.

Danner kritzelte Notizen auf einen Zettel, während er telefonierte.

Das konnte nicht sein! Aber der Choleriker war offenbar weg. Was, wenn das Einparkproblem *nicht* der Grund dafür war?

Sondern?

Ich griff mir an die Stirn.

Gerade eben hatten wir doch Ricki vom Spitzenplatz unserer Verdächtigenliste gestrichen, weil sie kein Motiv für den Mord an Carlo Pfiffhofen hatte. Außerdem passte der Sechzigjährige mit seinem lauten Temperament und dem verbissenen Gesicht überhaupt nicht ins Beuteschema des Mörders.

Bis auf die Tatsache, dass er Ricki Schulz drangsaliert hatte.

Ich trat durch die Glastür auf die Dachterrasse, von wo aus ich den Parkplatz vor dem Hotel bis hinüber zum Musical-Theater überblicken konnte. Glaubte ich ernsthaft, dass da unten eine Leiche lag? Über die bis kurz vor Mittag noch niemand gestolpert war?

Das Einzige, was auf dem Parkplatz zu sehen war, waren Autos. Natürlich. Meine schlecht kontrollierbare Fantasie ging mit mir durch.

Ich bemerkte, dass Danner das Telefongespräch beendete, und drehte mich zu ihm um.

Er tippte mit der Spitze seines Kugelschreibers auf den mittlerweile vollgeschriebenen Notizzettel: »Ich habe mit Alina Königs Ehemann gesprochen. Axel König wohnt noch in der gemeinsamen Wohnung.« Danner ließ seine Worte kurz wirken.

Ich lehnte mich mit verschränkten Armen an die Terrassentür: »Ist das alles, was du rausgekriegt hast?«

»Axel und Alina waren seit der Realschulzeit vor zehn Jahren ein Paar. Sie haben eine gemeinsame Tochter, neun Jahre alt, sind seit sechs Jahren verheiratet und haben vor drei Jahren gemeinsam einen Schnellimbiss aufgemacht. Zusammengefasst ist der Typ bis heute stinksauer, dass sie sich samt der gemeinsamen Tochter ins Frauenhaus abgesetzt hat.«

»Frauenhaus?« Ich zog eine Augenbraue hoch. »Klingt nicht unbedingt nach einer freundschaftlichen Trennung.«

»Er sagt, er hätte sie natürlich nicht angefasst. Sie wäre schon immer hysterisch gewesen.« In Danners Bart erschien sein Grübchen, als er mir sein Handy entgegenhielt. »Ich glaub ihm das aufs Wort. Er ist bestimmt ein total Netter.«

Ich atmete scharf ein, als ich Axel Königs Facebookprofil auf Danners Handy sah. Neben einem mittelalterlichen Folterstuhl postete der Typ blutverschmierte Zombiefratzen.

Hm. Möglich, dass die Barkeeperin auf Männer im Allgemeinen nicht gut zu sprechen war, wenn sie vor ihrem eigenen ins Frauenhaus hatte flüchten müssen.

Ich trat noch einmal auf die Terrasse hinaus und ließ meinen Blick über den Parkplatz wandern.

Oder hatten wir beim Gespräch mit Ricki Schulz eine entscheidende Frage nicht gestellt?

»Lila? Hörst du mir zu?«, wollte Danner wissen.

Ich drehte mich um. »Wir müssen den Steuerberater suchen.«

»Wen?«

37.

Es lag keine Leiche auf dem Hotelparkplatz. Und auch nicht vor dem Musicaltheater.

Natürlich nicht.

Seufzend rieb ich mir die Stirn. »Ich sehe schon überall psychopathische Messerstecher herumschleichen.«

Die Hände in den Hosentaschen zuckte Danner die Schultern, bevor er sich um sich selbst drehte, um den Parkplatz ein weiteres Mal mit den Augen abzusuchen.

Er guckte zwischen alle Autos, während er an den aufgereihten Limousinen entlang zum Hotel zurückschlenderte.

Ich sah unterdessen an der cremefarbenen, fünfstöckigen Fassade in die Höhe, zu den Fenstern des Westflügels.

Hinter einem war bereits ein Mord geschehen.

Mussten wir innerhalb des Hotels nach dem Steuerberater suchen?

Oder amüsierte er sich doch mit der Frau mit der Einparkschwäche?

Ich folgte Danner in Richtung Haupteingang. Plötzlich änderte er die Richtung, als wäre ihm noch etwas eingefallen. Er steuerte auf die Raucherecke neben den Mülltonnen zu.

Die Mülltonnen …

Ohne zu zögern, öffnete Danner den grünen Deckel der Biotonne. Der Gestank vor sich hingammelnder Küchenabfälle schlug uns entgegen wie eine Faust.

Boah, das ging gar nicht.

Danner ließ den Deckel genauso schnell zupoltern, wie er ihn geöffnet hatte. Der Großbehälter für Altpapier war offenbar erst vor Kurzem geleert worden. Nur der Boden war mit Zeitschriften und Pappkartons bedeckt. Die Tonne für Restmüll war ähnlich geräumig. Danner schob die Klappe auf. Das Ding war mit stabilen Müllsäcken aus dunkelblauem Plastik gefüllt.

»Halt mal.« Danner deutete auf die zurückgeschobene Mülltonnenklappe.

Ich bewegte die Schultern, um das Kribbeln in meinem Nacken abzuschütteln. Dann stemmte ich meine linke Hand unter den Deckel des Abfallbehälters.

Danner zögerte kurz, bevor er nach dem obersten Sack griff und nach raschem Tasten die Folie mit beiden Händen auseinanderriss.

Mir stockte der Atem.

Scheiße!

Mein über dem Kopf ausgestreckter Arm knickte ein, die schwere Schiebeklappe des Behälters bewegte sich zügig herunter.

Danner zog den Kopf ein, doch im nächsten Moment bekam ich meine Muskeln wieder unter Kontrolle.

Hände.

Es waren eindeutig Hände, die aus dem Loch im Müllsack ragten. Blutige Hände. Mit breiten, kurz und gerade geschnittenen Nägeln. Die Farbe der Haut, die zwischen den blutigen Rinnsalen zu sehen war, ließ keinen Zweifel daran, dass der zugehörige Mensch tot war. Die Finger waren dunkelblaugrau verfärbt, weil die Handgelenke mit einer dünnen Schnur fest zusammengezurrt worden waren. Die schmale Fessel hatte so stark eingeschnürt, dass sie selbst nicht mehr zu sehen war. Aus dem tiefen Schnitt war Blut über die Unterarme gelaufen und hatte die Haare verklebt. Als Danner den Riss im Müllbeutel vergrößerte, kamen die fusseligen, grauen Locken des Anzugträgers zum Vorschein.

Scheiße.

»Wir wissen nicht, was passiert ist!« Die Schärfe in Danners Stimme stoppte meine herumwirbelnden Gedanken.

»Alina König käme als Mörderin genauso infrage wie Ricki Schulz. In der Bar hat sie den Jähzorn dieses netten älteren Herrn hier genauso mitbekommen wie Marian Mohrs Streit mit Michelle Knobloch. Und auch Pfiffhofen könnte dort nach Feierabend mal eingekehrt sein.«

Unfassbar, dass Danner bereits abcheckte, wer als Täter für diesen Mord infrage kam, während ich noch immer die aus der Mülltonne ragenden Leichenhände anstarrte.

»Außerdem haben wir mit dem Parkwunder mit den Zöpfen eine neue Anwärterin auf die Rolle der geheimnisvollen Unbekannten, nachdem unsere Integrationsbeauftragte diesen Posten freigegeben hat. Ohne lange zu überlegen, komme ich schon auf mindestens drei Verdächtige.« Danner musterte mich abwartend. »Kapiert?«

Was ich daraus schlussfolgern sollte, begriff ich, ehrlich gesagt, nicht auf Anhieb.

Danner nahm mir die Mülltonnenklappe aus der Hand, schob sie zu und unterbrach so endlich meinen Blick auf den Toten.

»Du wolltest bloß deinen Kaugummi wegspucken«, erklärte er mir. »Kein Wort über Ricarda Schulz oder Alina König, okay? Die Bullen sollen mal schön selbst arbeiten.«

38.

Keine halbe Stunde später wimmelte es vor dem Hotel von Uniformierten. Die Polizei hatte den Lieferanteneingang abgeriegelt, die Spurensicherung fotografierte die Raucherecke, durchwühlte die Mülltonnen und verpackte Abfall in Plastikbeutelchen. Ein Gerichtsmediziner beugte sich über den Sack mit der freigelegten Leiche, der inzwischen auf einer auf dem Boden ausgelegten Folie lag.

Stascheks Kombi und die silbergraue Limousine der Polizeipräsidentin standen nebeneinander auf dem Parkplatz, fiel mir auf, während ich KK Mahlmann erklärte, dass ich meinen Kaugummi in die Mülltonne hatte spucken wollen.

Ich hoffte, dass dem Polizisten mein blaues Auge hinter der Sonnenbrille nicht unangenehm auffiel, und steckte einen neuen Kaugummi in den Mund, um den Wahrheitsgehalt meiner Aussage zu untermauern.

Der große, sportliche Beamte im karierten Hemd kontrollierte, ob das Diktiergerät meine Worte wirklich aufgezeichnet hatte. Mahlmann hatte ein kräftiges Kinn, ein von Aknenarben unebenes Gesicht und stank nach Zigaretten. Weil er der Technik der neu angeschafften Diktiergeräte anscheinend nicht traute, kritzelte er meine persönlichen Angaben zusätzlich in ein altmodisches Notizbuch.

Als ich noch ungekämmt und in lila Schlabberpullis durchs Präsidium geschlurft war, hatte er gern mal einen blöden Spruch gemacht. Als kaugummikauende Uschi im Rock erregte ich interessanterweise weniger öffentliches Ärgernis.

»Wenn noch Fragen auftauchen, melde ich mich.«

Er hatte nicht mal wissen wollen, aus welchem Grund Danner und ich in dem Hotel wohnten.

Danner hatte es da nicht ganz so einfach. Schnabelnase Wegner hielt ihm mit Raubvogel-auf-Jagd-Miene das Diktiergerät unter die Nase, während er die Arme verschränkte. Sah aus, als könnte das noch dauern.

Die Beamten hatten den Tatort großflächig mit Flatterband abgesperrt. Jetzt errichteten sie um den vor den Mülltonnen knienden Gerichtsmediziner herum transportable Sichtschutzwände aus weißem Leinen. Sie wollten fertig werden, bevor die ersten Fotografen auftauchten.

Als Zeugin hatten mich die Beamten netterweise mit eingezäunt. Nachdem Mahlmann sich dem Hoteldirektor zugewandt hatte, konnte ich mich jetzt ungestört im Sperrgebiet umsehen.

Staschek diskutierte ein Stück entfernt mit der Polizeipräsidentin und einem schlanken, blonden Mann, der gerade noch seine Krawatte festzurrte. Der Blonde wäre bestimmt attraktiv gewesen, hätte er nicht diese Brille aus Glasbausteinen getragen. Sah aus, als würden seine Augen vor seinem Gesicht schweben.

Der zuständige Staatsanwalt, hatte Danner mir zugeflüstert. Um Staatsanwälte machte ich lieber einen nicht zu kleinen Bogen.

Leider gelang es mir nicht, zu übersehen, dass Dannero verflossene Polizeipräsidentin mal wieder fantastisch aussah. Ihr apricotfarbenes Kostüm saß wie immer figurbetont, und dass der leichte Sommerwind ihr das kurze, nussbraune Haar frech ins herzförmige Gesicht pustete, ließ sie jugendlich wirken.

»Bertram Holm ist – war Steuerberater«, hörte ich Flegenfeld zu Protokoll geben. »Er ist regelmäßig in unserem Haus Gast gewesen, wenn er seine Bochumer Kunden betreut hat. Wenn Sie weitere Daten benötigen, können wir gern im Computer nachsehen.«

»Wir packen ihn samt Sack ein«, brüllte in dem Augenblick der Gerichtsmediziner, ohne von der aufgeschnittenen Mülltüte aufzusehen, und lenkte damit meine Aufmerksamkeit auf sich. »Wo bleibt die Bahre? Ich will ihn hier wegschaffen, bevor die Presse auftaucht.«

Ich erkannte eine Gelegenheit, wenn sich eine bot. Ungläubig sah ich mich um, aber es interessierte sich tatsächlich niemand für mich. Rasch trat ich hinter den Mediziner mit dem von Sommersprossen gesprenkelten Gesicht und den rötlichen Haaren und schaute ihm über die Schulter.

Die Folie war zur Seite geklappt, der Tote lag zusammengekrümmt da. Die dunkel angelaufenen, verkrampften Hände schwebten über seinem Gesicht in der Luft. Die Totenstarre war voll ausgeprägt, er war also mindestens sechs Stunden tot.

Ich hockte mich schräg hinter den Mediziner. Ein paar unechte Strähnen hatten sich aus meinem Zopf gelöst und hingen neben meinem Gesicht zu Boden. Ein klitzekleines bisschen war ich erleichtert über den Grund, innezuhalten. Ich löste meinen Zopf, drehte die schwere Mähne zu einer dicken Strähne und knotete sie auf meinem Rücken zusammen, bevor ich mich wieder dem Toten zuwandte.

Okay. Ein paar Leichen hatte ich schon gesehen. Ich wusste ungefähr, was kam. Ich holte tief Luft, bevor ich dem Toten unter den starren Händen hindurch ins Gesicht blickte.

Beinahe hätte ich den Choleriker nicht wiedererkannt. Sein Gesicht hatte eine unnatürlich gelbliche Farbe, die Haut wirkte wächsern. Seine harten, blassen Augen waren unter den Lidern nach oben gerollt und der Mund stand offen.

Er trug noch sein klein kariertes Sakko und das weiße Oberhemd. Das rechte Hosenbein war beinahe komplett abgetrennt worden, sodass das eine seiner gegen die Brust gepressten Knie und der dazugehörige Unterschenkel nackt waren. Auf dem seltsam gelblichen Schienbein sahen die dunklen Haare wie aufgenäht aus. Die zusammengekrümmte Haltung verhinderte die direkte Sicht auf die Verletzungen, die die starke Blutung, die seine Kleidung durchtränkt hatte, verursacht hatten. Es war nicht schwer zu erraten, was ihm passiert war.

Es gab ein drittes Opfer.

Jetzt hatte der Rechtsmediziner meine Anwesenheit endlich registriert und drehte sich zu mir um.

»Ich denke nicht, dass Sie hier sein sollten, Frau Ziegler«, bemerkte er, als er mich erkannte.

Ich wunderte mich, dass er wusste, wer ich war. Wir waren uns zwar schon mal an einem Tatort begegnet, angesprochen hatte er mich aber noch nie.

»Haben Sie schon eine Vermutung, wie er gestorben ist?«, überhörte ich seine Worte.

Sein Blick wanderte fragend neben mir nach oben.

Als ich mich umwandte, standen Staschecks Krokodillederslipper neben Lätizias Stiefeletten.

Großartig.

Staschek machte eine knappe Kopfbewegung, die »Zisch ab!« bedeutete.

Ich zog meine Sonnenbrille auf die Nasenspitze, sodass er mein mittlerweile violett verfärbtes Auge sehen musste. Zwischen Lätizias Augenbrauen erschien eine steile Falte.

Ich meinte, Staschecks Schultern ein wenig absacken zu sehen, schob die Brille hoch und schenkte meine Aufmerksamkeit wieder dem Gerichtsmediziner.

Als der kapierte, dass Staschek mich offenbar nicht verscheuchen würde, deutete er auf den toten Steuerberater. »Die Leichenschau gestaltet sich aufgrund des bereits eingetretenen *rigor mortis* schwierig. Bei der Wärme kann die Starre etwas schneller fortschreiten, er ist aber mindestens fünf Stunden tot. Ich möchte die Kleidung nicht hier draußen entfernen, um keine Spuren zu zerstören. Genaues werde ich ansonsten erst sagen können, wenn ich ihn auf dem Tisch habe. Nach der ersten Inspektion der sichtbaren Verletzungen sieht es allerdings so aus, als wäre er durch eine Schnittverletzung der Arteria femoralis im Bereich des rechten Oberschenkels gestorben.« Der Mediziner verdrehte seinen Arm, sodass ich schon befürchtete, er könne sich dabei die Schulter auskugeln, um zwischen die starren Oberschenkel des Leichnams zu zeigen. »Nach allem, was ich bisher erkennen kann, ist das die einzige Verletzung. Die Klinge ist im oberen, inneren Drittel in den Oberschenkel eingetreten und dann nach innen geführt worden. Der dadurch entstandene Schnitt hat mit großer Wahrscheinlichkeit die Arteria femoralis, also die Oberschenkelarterie, durchtrennt. An einer solchen Verletzung verblutet man innerhalb weniger Minuten.«

Die Oberschenkelarterie. Schon wieder.

»Im Gegensatz zu den beiden anderen Toten«, hob der Mediziner die Stimme, um sich die allgemeine Aufmerksamkeit weiter zu sichern, »sind diesem Opfer die sichtbaren Geschlechtsteile allerdings nicht entfernt worden.«

»Nicht?«, wunderte sich Lätizia laut.

»Der Schnitt in der Hose ist so groß, dass ich das bereits mit Sicherheit sagen kann.« Der Mediziner hob die Nase etwas weiter, als nötig war, um zu der Profilerin aufzusehen.

»Und er ist auch nicht hier getötet worden, oder?«, erkundigte sich Lätizia irritiert.

Der Gerichtsmediziner runzelte mitleidig die Stirn: »In dem Müllsack in der Tonne? Nein, auch das kann ich ausschließen.«

»Ich meine …« Die Falte bohrte sich tiefer zwischen die Augen der Psychologin.

Doch der Mediziner unterbrach sie ungerührt weiter: »Wenn wir nicht irgendwo eine Blutlache von einem guten Meter Durchmesser übersehen haben, ist er auch nicht in der näheren Umgebung gestorben.«

Staschek und er grinsten.

Lätizia presste die Lippen aufeinander.

»Glauben Sie, es handelt sich diesmal um einen anderen Täter?«, nutzte ich die Gelegenheit, mich nach der Meinung der Psychologin zu erkundigen.

Lätizias Blick heftete sich beinahe dankbar an mein Gesicht. »Die Tötungsart durch Durchtrennen der Oberschenkelschlagader und die Verbindung zum Hotel, das sieht nach derselben Handschrift aus«, analysierte sie laut. »Ja, ich würde auch diesen Mord auf das Konto desselben Täters verbuchen. Vielleicht wurde der Täter oder die Täterin gestört, bevor er oder sie ihr Werk vollenden konnte.«

Mit zwei Fingern deutete sie die Schere an.

Der Gerichtsmediziner hörte auf zu grinsen.

»Habt ihr 'ne Macke? Mit welcher Begründung denn?«

Mithilfe zweier Beamter der Spurensicherung hievte der Gerichtsmediziner den Toten samt Müllsack in einen stabileren Leichensack, als Danner die Aufmerksamkeit auf sich lenkte, indem er laut wurde.

Ich hob den Blick.

Inzwischen hatten sich auch KK Mahlmann und sogar Polizeipräsidentin Klara Peters in die Befragung von KK Wegner eingemischt. Die Peters tätschelte Danner beruhigend den Oberarm.

»Eine Befragung brauchen wir nicht zu begründen«, klärte ihn die Wegner unterdessen auf.

Danner schüttelte die Hand der Kommandantin ab und funkelte sie wütend an.

Sie hob spöttisch die Nase und brachte es fertig, auf ihn

hinunterzusehen, obwohl sie selbst mit Pumps nicht größer war als er.

Das sah nach Ärger aus. Ich zückte mein Smartphone.

»Ich werde bestimmt nicht den Rest des Tages auf dem Revier verbringen!«, motzte Danner.

»Locker bleiben, Benni!« Kalle Mahlmann schob seinen breiten Körper zwischen Danner und seine Kollegin Wegner.

»Genau, bleib doch mal locker, Ben!«, empfahl die Polizeipräsidentin belustigt und – kniff ihn in den Hintern!

Hastig fotografierte ich ihre Finger auf seinem Arsch.

Keine Sekunde zu früh, denn Danner packte ihren Unterarm. Höchstwahrscheinlich nicht gerade sanft.

Sie kreischte zornig.

Na toll.

Der Rest ging schnell: Mahlmann griff Danner und drehte ihm den linken Arm auf den Rücken. »Sorry, Alter.«

Danner ließ die Peters los, hob beschwichtigend die freie Hand und hielt still.

»Kalle! Ben! Verdammt, was soll der Mist?« Staschek eilte mit langen Schritten auf den bulligen Kriminalkommissar zu, doch die Peters hob die Hand.

Staschek prallte zurück, als wäre er gegen das unsichtbare Kraftfeld ihrer bösen Aura gelaufen.

»Sorgen Sie dafür, dass Herr Danner auf dem Revier ankommt, Herr Mahlmann. Er wird viele Fragen beantworten müssen. Sehr viele«, triumphierte die Zicke, hob die Nase noch ein Stück höher und stöckelte mit sich und ihrer miesen Aura im Einklang davon.

Großartig. Wir hatten eine neue Leiche, haufenweise Verdächtige und noch mehr offene Fragen und ich sollte allein weitermachen, bis Mahlmann Danners Antworten auf seine ganzen Fragen im Zweifinger-Suchsystem ins Protokoll getippt hatte?

Danner sah sich um.

»Warte auf mich!«, rief er mir zu, als er mich entdeckte. »Hast du gehört?«

Mahlmann schubste ihn kopfschüttelnd zum Dienstwagen. »Sie wird dich nicht gleich sitzen lassen, Mann. Du wanderst ja nicht in den Bau.«

39.

Wem wollte ich eigentlich etwas beweisen?

Danner?

Oder mir selbst?

Und was überhaupt? Dass ich auch allein klarkam? Hatte ich nicht kürzlich erst eingesehen, dass ›allein klarkommen‹ nicht zwingend Ziel in einer Beziehung war?

Oder war das in Wirklichkeit wieder eine bescheuerte Aktion, mit der ich mich unbewusst in Gefahr bringen wollte, um mir selbst zu schaden? Eine weniger offensichtliche Art der Selbstverletzung? Als Alternative zum Ritzen?

Was ja, zu Ende gedacht, bedeuten würde, dass ich latent lebensmüde wäre. Psycho.

Schwachsinn.

Wie sähe die Sache denn umgekehrt aus? Würde Danner artig im Hotel warten, bis ich wieder auftauchte, wenn ich aus dem Verkehr gezogen worden wäre, weil ich beim Pinkeln idiotischerweise das Bein der Polizeipräsidentin getroffen hätte?

Lächerlich.

Außerdem besaß ich das Körperteil, auf das es der Täter gewöhnlich abgesehen hatte, nicht einmal. Damit war das Risiko für mich überschaubarer als für Danner, schätzte ich.

Entschlossen drückte ich die Klingel.

Im gleichen Augenblick öffnete sich die rostige Stahltür der heruntergekommenen Lagerhalle und ich stand vor Empfangschef Schnulzi.

Er trug eine eng sitzende Jeans und ein genauso figurbetontes, froschgrünes T-Shirt mit V-Ausschnitt und Aufdruck. Seine Haare hatte er gewohnt geleckt zurückgegelt und über seinem Arm hing eine Hoteluniform. »Frau Ziegler? Hallo! Ah – wollen Sie zu mir?«

Du träumst wohl, Schnulzi.

»Nein, ich wollte nach Ricki sehen.«

»Ach ja«, nickte er. »Sie hat erzählt, dass Sie sie heute Morgen nach dem Streit mit der Kollegin nach Hause gefahren haben. Vielen Dank dafür.« Ganz automatisch knipste er sein Willkommen-im-Vier-Sterne-Hotel-Lächeln an. »Ihr geht es nicht so gut, deshalb bin ich auch viel zu spät dran.« Er warf einen Blick auf seine Armbanduhr. »Was soll's? Kommen Sie, ich bringe Sie rein und mache Ihnen einen Tee.«

Nino Schulz hielt mir die Tür auf.

Ich trat über eine Schwelle in die riesige Lagerhalle. Drinnen war es kühler als in der Nachmittagssonne und es roch muffig, nach Metall und altem Öl. Tageslicht fiel durch die oberen Bereiche der Wände, an denen das Wellblech durch Plexiglas ersetzt worden war.

In den Betonboden war ein viereckiges Loch eingelassen, eine Grube, wie sie Automechaniker benutzten. Sie war nicht abgedeckt. Ein paar vergessene Stahlträger, Holzbalken und alte Fenster lehnten an den Wänden, ein Sperrmüllhaufen wuchs hinten in der Ecke in die Höhe. Ein rostiger Gabelstapler parkte neben dem Wrack eines schmutzfarbenen Benz Diesel, der dort vermutlich seit den späten Achtzigern vor sich hin rottete. Sonst war von der Spedition nur ein großer, leerer Raum übrig geblieben.

Rechts an der Wand, ein paar Schritte vom Eingang entfernt, waren einige Zimmer einfach in die Halle hineingemauert worden. *Büro,* stand an einer Tür.

Daneben führte eine Betontreppe nach oben. Nino Schulz stieg bereits die ersten Stufen hinauf, über denen ein großer, bunter Stofflampenschirm mit Troddeln baumelte.

Am oberen Ende der Treppe schloss Schnulzi eine Wohnungstür auf. »Ricki! Besuch für dich!«

Die rechte Seite des Raumes bestand aus einer Fensterfront mit Aussicht über die kleinere Halle des Saunaclubs nebenan, den verwilderten Parkplatz, einen dahinter angrenzenden Wald, aus dem mehrere Schornsteine ragten, und die langen Gebäude des angrenzenden Schlachthofs.

Die Nachmittagssonne schien auf einen Esstisch aus Holz. Neben einem schweren Glasaschenbecher standen drei verschiedenfarbige Rosen in einer Vase.

Die Sitzecke vor einem Fernseher war aus unterschiedlich hohen Sesseln mit Sperrmüllflair zusammengewürfelt. In einem zum Käfig umgebauten Schrank baumelten Kokosnussschalen zwischen Seilen und winzigen Holzbrücken. Das Ding beherbergte irgendwelche kleinen Klettertiere. Hamster, Wüstenrennmäuse oder Chinchillas.

Von der Wand neben dem Käfig aus lächelte mir Justin Bieber entgegen. Eine Unterwäschewerbung. Eine Küchenzeile nahm die linke Seite des Raumes ein, also die zur Maschinenhalle hin, an der sich keine Fenster befanden. An der Wand hing dieser Vampir aus dem Kino, der aussah, als hätte er Depressionen. Und seinen Flugumhang hatte er verlegt – das Plakat zeigte den Schauspieler mit nacktem Oberkörper.

Tja, wer mit seiner kleinen Schwester zusammenwohnte, musste wohl mit dem Vampir klarkommen.

Ein schmaler Flur führte in den hinteren Bereich der Wohnung.

»Habt ihr eine WG?«, erkundigte ich mich. »Oder leben eure Eltern auch hier?«

»Eine WG trifft es. Unsere Mutter wohnt glücklicherweise in der Innenstadt. Wasser, Limo, Ginger Ale?«

Glücklicherweise?

»Wasser. Was ist mit euren Eltern?«

»Ach, unsere Mutter ist – wie soll ich das sagen? – überbesorgt, was Ricki angeht.« Schnulzi schenkte mit elegantem Vier-Sterne-Kellner-Schwung, über den Unterarm gelegtem Handtuch und elegant abgespreiztem, kleinem Finger ein.

»Überbesorgt?« Das Wort war von meiner eigenen Lebenswirklichkeit in etwa so weit entfernt wie der Mars. Die einzigen Sorgen, die meine Mutter in Bezug auf mich je gehabt hatte, waren, dass ich zu fett werden oder meine Haarfarbe die Nachbarn irritieren könnte. »Was genau bedeutet ›überbesorgt‹?«

»Nun ja«, Nino dachte kurz nach. »Sie ist überzeugt, dass Ricki nicht allein klarkommt.«

»Was sich heute ja wohl mal wieder bestätigt hat, Nino.« Eine große Frau mit schulterlangem, graubraunem Haar und blassen Lippen im strengen Gesicht trat aus dem hinteren Bereich der Wohnung.

Schnulzi funkelte sie feindselig an, woraus ich scharfsinnig schloss, vor seiner Mutter zu stehen. Trotz ihrer Fürsorglichkeit machte ihr Verhältnis einen angespannten Eindruck.

»Und Sie sind …?« Sie stemmte die sehnigen Hände in die Seiten.

»Lila, eine Freundin von Ricki«, stellte ich mich vor.

Sie musterte mich wie ein exotisches Insekt.

»Stell dir vor«, giftete Schnulzi, »Ricki bekommt Besuch. Also lass die beiden Mädels jetzt in Ruhe quatschen.«

Er schob seine Mutter in Richtung Tür. Sie schnappte widerwillig eine Handtasche vom Haken.

»Lila, was machst du denn hier?« Ricki trat in einem kurzärmeligen Flanellpyjama in den Flur. Ihre Haare strubbelten offen um ihr längliches, von der Akne gesprenkeltes Gesicht auf ihre Schultern. Auf dem Arm hielt sie eine braun-weiß gescheckte, zahme Ratte.

»Ich wollte sehen, wie es dir geht«, lächelte ich. »Kommst du morgen wieder zur Arbeit?«

Ricki warf Schnulzi und ihrer Mutter einen unsicheren Blick zu. »Vielleicht gehe ich auch erst mal zum Arzt«, murmelte sie.

»Das solltest du tun«, nickte ihre Mutter zufrieden.

»Wieso?«, wunderte ich mich. »Dein Chef hat doch die Leoni rausgeschmissen und nicht dich.«

»Sie verträgt den Stress nicht«, erklärte mir ihre Mutter, bevor Ricki überhaupt anfangen konnte, nach den richtigen Worten zu suchen. »Sie hat sich sehr aufgeregt. Der Job ist sowieso nichts für sie, zu den Gästen aufs Zimmer, da kommt sie nicht mit klar. Lass dich ein paar Tage krankschreiben, Ricarda.«

Ricki setzte die Ratte in den Käfig und streute schweigend ein paar Haferflocken in eine flache Blechschüssel.

»Das besprechen Ricki und ich ohne dich, Mutter. Immerhin bin ich ihr gesetzlicher Betreuer, nicht du.« Schnulzi schob seine Mutter energisch aus der Wohnung und drückte die Tür hinter ihr zu.

»Überbesorgt eben«, sagte er schulterzuckend.

Na ja, der Zusammenstoß mit Leonida hätte mich auch gestresst.

»Sie hat Ricki gleich auf die Förderschule geschickt«, redete Schnulzi weiter, während er sich und Ricki ebenfalls Wasser einschenkte. »Sie durfte auch nicht mit dem Fahrrad hinfahren. Und keine Ausflüge mitmachen. Und von Anfang an hat Mutter behauptet, dass Ricki keinen Schulabschluss schafft.«

»Hab ich ja auch nicht«, gab Ricki kleinlaut zu bedenken.

»Nach der Schule haben sie dich in der Behindertenwerkstatt angemeldet. Du hättest dich ja auch ohne Abschluss mal bewerben können.«

»Aber eine Ausbildung hätte ich nicht gepackt«, widersprach Ricki.

Schnulzi raufte sich die glatt gegelten Haare, danach ähnelte seine Frisur der eines Pinselohräffchens im Zoo. »Wenn es nach Mutter ginge, würdest du heute noch bei ihr im Kinderzimmer wohnen, keinen Alkohol trinken und im Dunkeln nicht rausgehen.«

Und sicher auch keinen Sex haben. Vielleicht nicht mal Internetzugang.

Ich verstand, was Schnulzi sagen wollte.

»Mama macht sich Sorgen«, verteidigte Ricki ihre Mutter.

»Ja, natürlich. Sie meint es ja nur gut«, sagte Schnulzi zu mir, weil er die Diskussion mit Ricki offenbar nicht weiterführen wollte.

»Sie hat Angst, dass mir was passiert. Dass ich den Herd nicht ausdrehe oder so. Oder dass ich bei der Arbeit mit den Leuten nicht klarkomme.«

»Dir kann auch schlecht werden, wenn du gesoffen hast«, verlor der immerliebe Schnulzi tatsächlich die Geduld. »Oder du kannst mit dem Fahrrad einen Unfall bauen. Aber das kann mir auch passieren. Es gibt keinen Grund, ausgerechnet dich einzusperren.«

Die beiden führten dieses Gespräch garantiert nicht zum ersten Mal. Ich ahnte, dass Rickis Überlegung, den Job im Hotel hinzuschmeißen und in die Behindertenwerkstatt zurückzukehren, die Stimmung in der Geschwister-WG nicht unbedingt aufgeheitert hatte.

Schnulzi atmete tief durch und schaffte es, zu seinem geübt-freundlichen Diensttonfall zurückzufinden.

»Wir sind leider nicht so, wie unsere Eltern es sich vorgestellt haben«, zuckte Schnulzi die Schultern. »Sie würden uns gern zurechtbiegen.«

Er legte Ricki einen Arm um die Schultern und küsste sie auf die strubbelig abstehenden Haare.

»Wir waren aber trotzdem nachts im Freibad, haben auf dem Dach vom alten Schlachthof Bier getrunken und sind mit der S-Bahn schwarzgefahren.« Sein Ton wurde noch sanfter. »Und haben uns geschworen, niemandem davon zu erzählen.«

»Indianerehrenwort«, sagte Ricki. Sie wurschtelte sich aus seinem Griff und kramte einen Schokoriegel aus dem Küchenschrank.

»Den Job im Hotel haben Sie Ricki besorgt?«, erkundigte ich mich beiläufig.

»Ich hatte Glück, dass vor fünf Jahren unser jetziger Chef die Hotelleitung übernommen hat. Er befürwortet die Integration von Menschen mit Handicap sehr. Damals war die Spedition unseres Vaters insolvent, unsere Eltern hatten mit ihrer Scheidung zu tun, deshalb hatte unsere Mutter kaum Zeit, Stress zu machen. Unser Vater hat sich selbst wieder auf den Bock gesetzt und ist mit einer Ladung Computer Richtung Spanien verschwunden, unsere Mutter in einer Zweizimmer-Sozialwohnung in der Innenstadt. Bei der Zwangsversteigerung hab ich die Halle hier für ein Trinkgeld gekriegt. So konnten Ricki und ich in unserer Wohnung bleiben.«

Und er hatte sich seitdem um Ricki gekümmert.

»Der Gast, der dich so herumkommandiert hat, soll übrigens tot sein«, erklärte ich, ohne Ricki aus den Augen zu lassen.

Schnulzi zuckte zusammen: »Wie bitte?«

Ricki kaute weiter auf ihrem Schokoriegel: »Echt?«

»Ich hab gehört, sie haben ihn in der Mülltonne gefunden. Anscheinend ist auch er ermordet worden. So wie der dich behandelt hat, hat er das wohl verdient.«

»Ja, das hat er verdient«, wiederholte Ricki papageienhaft.

Der Blick ihres Bruders flitzte in mein Gesicht.

Fürchtete er, ich könnte genau das denken, was ich sowieso dachte: Dass Ricki etwas mit den Morden zu tun haben könnte? Oder fürchtete er, dass seine Schwester tatsächlich drei Menschen umgebracht haben könnte?

Ricki nuckelte an ihrer Schokolade.

»Mal unter uns: Verdient haben die sich das doch wohl alle drei«, versuchte Schnulzi reflexartig, meine Aufmerksamkeit von Ricki abzulenken. »Ich meine, der Möchtegernmusicalstar ging gar nicht. Und Pfiffhofen soll ja wirklich ein Arsch gewesen sein.«

»Echt?«, staunte ich, als wäre mir das vollkommen neu.

»Brigitte hat mir ein paar richtig gruselige Storys aus der Küche erzählt.«

Brigitte?

»Brigitte Jerken?«

Die psychisch behinderte Zimmerfrau?

Schnulzi nickte: »Sie ist übrigens wieder aus dem Krankenhaus raus. Ich habe das alles damals ja gar nicht mitbekommen. Ich hatte gerade mit meiner Ausbildung zum Hotelfachmann angefangen, als Pfiffhofen gekündigt hat. Aber Brigitte war lange in der Küche. Die hat mir Sachen erzählt …«

Plötzlich hatte ich das Gefühl, dem Fall hinterherzurennen, wie der Hase dem Igel. Immer wieder sprangen längst außer Acht gelassene Verdächtige aus irgendeiner Ecke und riefen: »Ätsch! Ich war schon die ganze Zeit da!«

»Brigitte denkt sogar, der Pfiffhofen wäre schuld an ihrer …«

Schnulzi schwenkte die gespreizten Finger vor dem Gesicht.

Ricki starrte ihren Bruder gespannt an – offenbar hörte auch sie das alles zum ersten Mal. Und sie sah aus, als könnte sie ihm durchaus folgen.

»Brigitte sagt, Pfiffhofen hätte sie und eine Auszubildende richtig terrorisiert. Sie glaubt, er hat gemerkt, dass sie durch ihre Familiensituation labil war, und hat sie sich gezielt als Opfer ausgesucht. Vor der ganzen Mannschaft soll er ihr an den Hintern gefasst und gemeint haben, der wäre zu fett. Und er hat ihr in der Vorratskammer aufgelauert, hat sie gesagt.«

Carlo Pfiffhofen hatte Brigitte Jerken aufgelauert?

»Was heißt aufgelauert?«, bohrte ich nach.

Schnulzi zuckte die Schultern. »Ich habe keine Ahnung, was davon stimmt«, erklärte er schnell. »Das waren ganz schön wilde Geschichten, Brigitte ist ziemlich durch den Wind. Als Pfiffhofen weg war, war sie lange krankgeschrieben, beinahe fünf Jahre. Irgendwann tauchte sie mit einem Behindertenausweis wieder auf und wollte eingegliedert werden. Eine Idee ihres Psychologen. Weil Rickis Integration gerade ganz gut lief, haben der Chef und ich beschlossen, Brigitte nicht wieder in die Küche, sondern ebenfalls in den Zimmerservice einzugliedern. Da herrscht ja viel weniger Stress. Das hat funktioniert.«

Schnulzis Andeutungen über die Vorratskammervorkommnisse klangen, als hätte Brigitte Jerken ein handfestes Motiv, das erste Opfer im Affekt umzubringen.

Das war, wonach wir die ganze Zeit gesucht hatten!

Dabei hatte ich eben noch Ricki verdächtigt.

»Warst du denn gestern noch beim Arzt, als es dir so schlecht ging?«, erkundigte ich mich so unauffällig wie möglich nach Rickis Alibi.

Die schüttelte den Kopf: »Frau Siebenstein hat gesagt, ich solle mich erst mal beruhigen. Ich kann jederzeit zurück in die Werkstatt.«

Aha.

»Du hast dich gestern Nachmittag mit Frau Siebenstein getroffen.«

»Ja.«

Deshalb war Ricki nicht zu Hause gewesen, als wir geklingelt hatten.

»Und danach?«

Schnulzi runzelte irritiert die Stirn.

»Ging es dir besser?«, fügte ich schnell hinzu, damit er nicht dahinterkam, dass mich ihr Befinden weniger interessierte als ihr Alibi.

»Du hast dann deine Baldriantropfen genommen und bald geschlafen«, beantwortete Schnulzi für seine Schwester die Frage.

40.

Es war beinahe sechzehn Uhr, als mein Magen mich knurrend daran erinnerte, dass ich dank des toten Steuerberaters seit dem Frühstück nichts gegessen hatte.

Mein Hunger dirigierte den Oldtimer zielstrebig zu Molle. Sicher würde er mich mit einer Portion Pommes vor dem Verhungern retten. Und beim Essen konnte ich in Ruhe darüber nachdenken, wie ich herausfinden sollte, was genau vor zehn Jahren in der Vorratskammer des Hotels passiert war.

Dummerweise durchkreuzte Staschek meine Pläne. Er besetzte nämlich schon wieder den Tisch vor der Theke, als ich die Kneipe betrat.

Meinen Tisch.

Genervt blieb ich stehen. Ich hatte Hunger, keinen Plan und mein Freund saß im Knast. Ich fühlte mich nicht gewappnet für den nächsten Zusammenstoß mit dem Kommissar.

Also machte ich auf dem Absatz kehrt.

»Lila!« Staschek hatte mich bemerkt. »Warte mal!«

Ich hob abwehrend die Hände und riss die Tür auf.

»Klara lässt Ben laufen!«, rief er mir nach. »Du kannst ihn um sechs abholen.«

Ich holte tief Luft, bevor ich die Tür wieder schloss. Angriffslustig stützte ich die Hände in die Seiten, als ich mich umwandte. »Wie hast du das denn geschafft?«

»Ich hab sie drum gebeten.«

Gebeten? »Und sie hat gesagt: Lenny, alter Kumpel, weil du es bist?«

Für einen Moment funkelten Stascheks warme, braune Augen schon wieder vor Wut.

»Und ich begleite sie nun doch zum Abendessen mit der Bürgermeisterin«, knirschte er. »Eine Hand wäscht die andere.«

Ich riss die Augen auf. Das war so weit weg von allen Möglichkeiten, die mir eingefallen wären, dass mein Gehirn ratterte und hustete, während es diese Information verarbeiten sollte.

Meine innere Punkerin explodierte zeternd.

»Du hast ihr die Füße geküsst?« Den schrillen Klang meiner Stimme konnte ich nicht unterdrücken. »Wie kommst du darauf, so was Idiotisches zu tun?«

Jetzt näherte ich mich dem Tisch schneller, als ursprünglich gewollt. Die Absätze meiner Pumps klackerten angriffslustig auf Molles Fliesen.

»Du musst immer mit dem Dickschädel durch die Wand, was?«, wurde auch Staschek schon wieder laut. »Du und Ben, ihr passt wirklich grandios zusammen!«

Molle kam aus der Küche gerannt, ich winkte ihn gleich wieder weg.

»So läuft das, denk doch mal nach!« Staschek stieß sich seine Finger gegen die Stirn. »Ben hat vor Zeugen die Polizeipräsidentin angegriffen! Da hätte sie ihm einen Strick draus drehen und ihn in ihr Büro hängen können!«

Ich schnaufte verächtlich: »Das hätte ich schon verhindert!«

Staschecks Gesicht verriet, dass er in diesem Moment Größenwahn mit Realitätsverlust bei mir diagnostizierte.

»Ich rette euch den Arsch und ihr wollt das einfach nicht kapieren!« Er sprang vom Stuhl hoch und stand vor mir. Jetzt musste ich zu ihm hochsehen. Das war der Grund, aus dem er aufgestanden war.

Und täglich grüßt das Murmeltier.

Immerhin registrierte Staschek meine Stimmungsänderung: »Lila, die Sache mit der Ohrfeige …«

»Kannst du dich hinsetzen?«

Staschek gehorchte irritiert. »Hat dein Vater dir wirklich – Rippen gebrochen?«

Mir war kalt. Ich schlang die Arme um den Körper. Ich wollte meine Wut zurückhaben. »Guck nicht wie ein Köter. Das wirkt bei mir nicht.«

»Ich finde es immer noch scheiße, dass du für Lena gespitzelt hast. Aber ich hätte trotzdem nie, nie ausrasten dürfen.« Staschek legte die Stirn noch mehr in Falten, sah aus, wie ein Hush Puppie mit Bauchschmerzen.

So leicht kommst du nicht davon.

»Pass auf, ich vergesse die Ohrfeige«, schlug ich ihm vor.

Staschecks Augenbrauen rückten misstrauisch zusammen: »Wenn ich was für dich tue?«

»Nur einen klitzekleinen Gefallen. Eine Hand wäscht die andere.«

41.

»Es wäre schön, wenn du die Frage präzisieren könntest.«

»Wie ist Frau Jerkens Verhältnis zu Männern?«, formulierte Staschek um.

»Gestört.«

»Es wäre schön, wenn Sie Ihre Antwort ebenfalls präzisieren könnten«, lächelte ich freundlich. Der Seelenklempner ging mir jetzt schon auf den Keks.

Staschek warf mir einen mahnenden Blick zu. Das ovale Gesicht des Psychologen bestand nur aus übereinander angeordneten, umgedrehten U-Formen. Seine Mundwinkel zeigten sogar nach unten, wenn er lachte, als wären sie zu lange nicht bewegt worden und verwachsen. Die Nasenlippenfalten wiesen in die gleiche Richtung. Und auch seine schmal zusammengekniffenen Augen hatten diese Form, sah aus, als würde ihn seine Schreibtischlampe blenden. Dass sogar der Pony seiner grauen Pilzfrisur in umgekehrter U-Form geschnitten war, ließ ja schon fast auf ein Lebensgefühl schließen.

Die psychiatrische Notfallambulanz, in der Schnulzi Brigitte Jerken nach ihrem Zusammenbruch abgeliefert hatte, befand sich keine hundert Meter vom Hotel entfernt. Staschek hatte problemlos den Namen von Jerkens behandelndem Psychologen erfahren – der, wie sich herausstellte, praktischerweise mit ihm zur Schule gegangen war.

Die Praxis im Erdgeschoss eines dreistöckigen Häuserblocks war ebenfalls in wenigen Gehminuten zu erreichen, wir mussten nur den Stadtpark umrunden. Und tatsächlich hatte Staschek seinen alten Schulkameraden Dipl. Psych. Ewald Hellwig durch das liebenswürdig-verbindliche Vorzeigen seines Dienstausweises und einer kurzen Schilderung der Umstände zur Zusammenarbeit bewegen können.

Jetzt saßen wir in einem hellen Beratungsraum in einer Rattansitzecke vor dem Fenster. Unter dem Foto eines Sonnenaufgangs stand die obligatorische Couch.

»Frau Jerken leidet unter ausgeprägten sozialen Phobien und einem Sammelzwang. Die Ursache liegt sicher in ihren von jeher tragischen familiären Verhältnissen«, berichtete Hellwig ernst.

Familiäre Verhältnisse. Das Wort klingelte in meinem Kopf.

»Was ist passiert?«

»Um es kurz zu machen, endete es damit, dass Frau Jerkens Vater ihre Mutter und ihren Bruder umbrachte.«

Mein Brustkorb zog sich zusammen, presste die Luft aus meinen Lungen und ließ mich keine neue einatmen.

Der Therapeut erhob sich und fummelte umständlich das Schloss des riesigen Aktenschrankes auf, der hinter ihm stand.

Meine Mutter liegt auf dem Bauch. Bewegungslos. Auf den hellen Fliesen der Küche. Ihr blondes Haar verdeckt ihr Gesicht.

Hatte mein Vater sie auch geschlagen? Ich konnte mich nicht erinnern.

Wieso wusste ich das nicht mehr?

Der Psychologe wuchtete einen Aktenordner auf den Schreibtisch. Das Bild meiner Mutter verschwamm.

Hellwig leckte an seinen Fingern, bevor er blätterte.

»Ja, genau. Der Vater hat die Mutter und den Bruder erschlagen, während Brigitte Jerken in der Schule war. Sie war damals zehn.«

Mir wurde kalt.

Ich kann mich selbst sehen. Von oben. Über das gedrechselte Geländer der Empore kann ich die dünne Achtjährige mit den blonden Zöpfen auf dem spiegelnden Marmorboden der Eingangshalle liegen sehen.

Wie tot.

Als hätte sich meine Seele von meinem Körper gelöst und würde gen Himmel schweben.

Ich zwang mich, zu atmen.

»Danach wuchs Brigitte bei Onkel und Tante auf, dem Bruder der Mutter. Die konnten mit dem traumatisierten Kind nichts anfangen. Der Onkel war außerdem rechthaberisch, duldete keine andere Meinung als seine eigene. Bis heute ist Brigitte Jerken kaum in der Lage, eine eigene Idee zu vertreten. Sie hat Angst vor Konflikten und lässt sich lieber krankschreiben, als Meinungsverschiedenheiten auszuhalten. Ihr Onkel hatte ihr eine Lehrstelle als Beiköchin besorgt und sie ist ausgezogen. Damit war für Tante und Onkel die Pflicht, sie aufzuziehen, erfüllt.« Hellwig verschränkte die Finger ineinander, während er auf weitere Fragen wartete.

Glücklicherweise hatte Staschek im Gegensatz zu mir den Faden nicht verloren: »Im *Allee-Hotel* ist Frau Jerken wegen psychischer Probleme über einen längeren Zeitraum krankgeschrieben gewesen. Gab es damals einen Auslöser für die Verschlechterung ihres Zustandes?«

Hellwigs Mundwinkel zuckten nach unten: »Auf einen Suizidversuch folgte ein stationärer Aufenthalt in einer psychiatrischen Klinik.« Er blätterte wieder. »Sie hat sich die Handgelenkgefäße geöffnet, danach wurde sie das erste Mal psychologisch betreut. Man überwies sie weiter in eine psychosomatische Reha, wo man ihr eine regelmäßige Therapie nahelegte.«

Ich sehe, dass das Messer durch meine Haut gleitet, aber ich spüre es nicht. Der Schnitt klafft auseinander, aber es blutet nicht sofort.

Ich musste mich konzentrieren.

»Ich habe die Nachsorge übernommen. Als wir uns hier zum ersten Mal trafen, war Frau Jerken schon wieder einigermaßen stabil«, fuhr der Psychologe fort. »Wir haben dann lange an ihren Zukunftsperspektiven gearbeitet. Die Kollegen in der Reha hatten eine Frühberentung empfohlen, aber ihre Erwerbsunfähigkeitsrente hätte unterhalb des Existenzminimums gelegen. Glücklicherweise betreibt der Betrieb, in dem sie angestellt ist, eine engagierte Integrationspolitik in

Bezug auf Schwerbehinderte. Nach langem Überlegen hat sie einen Arbeitsversuch gewagt und es hat geklappt. Sie konnte tatsächlich an ihren Arbeitsplatz zurückkehren. Mit dem Einsatz in der Nachtschicht können die Konflikte mit den Kollegen, die sie gefürchtet hat, größtenteils vermieden werden. Ihr Hauptansprechpartner ist der Abteilungsleiter und mit dem kommt sie gut zurecht.« Hellwig hüstelte. »Ehrlich gesagt, hatte ich nicht damit gerechnet, dass Frau Jerken das schafft. Das war ein unglaublicher Therapieerfolg.«

»Was genau war damals die Ursache des Suizidversuchs?«, hakte ich nach. »Darüber muss doch auch irgendwas in Ihrer Akte stehen?!«

»Ja, natürlich.«

Der Psychologe blätterte.

Und blätterte.

»Da habe ich die Berichte aus der Psychiatrie und der Reha ... Ja, und meine eigenen Aufzeichnungen unserer ersten Gespräche. Brigitte Jerken war achtundzwanzig, als sie im *Allee-Hotel* als Beiköchin angefangen hat. Der damalige Chefkoch war jünger als sie, aber ihren Berichten nach ein überehrgeiziger Tyrann. Er wurde übergriffig. Psychisch und physisch.«

»Psychisch übergriffig?«

Von einem physischen Übergriff hatte ich eine gewisse Vorstellung.

»Er hat sie vor den Kollegen als dumm, hässlich, fett und faul beschimpft.«

Pfiffi, der Sexist! Mit solchen Sprüchen hatte er garantiert auch seine Exfrau in die OP-Sucht getrieben.

»Und das hat sie sich gefallen lassen?« Staschek runzelte die Stirn.

Ausgerechnet er fand das seltsam? Ich konnte mir einen spöttischen Seitenblick nicht verkneifen.

»Frau Jerken hielt diese Einschätzung für zutreffend.« Die Worte des Psychologen rauschten in meinen Ohren. »Sie hatte nie etwas anderes über sich gehört.«

Du dämliches, kleines Stück Dreck!

So fest ich konnte, kniff ich mir in den Unterarm.

»Und wie weit gingen die physischen Übergriffe?«, hörte ich Staschek fragen.

»Ähm, ja ... weit.«

Hellwig blätterte.

»Es kam mehrmals zu sexueller Gewalt. Als sie sich geweigert hat, ihm weiterhin zur Verfügung zu stehen, hat er sich beim damaligen Hotelchef beschwert und der hat Frau Jerken in einem Gespräch unter vier Augen ermahnt – hier steht es –, den dienstlichen Anweisungen ihres Vorgesetzten Folge zu leisten. Daraufhin hat Frau Jerken versucht, sich zu suizidieren.«

Stascheks dienstliches Interesse an diesem Gespräch war längst geweckt: »Wie würdest du Frau Jerkens Verhältnis zu Männern heute einschätzen, Ewald?«

Der Psychologe seufzte. »Das ist schwer zu sagen.«

»Offiziell findet dieses Gespräch doch gar nicht statt. Ich werde dich also nicht darauf festnageln«, erinnerte der Kriminalkommissar.

»Dass Frau Jerken es je schafft, eine intime Beziehung einzugehen, ist schwer vorstellbar«, meinte Hellwig.

»Was wäre, wenn sie unerwartet den übergriffigen Vorgesetzten von damals wiedertreffen würde?«, wurde Staschek direkt.

Die sichelförmigen Augen des Psychologen wurden größer. »Das wäre – äh – ungünstig.«

42.

»Glaub nicht, dass ich mich dafür bedanke, dass du der Schlampe in den Arsch kriechst!« Danners Begeisterung darüber, dass Staschek uns zu Brigitte Jerkens Wohnung begleitete, nachdem wir ihn selbst vom Polizeipräsidium abgeholt hatten, hielt sich in Grenzen.

»Kleinen Mädchen eine scheuern, damit sie die Klappe halten, aber dir von der Chefin an den Hintern grapschen lassen. Du bist ein Kriechtier, Lennart!«

»Das kleine Mädchen kann dich hören«, erinnerte ich.

In dem Moment öffnete Brigitte Jerken die Tür und wir verstummten schlagartig. Die Zimmerfrau lugte durch den schmalen Spalt. Als sie uns sah, flackerte Panik über ihr Gesicht.

Sofort legte Danner seine Hand auf die Tür: »Können wir mit Ihnen reden, Frau Jerken?«

»Keine Zeit!« Brigitte Jerken floh in die Wohnung.

Es raschelte, als Danner die Tür ganz aufdrückte.

Als wir in den schmalen, dunklen Flur spähten, war die Zimmerfrau bereits verschwunden. Es roch muffig.

»Ach, du Scheiße«, rutschte es Danner heraus, während er sich umsah. Statt Möbeln hatte Brigitte Jerken Zeitungsstapel an den Wänden entlang bis auf Brusthöhe aufgetürmt, auf denen sie Wohnungsschlüssel und Portemonnaie neben Einkaufskörben, Mützen, Jacken und Wintermänteln, Regenschirmen, der Post, vertrockneten Blumen in Vasen und Schuhen lagerte.

Musste es bei Brigitte Jerken nicht gleich die nächste Krise auslösen, dass sich ein Mann Zutritt zu ihrer Wohnung verschaffte?, schoss es mir durch den Kopf, als Danner weiterging. Wartete sie mit einem Messer in der Hand in der Küche?

Eilig folgte ich Danner.

Staschek zog die Tür hinter uns zu.

Der Gang, den Brigitte Jerken in der Flurmitte frei gelassen hatte, war so schmal, dass ich mich erst an Danner vorbeidrängeln konnte, als dieser einen Blick in ein chaotisches Badezimmer warf. Bis etwa auf Kniehöhe hatten sich die unteren Papierschichten der Zeitungsstapel schwarz verfärbt. Schimmel.

Brigitte Jerken stand tatsächlich in einer winzigen Küche. Im Bademantel und Schlappen. Ein Messer konnte ich allerdings nicht sehen. Auf Küchentisch und Arbeitsplatte erhob sich ein ganzes Gebirge aus Konserven aller Art, teilweise wuchsen die Gipfel bis unter die Decke.

Brigitte Jerken war damit beschäftigt, die Dosen neben der Spüle neu zu stapeln. Ihre buschigen Haare hingen neben ihrem Gesicht herunter wie Vorhänge, die sie zuziehen und hinter denen sie sich verstecken konnte.

Ich warf einen kurzen Blick auf eine Konserve am Fuß des Höhenzuges auf dem Küchentisch. *01.05.97.* Das Haltbarkeitsdatum war knapp zwanzig Jahre überschritten.

»Frau Jerken?«, sprach ich sie vorsichtig an.

Sie stapelte schneller.

Danner räumte zwei Konserven von einem Küchenstuhl und balancierte sie auf dem Berggipfel kurz unter der Deckenlampe aus, bevor er sich auf den Stuhl flegelte.

»Frau Jerken, setzen Sie sich, bitte.«

Die direkte Ansage funktionierte. Brigitte Jerken schlurfte heran.

Staschek und ich nahmen ebenfalls um das Dosengebirge herum Platz. Der Kommissar überließ mir den Stuhl am Kopfende, damit saß ich neben der Frau. Brigitte Jerken war das offenbar zu nah, denn sie rutschte ihren Stuhl so weit wie möglich von uns weg, drückte sich in die Ecke zwischen Tisch und Küchenwand.

»Ich bin Lennart Staschek von der Kriminalpolizei.« Staschek schnurrte wieder. »Wir bearbeiten die Todesfälle im *Allee-Hotel* und haben noch ein paar Fragen an Sie.«

Er lächelte freundlich, doch der gehetzte Blick der Zimmerfrau flitzte an ihm vorbei, die Wand hinauf. »Ich hab schon alles gesagt.«

»Dass Sie Carlo Pfiffhofen kannten, haben Sie nicht erwähnt«, korrigierte Danner.

Sie zog den Kopf noch mehr ein, ihre schweren Haare fielen in ihr Gesicht.

»Dabei haben Sie jahrelang mit ihm zusammengearbeitet«, erinnerte Danner scharf, »das hatten Sie wohl kaum vergessen.«

»Es hat niemand danach gefragt.« Brigitte Jerkens Wangen spannten sich über den Jochbeinknochen.

»Wir wissen, was Pfiffhofen getan hat«, erklärte Staschek beruhigend. »Was damals in der Vorratskammer passiert ist ...«

Die Frau sah auf.

Danner fragte, als hätte er sich mit Staschek abgesprochen: »Sind Sie Pfiffhofen am Abend seines Todes auf dem Parkplatz begegnet?«

Brigitte Jerken wand sich, als hätte sie Schmerzen.

Ich hielt die Luft an.

Sie war es! Ganz sicher.

Gespannt richtete ich mich auf.

»Sie hatten Dienst in der Nacht«, bohrte Danner weiter. »Pfiffhofen hat gegenüber im Theater gearbeitet. Wussten Sie, dass er die Abkürzung über den Hotelparkplatz nehmen würde? Oder waren Sie zufällig draußen?«

Natürlich.

»Zum Rauchen«, sagte ich.

Brigitte Jerken senkte den Kopf, ihr Haarvorhang fiel zu und sie war nicht mehr zu sehen.

Sie hatte vor dem Nebeneingang geraucht. Allein. Wenn Pfiffhofen sie dort gesehen hatte, musste er sie erkannt haben. Und die Gelegenheit ebenfalls.

Hatte sie sich in der gleichen Situation wiedergefunden wie damals in der Vorratskammer?!

»Stand er plötzlich hinter Ihnen?«, fragte ich. »Hat er was gesagt? Hallo, Brigitte?«

Brigitte Jerkens Stuhl krachte gegen die Wand, als sie aufsprang. Das Dosengebirge geriet in Wanken, Staschek wich hastig zurück, als die Metallwand vor ihm wegrutschte und die Behälter wie schwere Gesteinsbrocken aufs PVC polterten.

Doch bevor Brigitte Jerken hinter dem Tisch hervorgestürzt war, versperrte Danner ihr den Weg zur Tür.

»Das war Notwehr!«, kreischte sie hysterisch.

In der nächsten Sekunde hatte sie plötzlich doch ein Messer in der Hand. Ein sehr kleines Messer. Wie Molle es zum

Kartoffelschälen benutzte. Die Klinge war höchstens sechs Zentimeter lang. Sie musste es in der Tasche gehabt haben. In der Bademanteltasche?

»Das wissen wir, Frau Jerken«, schnurrte Staschek beruhigend.

Tatsächlich atmete die Frau auf.

»Trotzdem muss ich Sie leider vorläufig festnehmen.«

Die Frau wirbelte zu dem Kommissar herum. Im gleichen Moment drehte Danner ihr das Messer aus der Hand. Staschek hielt ihm bereits Handschellen hin.

Wie oft hatten die beiden das schon gemacht?

»Das war Notwehr«, jammerte Brigitte Jerken. »Als ich ihn weggestoßen habe, ist er mit dem Kopf auf den Bordstein gefallen.«

»Aber Sie hatten ein Messer dabei?« Danner betrachtete die Waffe nachdenklich.

Staschek drückte ihm einen Plastikbeutel in die Hand.

»Das habe ich immer dabei.« Brigitte Jerkens gehetzter Blick blieb an den Handschellen hängen. »Immer, wenn ich aufs Zimmer muss.«

Ich erinnerte mich, wie Brigitte Jerken mit zitterndem Unterkiefer und lang ausgestrecktem Arm Danner eine Champagnerflasche entgegengehalten hatte.

Danner hob den Plastikbeutel mit dem Kartoffelschälmesser darin ins Licht: »Ist das das Messer, mit dem Carlo Pfiffhofen umgebracht worden ist?«

Brigitte Jerkens Kopf und Schultern sackten nach unten: »Ich weiß nicht. Wirklich nicht.«

»Frau Jerken, ich verhafte Sie wegen des dringenden Verdachts, drei Menschen ermordet zu haben.«

43.

»Ausgezeichnete Arbeit. Ich bin sehr erleichtert, dass die Sache endlich ausgestanden ist. Auch wenn leider tatsächlich eine unserer Mitarbeiterinnen in die tragischen Geschehnisse verwickelt ist.« Hans Flegenfeld seufzte schwer.

Staschek hatte Brigitte Jerken mit dem Notarztwagen aus ihrer Wohnung abholen lassen müssen.

Die Schlagzeilen konnte ich mir bereits vorstellen: *Psychisch behinderte Täterin gefasst – Geisteskranke gesteht Morde.*

Eine Durchgeknallte, Gott sei Dank. Eine einzelne Irre, die aus dem Verkehr gezogen und weggesperrt wird.

Dass Brigitte Jerken ein Mensch mit einem schlimmen Start ins Leben war und dass sie sich trotzdem ein selbstbestimmtes Leben erkämpft hatte, würde niemanden interessieren.

Außer Flegenfeld. Der musste akzeptieren, dass Brigitte Jerkens Arbeit in ›seinem Haus‹ gescheitert war.

»Werden Sie denn trotzdem weiterhin Menschen mit Behinderung fördern?«, erkundigte ich mich.

Flegenfeld drückte meine Hand warm.

»Jeder kann scheitern, Frau Ziegler. Brigitte Jerkens Fall ändert nichts an meiner Einstellung, dass Menschen mit Behinderung in unserem Alltag vorkommen sollten. Es kommt einfach nicht jeder so leistungsfähig zur Welt, wie der Arbeitsmarkt es heutzutage vorsieht.«

Nur um das Saubermann-Image seines Hotels als behindertenfreundlicher Betrieb zu polieren, engagierte sich Flegenfeld nicht. Denn dann wäre ihm die Lust dazu jetzt erst mal vergangen.

»Wenn sich niemand für Menschen mit Handicap einsetzt, haben sie kaum eine Chance auf dem Arbeitsmarkt. Sie haben ja selbst erlebt, dass sich Ricki Schulz nicht einmal gegen eine Auszubildende durchsetzen kann.«

Da war was dran.

»Aber ich kann in meiner Position glücklicherweise kleine Freiräume schaffen und auch Menschen wie Ricki eine Chance geben. Und ab und zu kann ich eben auch meine schützende Hand über sie halten.«

»Zum Beispiel, wenn Ricki ihrer Kollegin eine Flasche über den Schädel zieht«, erinnerte sich Danner.

Ein verschmitztes Fältchen erschien in Flegenfelds Augenwinkeln: »Das war ein erfreulicher Schritt in ihrer persönlichen Entwicklung, finde ich.«

Danner kratzte sich grinsend die Glatze.

»Tun Sie mir den Gefallen und seien Sie heute Abend noch meine Gäste. Die Getränke gehen aufs Haus. Morgen können Sie dann in Ruhe auschecken.« Der hochgewachsene dünne Mann schüttelte auch Danner die Hand. »Und machen Sie mir Ihre Rechnung fertig, ja?«

Ich wusste selbst nicht genau, was mich störte, als ich Danner vor einem flackernden Teelicht in der Hotelbar gegenübersaß. Die Verkettung unglücklicher Umstände, die aus Brigitte Jerken eine Killerin gemacht hatte? Oder nur die nervige Tatsache, dass wir die Klärung der offengebliebenen Fragen wieder einmal einer Truppe überlassen mussten, die im Wesentlichen aus der machtbesessenen Oberbefehlshaberin, dem Kriechtier, Schnabelnase und Lara Croft bestand?

Nach dem Tod des Steuerberaters war plötzlich alles schnell gegangen. Jetzt hatte ich das blöde Gefühl, irgendwas übersehen zu haben.

Gestern hatte der Choleriker noch am Nebentisch seine Frau angeschwiegen, bevor er mit der Einparklegasthenikerin hinausgestürmt war. Hatte der das Mädchen auf dem Parkplatz zusammengefaltet und damit Brigitte Jerkens Zorn auf sich gezogen? Wahrscheinlich. Nach dem Mord an Pfiffhofen musste sie beschlossen haben, sich endlich zu wehren und Männer, die Frauen drangsalierten, zum Schweigen zu bringen. Von Marian Mohrs Übergriff konnte sie durch Ricki erfahren haben.

Verdammt – der Fall war abgeschlossen!

Trotzdem. Ich fühlte mich eher benommen als zufrieden.

Brigitte Jerken war ihr Leben lang ein Opfer gewesen.

Ich formte das böse Wort mit den Lippen.

Bäh.

Sie hatte Jahre gebraucht, um ihr Leben in den Griff zu bekommen, und dann wurde sie bei einer zufälligen Begegnung mit ihrem Peiniger zur Mörderin.

Jeder kann scheitern, Frau Ziegler.

Vielleicht war es auch das, was mich störte. Dass Brigitte Jerken eben nicht die einzelne Irre war, die Undenkbares tat. Jedenfalls nicht für mich.

Wo begann eine psychische Behinderung? Wo verlief die Grenze zwischen gesund und krank? Bei den Selbstverletzungen? Bei der Unfähigkeit, Nähe zuzulassen? Oder erst, wenn ich versehentlich einen Mord beging?

Die Barkeeperin trocknete hinter der Theke Gläser ab. Ich registrierte, dass sie uns beobachtete.

Egal. Alina König schmiedete keine Mordpläne, weil sie glaubte, dass Danner mich verprügelte. Sie wartete nur auf ein Zeichen, dass wir noch was bestellen wollten. Danner winkte ihr zu und sie setzte sich gelangweilt in Bewegung.

Na also.

Trotzdem konnte ich mir verdammt gut vorstellen, wie die Katzenfrau K.-o.-Tropfen in einen Drink mixte und ihr Melonenmesser schärfte.

»Wie soll das gelaufen sein?«, fuhr ich Danner ohne Vorwarnung an. »Brigitte Jerken ist gestern aus der Klinik entlassen worden, dann hat sie K.-o.-Tropfen und ihr lächerliches Gemüsemesserchen eingesteckt und sich auf den Weg zum Hotel gemacht, um den Steuerberater umzubringen?«

Danner stützte die Ellenbogen auf den Tisch und legte seine Hände um meine. Seine waren warm.

»Das soll Lenny rausfinden. Wir haben unsere Kohle in der Tasche.«

Na, toll.

»Ich würde mich heute Nacht gern mal wieder mit anderen Dingen beschäftigen.« Das Glitzern seiner Augen lenkte meine Gedanken endlich vom Fall ab.

»Sex und Scotch, oder was?«, erkundigte sich die Barkeeperin mit dem Notizblock in der Hand etwas zu spitz, um nur die Getränke zu meinen.

»In etwa«, antwortete Danner belustigt.

Sie legte den Block vor mir auf den Tisch und beugte sich zu mir herunter.

»Hast du dem Idioten noch immer nicht den Laufpass gegeben?«, flüsterte sie, allerdings nicht leise genug, um wirklich nur mit mir zu sprechen.

»Sie kennt meine inneren Werte.« Danner zwinkerte mir zu. Prompt begann die Haut auf meinen Armen zu kribbeln.

»Die inneren Werte deines Portemonnaies vielleicht«, schnaufte Alina König verächtlich.

»War Brigitte Jerken gestern Abend hier?«, erkundigte ich mich spontan.

Danner schnitt eine genervte Grimasse.

Die Barkeeperin runzelte verdutzt die Stirn: »Woher weißt du das?«

Na gut. Sie war hier gewesen. An dem Abend, an dem der Steuerberater verschwunden war.

Siehste!, sagte mir Danners Achselzucken. »Und wann ist sie wieder gegangen?«, versuchte er, das Thema zügig abzuschließen.

»Gar nicht.«

Häh?

Die schwarz geschminkten Augen der Barkeeperin wurden schmal. »Wieso wollt ihr das wissen?«

»Ich habe gehört, sie soll diesen Steuerberater in die Mülltonne gesteckt haben«, erklärte ich leichthin.

Alina König lachte hell auf: »Was für ein Quatsch!«

Erst einen Moment später merkte sie, dass es mir ernst war.

»Ausgeschlossen!« Sie tippte sich an die Stirn. »Ich hab sie ja die ganze Nacht im Blick gehabt. Sie war gegen neunzehn

Uhr hier, weil sie eigentlich mit Nino reden wollte. Aber der hatte sich kurzfristig freigenommen, seine Schwester war krank.«

Seine Schwester hatte die doofe Leonida verdroschen, korrigierte ich in Gedanken.

»Brigitte war durch den Wind«, fuhr Alina König fort. »Ich kenne das, wir haben ja oft gemeinsam Nachtschicht. Ich hab sie im Sozialraum aufs Sofa gelegt und ihr Tee gekocht. Gegen halb fünf hab ich sie nach Hause gebracht.«

Um sechs begann die Frühschicht. Die ersten Mitarbeiter trudelten vermutlich schon früher ein.

Da blieb sehr wenig Zeit übrig, um den Steuerberater zu betäuben, umzubringen, zu verpacken und zu entsorgen.

Danner schob seufzend seinen Scotch zur Seite.

»Wieso gesteht Brigitte Jerken, Pfiffhofen angegriffen zu haben, wenn sie für den dritten Mord ein Alibi hat?«, zischte ich, kaum dass die Barkeeperin außer Hörweite war. »Da stimmt doch was nicht.«

Danner stützte seine Glatze in die Hände. »Eigentlich wollte ich heute Abend Flegenfelds teuerste Pulle Scotch leer machen.«

»Also *ich* wollte eigentlich im Himmelbett vögeln.« Ich brachte Danner zum Grinsen. »Jetzt sag schon, was du von Alina Königs Geschichte hältst.«

»Also auf den ersten Blick sehe ich zwei Möglichkeiten«, sagte er langsam. »Brigitte Jerken hat Carlo Pfiffhofen niedergeschlagen, davon können wir ausgehen, denke ich, denn das hat sie ziemlich glaubhaft rübergebracht. Möglichkeit eins: Jemand anders hat den bewusstlosen Koch auf dem Parkplatz gefunden und umgebracht. Möglichkeit zwei: Brigitte Jerken hat Carlo Pfiffhofen umgebracht und den Steuerberater nicht.«

»Den Steuerberater nicht?«

»Die beiden letzten Morde könnten theoretisch auch auf das Konto eines Nachahmungstäters gehen«, erklärte Danner. »Allerdings kann ich mir schwer vorstellen, dass jemand Marian Mohr auf diese Art verstümmelt, nur um die Tat Brigitte Jerken in die Schuhe schieben zu können.«

Danners Blick wanderte nachdenklich in Richtung Bar. »Aber egal, welche Möglichkeit zutrifft, in beiden Fällen gibt es einen weiteren Täter. Oder eine weitere Täterin.«

Es lief noch immer ein Mörder oder eine Mörderin frei herum? Hier im Hotel?

Wo sonst? Hier hatten sich die Wege sämtlicher Opfer gekreuzt.

»Das bedeutet, dass wir wieder von vorn anfangen können«, seufzte Danner. »Sogar Pfiffhofens Exfrauen Mandy Andraschek und Lexa Pfiffhofen sind wieder im Spiel. Allerdings würde ich eher auf jemanden tippen, der einen Bezug zum Hotel hat.«

»Womit wir wieder bei Ricki Schulz und Alina König angekommen wären.« Ich rieb mir stöhnend die Stirn.

»Ricki hat zumindest für die beiden letzten Taten ein eindeutiges Motiv. Und Alina König könnte ein generelles Problem mit Arschlöchern haben«, schlussfolgerte Danner. »Genau wie die große Unbekannte mit den Einparkproblemen.«

Ach ja. Die gab es ja auch noch.

Danner hatte bereits zu Ende gedacht: »Entweder mussten die Männer sterben, weil ihre Umgangsformen Frauen allgemein gegenüber schlecht ankamen …« Er deutete mit dem Kopf Richtung Bar. »Oder sie mussten sterben, weil sie Ricki Schulz' Grenzen überschritten haben.«

Das Kerzenlicht oder das Jagdfieber flackerte über Danners Gesicht. »Beide Möglichkeiten lassen sich überprüfen, bevor Lennys Truppe überhaupt mitkriegt, dass sie weitersuchen muss.«

44.

»Das machst du kein zweites Mal mit mir, du Flittchen!«

Der schwere Stuhl krachte direkt neben mir auf das dunkle Parkett. Eine Sekunde lang blieb ich liegen, bevor ich mich keuchend auf die Knie hochdrückte.

Die Erinnerung durchzuckt wie ein heißer Blitz meinen Unterkiefer. Das Knacken habe ich mehr gehört als gespürt, trotzdem presse ich mir den Handrücken ins Gesicht, als ich mich aufrichte und mir trotzig die Haare aus dem Gesicht streiche.

Ich drückte mir den Rücken meiner rechten Hand ans Kinn, meine Finger verkrampften, als ich aufstand. Obwohl mein Kiefer diesmal unversehrt war, war meine Wut echt. Die Erinnerung reichte, um sie hochblubbern zu lassen wie heißes Wasser im Kocher. Trotzig schüttelte ich meine wirr ins Gesicht hängende Mähne zurück.

Scheinbar zu überzeugend. Danner hörte auf, den Scotch, den ich ihm über die Glatze gekippt hatte, mit seinem T-Shirt abzuwischen, und musterte mich prüfend.

Dafür sprang Alina König geistesgegenwärtig hinter ihrem Tresen hervor. »Ey! Spinnst du?«, schrie sie Danner erbost an, während sie mir auf die Füße half. »Komm, Lila! Wir rufen sofort die Polizei!«

Weil Danner sich offenbar nicht mehr traute, stieß ich ihn mit beiden Händen vor die Brust. Statt sich wegschubsen zu lassen, packte er meinen Arm.

»Niemand ruft hier die Polizei!«, schnauzte er die Barkeeperin an, die ihn um einen Kopf überragte.

»Das hat wohl Lila zu entscheiden!«, fauchte die zurück.

Unsicher blickte ich von Danner zu Alina König und wieder zu Danner.

Dessen Miene verfinsterte sich drohend. »Mit euch Hühnern diskutiere ich gar nicht!«

Er zerrte mich am Arm zum Ausgang. Ich stolperte hinter ihm her.

»Gibt es Probleme?« Schnulzi stand in der Glastür, die zur Eingangshalle führte und versperrte Danner den Weg. Durch den nicht gerade leise zu Boden gepolterten Holzstuhl war auch er offenbar aufmerksam geworden.

Na ja, eigentlich versperrte der schmale Junge im Angestelltenanzug die Tür nicht wirklich. Aber er bemühte sich zumindest heldenhaft, sich so mittig im Rahmen zu positionieren, dass Danner nicht einfach an ihm vorbeistürmen konnte.

Bevor der es trotzdem probieren konnte, baute sich Kofferschieber Klaus Pöhler mit grimmigem Gesicht hinter dem Empfangschef auf: »Mein Sohn ist Anwalt, Mädchen! Ein Anruf und du bist den Vogel los!«

Alle warteten auf meine Antwort.

Danner umfasste meinen Unterarm sichtbar fester.

»Alles okay!«, versicherte ich schnell.

Der Empfangschef runzelte die Stirn.

»Der hat dir eine geballert, ich bezeuge das«, zischte Alina König fassungslos.

Ich wischte mir über die Lippen und warf einen raschen Blick auf meine Hand, als wollte ich prüfen, ob mein Gesicht blutete.

»Ist ja nix passiert«, wiegelte ich ab. »Ich hab Ben provoziert.«

Die Barkeeperin schnappte nach Luft.

Danner zog spöttisch eine Braue hoch und rempelte mich zwischen Schnulzi und Pöhler hindurch aus der Bar.

»Aber …?« Schnulzi blieb hilflos stehen, während Danner mich zum Fahrstuhl schubste.

45.

»Solltest du je auf die Idee kommen, mir eine häusliche Gewalt anzudichten, habe ich keine Chance«, stellte Danner fest, nachdem sich die Fahrstuhltür hinter uns geschlossen hatte.

Das verbuchte ich als Kompliment.

»Schiss?«

Er legte mir seinen Arm um die Schultern und zog mich an sich. »Ich steh auf das Risiko.«

Das hatte er mit der Aktion zweifellos bewiesen.

»Normalerweise mach ich nur untreue Ehefrauen mit einem Lockvogel, das ist amüsant und ich hab die Kohle schnell in der Tasche«, hatte mir Danner kurz zuvor in der Bar erklärt. »Aber in diesem Fall sollten wir vorankommen, bevor das nächste Opfer auf dem Parkplatz liegt, denke ich.«

»Wir haben noch nie einen Lockvogel für untreue Ehefrauen benutzt«, hatte ich verdutzt entgegnet.

»Wir hatten keinen mehr, seit ich mit dir schlafe«, hatte Danner korrigiert.

Oh. Schnell und amüsant. Na toll.

»Deshalb bringst du mir solche zweifelhaften Ermittlungsmethoden gar nicht erst bei, oder was?« Ich hatte ihm unter dem Tisch gegen das Schienbein getreten.

»Das ist keine Ermittlungsmethode, sondern ein billiger Trick. Außerdem lernst du es jetzt, das ist immer noch früh genug. Und das Risiko ist überschaubar, weil *du* nicht den Lockvogel spielen wirst«, hatte er gemeint. »Merk dir trotzdem Detektivregel Nummer acht. Die lautet: *Pass auf das Federvieh auf!*«

Das ›Bing‹ der sich öffnenden Fahrstuhltür holte mich zurück in die Wirklichkeit.

»Wenn die Barkeeperin gern Arschlöcher rippt, haben wir sie deutlich eingeladen, sich bei uns zu melden.«

Danner checkte kurz, ob der Flur der fünften Etage leer war.

Meine Fantasie ließ prompt ein verzerrtes Bild der dunkelhaarigen Frau mit den Katzenaugen und dem Stacheldrahttattoo am Hals auftauchen, die mit einem blutverschmierten Melonenmesser und Jack-Nicholson-Grinsen unter einer goldenen Wandleuchte wartete.

Hastig schob ich meine Schlüsselkarte in das Schloss unserer Suite.

Pass auf das Federvieh auf!

Was für eine Scheißidee!

»Lass uns Lenny anrufen, Ben.«

Der knallte die Zimmertür hinter mir zu. »Garantiert nicht. Außerdem hat der noch im Präsidium zu tun«, grollte er. »Unfreiwillig natürlich.«

Plötzlich stand der kleine Junge mit den blonden Locken, der Danner mal gewesen war, vor mir und stampfte wütend mit dem Fuß auf.

»Wir haben nicht mal eine Waffe«, gab ich zu bedenken.

»Wer sagt das?«

Ich wandte erstaunt den Kopf.

Er trat an den Garderobenschrank und öffnete die Türen. In ein Schrankfach war eine DIN-A4 große, schwarze Metalltür mit einem Ziffernfeld eingebaut. Der Safe.

Danner tippte eine Zahlenkombination ein, öffnete klackend die Tür, nahm seine schlichte, schwarze Waffe heraus und ließ ein Magazin in seiner Hosentasche verschwinden.

»Liegt da vielleicht auch noch eine Kalaschnikow unter dem Bett, die zu erwähnen du vergessen hast?«, fauchte ich.

Keine Ahnung, wo er das Ding normalerweise aufbewahrte. In unserer Wohnung hatte ich alles abgesucht. Aber wenn er es brauchte, tauchte es auf mysteriöse Weise auf. Und ich ahnte, dass es auch regelmäßig geputzt und gewartet wurde, obwohl Danner sich noch nie dabei hatte erwischen lassen.

»Glaubst du wirklich, das ist eine gute Gelegenheit, um mit Lenny zu zanken?«, appellierte ich an seine Vernunft.

Danner verdrehte die Augen: »Wenn wir was Entscheidendes herausfinden, wird er das früh genug erfahren.«

Dass es einen zweiten Täter gab, hielt ich durchaus für entscheidend.

»Versprochen«, versicherte mir Danner.

Ich befürchtete allerdings, dass ich immer noch mit dem trotzigen Kind sprach. »Und wenn Alina König heute Nacht wirklich mit einem Messer im Zimmer steht?«

Danner klemmte die Waffe unter seinem Kopfkissen zwischen Matratze und dem hölzernen Kopfteil des Himmelbettes ein.

»Eher unwahrscheinlich. Ich finde, sie hat ganz gut reagiert. Bullen rufen und fertig.« Er ließ sich aufs Bett fallen und verschränkte die Arme im Nacken. »Ich kann mich natürlich auch irren, aber im Augenblick tippe ich auf Ricki Schulz. Immerhin hat sie schon mal zugeschlagen, weil sie sich mit Worten nicht wehren konnte.«

Da war was dran.

Sonntag, 29. Juni, 5:00 Uhr

Den Wecker ausschalten und liegen bleiben. Heute ist das mal drin.
Heute ist nichts zu erledigen. Alles ist in Ordnung. Alles ist sauber. Alles ist eingekauft und an seinem Platz.
Alles ist vorbereitet, sollte es notwendig sein zu handeln.
Alles ist durchdacht. Alles funktioniert.
Jederzeit.
Es kann nichts schiefgehen!

46.

Etwas kracht gegen die Tür! Versucht, sie aufzubrechen!

Ich will schreien, aber mein Brustkorb schnürt sich zusammen. Ich bekomme keine Luft!

Es kracht wieder!

Eine Axt durchschlägt splitternd das Holz.

Ich starre auf das Loch in der Tür, in dem ein Gesicht auftaucht. Brigitte Jerkens Psychiater grinst diabolisch, als er mich entdeckt.

»Jeder kann scheitern, Frau Ziegler!«, kreischt er und holt zum nächsten Schlag aus.

Es klopfte.

An der Tür.

Unserer Zimmertür!

Mit hämmerndem Herzen schrak ich hoch. Danner schlurfte bereits in Jogginghose und T-Shirt zum Eingang der Suite.

»Ben!«

»Ist nur der Zimmerservice«, winkte der ab. »Ich hab Kaffee bestellt.«

Ich brauchte einen Augenblick, um zu begreifen, dass im Flur garantiert kein Axt schwingender Psycho-Doc lauerte.

Zwischen den schweren, cremefarbenen Vorhängen blinzelte bereits die Sonne hindurch.

Es war Ricki, die den Wagen in den Raum rollte. Der Duft von frischen Brötchen und Kaffee breitete sich aus, ich sah Orangensaft, Rührei mit Speck, Lachs, Milch und Müsli.

»Besten Dank, Frau Schulz«, rief Danner Ricki nach, als sie grußlos hinausschlurfte.

Danner schob den Wagen neben das Bett, schlüpfte zu mir unter die Decke und griff nach dem Kaffee. Ich bemerkte den Geruch nach Scotch und die Flecken auf seinem T-Shirt. Das hatte er gestern schon getragen.

»Hast du überhaupt geschlafen?«

Er reichte mir einen dampfenden Becher herüber.

»Wo hier die Zimmermädchen mit Messern bewaffnet sind? Ich denke, du willst vielleicht mal Kinder?«

Ich errötete tatsächlich – was mir normalerweise nie passiert. Damit Danner das nicht bemerkte, griff ich prüfend nach seiner Jogginghose.

Er zuckte zusammen.

»Alles noch dran. Damit rückt Alina König auf unserer Verdächtigenliste nach unten, oder?«

Danner machte eine Bewegung zwischen Kopfschütteln und Nicken: »Wir behalten sie im Auge, aber vorerst ja.« Nach kurzem Überlegen ergänzte er: »Leider.«

»Leider?«

Er wickelte mir ein Croissant in eine Serviette. »Damit bleiben nur zwei Verdächtige über: unser geheimnisvoller Parkplatzschreck und …«

»Ricki Schulz«, vollendete ich missmutig den Satz.

Während er an seinem Kaffee nippte, sah er mich über den Tassenrand hinweg an, als müsste ich irgendetwas Entscheidendes längst begriffen haben.

Weil ich schwieg, sagte er: »Es ist sehr viel einfacher, herauszufinden, ob Ricki Schulz ausflippt, wenn sie bedrängt wird, als die fremde Frau vom Parkplatz aufzutreiben.«

Endlich fiel der Groschen. »O je.«

»Genau.« Danner legte rosafarbene Lachsscheiben auf ein Brötchen.

»Das kannst du nicht bringen.« Gewöhnlich hatte ich kein Problem damit, zu lügen, ein paar Infos zu klauen oder mir an den Busen grapschen zu lassen, wenn es denn der Wahrheitsfindung diente. Aber Ricki unter Druck zu setzen, ging zu weit. »Sie kann sich nicht wehren.«

»Möglicherweise doch«, widersprach Danner.

Ich ließ mein Croissant auf die Bettdecke sinken.

»Sie weiß alles über den Mord an Pfiffhofen«, beschwor mich Danner. »Was, wenn sie das einfach nachgemacht hat, als Marian Mohr sie zum Sex gedrängt hat?«

Ich biss mir auf die Unterlippe.

Unvorstellbar klang das nicht.

»Und Bertram Holm hat sie auf Knien das Klo putzen lassen«, erinnerte Danner.

»Deswegen hat sie ihn entführt, ihm die Oberschenkelschlagader durchtrennt und ihn verbluten lassen?«, wandte ich zweifelnd ein.

Das konnte Ricki doch nicht wirklich getan haben?

War sie tatsächlich so kaltblütig?

Oder so wütend?

»Ich kriege das raus«, sagte Danner. »Und zwar, bevor der nächste Mord passiert.«

»Sie können abräumen.«

Ich starrte den Clownfisch an, der flink durch die sanft wogenden Arme der rosafarbenen Anemonen paddelte, ohne den Fisch wirklich zu sehen. Ich stand in der Sitzecke der fünften Etage, weil ich zu nervös war, um mich hinzusetzen. Gespannt lauschte ich Danners Stimme, die klar und deutlich aus meinem Handy drang.

Sein Telefon lag mit gehaltener Verbindung auf dem Nachttisch neben dem Bett.

»Nehmen Sie mir den Teller bitte auch ab?!«

»Wo ist Lila?«, fragte Ricki.

»Wollte in die Stadt. Shoppen. Ist sie Ihnen nicht auf dem Flur begegnet?«

»Doch.«

»Setzen Sie sich einen Moment zu mir, Frau Schulz. Wollen Sie nicht auch was essen?«

Einen Augenblick lang herrschte Stille.

»Eigentlich soll man sich nicht … schon gar nicht aufs Bett …«, wandte Ricki dann ein.

Ich hielt den Atem an.

»Kriegt doch keiner mit«, entgegnete Danner prompt. »Und Sie können gern sagen, dass ich das gewünscht habe.«

Wieder herrschte Stille.

Ricki waren die Argumente ausgegangen.

»Kommen Sie, essen Sie ein Brötchen. Was wollen Sie drauf haben? Nutella?«

Das Rascheln der Kissen verriet mir, dass er Ricki überredet hatte.

»Na, siehste.« Sofort ging er zum distanzlosen Du über. »Tut gar nicht weh, oder? Autsch!«

»Was ist?«

»Hab mir den Nacken verdreht. Scheiße. Tu mir einen Gefallen und massier mir mal die Schultern, ja?«

Boah, du Arsch!

Das schnurrende Geräusch, das Danner von sich gab, musste er sich von Staschek abgehört haben. Ricki gehorchte anscheinend wirklich.

Du lässt dir den Nacken massieren, obwohl du glaubst, sie könnte jederzeit ein Messer ziehen? Wie lebensmüde ist das denn? Ich fing an zu schwitzen.

»Du machst das wirklich gut. Warte, ich zieh das mal aus.«

»Nee! Nee, lieber …!«

»Ach, was. Dann kommst du doch besser dran.«

Ich selbst massierte mir die Schläfen.

Er zwang sie. Mit Worten. So einfach ging das.

Allen Kommunikationsschulungen und Rollenspielen zum Trotz schaffte Ricki es auch diesmal nicht, das Gespräch irgendwie zu beenden oder – wenn nötig im Streit – das Zimmer zu verlassen.

Für mich war es unerträglich!

Meine Ohren summten.

»Und noch ein bisschen tiefer«, kommandierte Danner ungerührt.

Und dann? Blas mir einen, oder was?

Schluss! Das reichte!

Ich lief den Flur entlang zu unserer Suite zurück, klopfte kräftig und legte ein Ohr an die Tür.

»Oh, verdammt! Sorry, Schätzchen«, hörte ich Danner. »Warte! Du hast da 'n Krümel.«

Ich brauchte nicht zu sehen, was er tat. Rickis scharfes Einatmen verriet mir genug.

Finger weg, du Grapscher!

Ich klatschte die flache Hand gegen die Tür, während ich in Lenas überdimensionaler Handtasche nach der Schlüsselkarte wühlte.

»Ich – ich muss weiter«, erklärte Ricki hastig.

Der Frühstückswagen klirrte.

Dann herrschte Stille.

Ich hielt inne.

»Bitte«, piepste Ricki dann. »Ich muss …«

Ich konnte Danner vor mir sehen, wie er ihr mit verschränkten Armen den Weg zur Tür versperrte.

»Wirklich«, bettelte Ricki weinerlich.

Diese Lockvogel-Scheiße ging zu weit. Lass sie endlich raus, du Arsch!

Da war die Karte!

»Meine Kollegin sucht mich bestimmt schon.«

Klickend öffnete ich die Tür.

Ricki stürzte an mir vorbei. Ihr Gesicht glühte. Sie rannte in Richtung Fahrstuhl davon.

Danner hatte die Arme tatsächlich vor der nackten Brust verschränkt. Nachdenklich sah er dem Zimmermädchen nach.

Vollidiot!

Ich schubste ihn ins Zimmer und knallte die Tür hinter mir zu. »Das war Scheiße!«

»Das sollte auch Scheiße sein«, entgegnete er ungerührt.

»Fehlte nur noch: ›Blas mir einen!‹«, explodierte ich.

Danners Miene wurde eisig: »Mal langsam. Sie hätte ja nur rauszugehen brauchen.«

»Konnte sie nicht!«

»Ich hab sie nicht aufgehalten!«

»Dafür würde ich dir auch die Eier abschneiden!«

»Na, prima!«

47.

»Herr Danner? Frau Ziegler?« Hotelchef Flegenfeld sah plötzlich gar nicht mehr wie ein Hotelchef aus. Er trug Jeans und T-Shirt unter einer Schürze auf der *Hier kocht der Chef* stand. Wie in einer Fernsehwerbung, in der Super-Papa für seine Großfamilie Spaghetti bolognese zubereitete.

Am späten Sonntagvormittag standen wir vor einem Einfamilienhaus mit Doppelgarage. Einen Gartenzaun gab es nicht und auf der rot gepflasterten Garageneinfahrt stand ein silberner VW-Bulli.

Wir mussten unseren Aufenthalt im Hotel verlängern.

Das Jagdfieber glühte in Danners Augen. Er war überzeugt, dass er den Fall lösen würde. Bald. Wenn alles gut lief, sogar, bevor Staschek überhaupt geschnallt hatte, dass Brigitte Jerken nicht die alleinige Täterin sein konnte.

Bei mir hingegen hatte Rickis Nackenmassage ein flaues Bauchgefühl hinterlassen. Ich fragte mich, ob es Danner wirklich darum ging, einen weiteren Mord zu verhindern, oder ob er lediglich Staschek irgendwas zu beweisen versuchte.

Ich tippte auf Letzteres, denn er pokerte viel zu hoch.

Okay, jetzt waren wir wirklich dicht dran. Noch ein oder zwei Puzzleteile mussten wir an den richtigen Platz rücken, um das Bild zu erkennen, das sie ergaben. Wenn Ricki Schulz

Danner für seine Grapscherei nicht an die Eier wollte, war höchstwahrscheinlich die geheimnisvolle Falschparkerin die Killerin.

»Kommen Sie herein, sonst brennt mir der Braten an.« Flegenfeld führte uns durch einen breiten Flur, in dem mehrere Paar Schuhe auf einem dafür vorgesehenen Abtropfbrett standen, in ein freundliches Wohn-Esszimmer.

Am Tisch saß ein Jugendlicher mit Justin-Bieber-Frisur vor einem Laptop. Er tippte mit dem Zeigefinger der rechten Hand, während sich der Daumen abspreizte und die anderen drei Finger sich nach unten bogen.

»Mein Sohn Jakob.«

»Hall-llo.« Jakobs Unterkiefer verzerrte sich beim Sprechen nach links.

Erst auf den zweiten Blick bemerkte ich den Rollstuhl. Ein knallrotes Teil mit schräg stehenden Reifen.

»Sag Mama und Paul, dass wir Besuch haben, wenn sie wiederkommen, ja?«

Jakob nickte, den Blick schon wieder auf den Bildschirm gerichtet.

Flegenfeld eilte in die Küche und löschte einen in einem großen, gusseisernen Topf brutzelnden Braten mit bereitstehender Brühe ab.

»Haben Sie Ihre Rechnung dabei?«, erkundigte er sich, während er den ovalen Topf mit einem Deckel verschloss.

»Nein. Wir haben eine Bitte an Sie.«

Flegenfeld öffnete den Backofen, um das Fleisch hineinzuverfrachten.

»Wir gehen davon aus, dass zumindest die beiden letzten Morde nicht auf Brigitte Jerkens Konto gehen. Wenn sie überhaupt die Täterin ist«, gestand Danner direkt. »Aus diesem Grund würden wir unseren Aufenthalt im Hotel gern verlängern.«

»Das ist nicht Ihr Ernst?« Flegenfeld vergaß den Braten – der offen stehende Ofen pustete heiße Luft in die Küche. »Brigitte Jerken hat doch gestanden?!«

»Nur, dass sie Pfiffhofen niedergeschlagen hat«, korrigierte Danner.

»Was?« Flegenfelds Froschstimme fing an zu quaken. »Brigitte Jerken hatte einen guten Grund, auf Pfiffhofen loszugehen. Und das Messer, das bei ihr gefunden wurde, ist doch offenbar die Tatwaffe.«

»Beim ersten Mord«, nickte Danner. »Danach wurde eine längere Waffe benutzt. Selbst wenn Frau Jerken Pfiffhofen umgebracht hat, könnten die anderen Morde auf das Konto eines Nachahmungstäters gehen.«

»Sie glauben doch nicht im Ernst, dass jemand Menschen verstümmelt, nur ...«, der Hotelmanager realisierte, dass ihn sein Sohn im Nebenraum vermutlich hören konnte, und senkte die Stimme, »... nur, um von sich abzulenken?«

Danner und ich zuckten synchron die Schultern.

»Schwachsinn!« Flegenfeld rumste die Ofentür so wütend zu, als hätten wir ihn persönlich angegriffen. »Das glaube ich einfach nicht! Brigitte Jerkens psychische Erkrankung ist weitaus schlimmer, als uns bewusst war. Aber es kann unmöglich noch einen weiteren Mörder in unserem Haus geben!«

Logisch. Eine psychisch kranke Mitarbeiterin konnte der Ruf seines Hauses vielleicht noch verkraften. Einen zweiten mordenden Mitarbeiter mit Sicherheit nicht.

»Sie haben Ihren Job erledigt. Lassen Sie jetzt die Polizei ihre Arbeit machen!«

»Kann ich nicht akzeptieren.« Danner verschränkte die Arme.

Der Hotelchef lachte etwas zu laut. »Was wollen Sie denn dagegen tun, dass ich Sie nicht mehr in meiner Vier-Sterne-Suite residieren lasse?«

»Dass Brigitte Jerken für den letzten Mord ein Alibi hat, wird auch die Polizei bald wissen. Dann werden sich wieder viele, sehr viele Polizisten in Ihrem Hotel umsehen.«

Flegenfeld knurrte.

»Im schlechtesten Fall riskieren Sie einen vierten Mord.«

Der Hotelchef knirschte mit den Zähnen.

»Ich bin zuversichtlich, dass wir in Kürze Ermittlungsergebnisse in der Hand haben, mit denen die Polizei den wahren Täter schnell und einigermaßen diskret aus dem Verkehr ziehen kann.«

Der hochgewachsene Mann ließ sich auf einen Küchenstuhl sinken und stützte den knochigen Schädel in die Hände.

»Na schön«, stöhnte er schließlich.

Geht doch, sagte Danners Miene.

Flegenfelds Kopf sank nach vorn.

48.

Das Sonntagsnachmittagsfernsehprogramm war eher eine originelle Art von Folter als ein Zeitvertreib. Hauptsächlich wurden Frauen gesucht, sei es von zweihundert einsamen Schweinen samt ihres Bauern, kanadischen Auswanderern in Blockhütten, Muttersöhnchen in den Mittvierzigern oder mit Rosen um sich werfenden Möchtegerntraumprinzen, die besser aufpassen sollten, dass keine ihrer Kandidatinnen ein Gemüsemesser im String ihres Bikinis versteckte.

Auf den übrigen Sendern lief Volksmusik.

Lange hielt ich das nicht durch. Wenn die Täterin den Köder nicht schluckte und sich irgendwie verriet, würden wir an Gehirnschrumpfung verblöden und sie käme unbehelligt davon.

Danner musste etwas Ähnliches gedacht haben, denn er warf mir genervt die Fernbedienung zu und fing an, auf seinem Smartphone herumzutickern. Schließlich klemmte er es zwischen Ohr und Schulter ein.

»Danner, Tach. Vorgestern ist mir auf dem Parkplatz des *Allee-Hotels* einer in die Karre gefahren. Meinem Zimmernachbarn, der seinen Mercedes neben mir geparkt hat, ist das Gleiche passiert. Der Unfall wurde aufgenommen, sagt er …«

Ich schaltete den Rosenkavalier auf stumm, was der Qualität der Sendung zugutekam.

»Gegen 19:30 Uhr …«, fuhr Danner fort. »Komisch, er sagt, er hätte die Polizei gerufen … – Kann man nichts machen. Danke trotzdem.«

Er kratzte sich die Glatze. »Die Polizei hat hier vorgestern keinen Unfall aufgenommen. So einfach ist die geheimnisvolle Unbekannte nicht zu finden.«

Weil der cholerische Steuerberater sie zur Strafe lediglich auf Knien um das Auto kriechen und seine Schuhe ablecken lassen hatte? Oder weil sie ihn betäubt und in ihrem Kofferraum verstaut hatte, um ihn ganz in Ruhe hinzurichten?

»Vielleicht hat jemand im Hotel was mitgekriegt«, überlegte Danner weiter.

Wenn ja, wusste ich wer.

»Uns ist einer in die Karre gefahren.«

Schnulzi sah über den kantigen Rahmen seiner Brille hinweg zu mir hoch. »Wollten Sie nicht abreisen?«

»Wir verlängern noch ein paar Tage.«

»Ganz spontan? Weil Sie sich gerade so blendend mit Ihrem Freund verstehen, oder was?«, konnte er sich einen kleinen, bissigen Kommentar nicht verkneifen.

»Ben hat noch geschäftlich zu tun.« Ich zuckte gelangweilt die Schultern. »Der Kratzer im Lack ist uns erst heute aufgefallen«, lenkte ich das Gespräch dann wieder in Richtung der Unbekannten mit den Zöpfen. »Mir ist eingefallen, dass der tote Typ so einen Aufstand gemacht hat, weil ihm ein Mädchen in die Kiste gefahren ist. Vielleicht ist die ja auch an unseren Wagen geschrammt. Wissen Sie zufällig, wer das war?«

Schnulzi schüttelte nachdenklich den Kopf. »Die hat sich nicht bei mir gemeldet.«

»Danke für die Auskunft.« Danner legte das Telefon aus der Hand, als ich kurz darauf ins Zimmer zurückkehrte. »Die Witwe des Steuerberaters ist ihrem Mann an dem Abend auf den Parkplatz nachgegangen.«

Da sagte er mir nichts Neues, ich hatte ihren Rock ja durch die Empfangshalle schlurfen sehen.

»Doch da war er angeblich bereits verschwunden.«

»Wenn sie ihn nicht selbst hat verschwinden lassen«, begriff ich. »Harmonie herrschte zwischen den beiden auf den ersten Blick nicht unbedingt.«

Danner wiegte nachdenklich den Kopf: »Tiefgründige Gespräche und wilden Sex würde ich auch ausschließen. Allerdings klang sie am Telefon vollkommen aufgelöst. Die beiden waren seit sechsunddreißig Jahren verheiratet und wegen seiner zwanghaften Ordnungssucht machte er anscheinend eine Therapie.«

Oh.

»Als Carlo Pfiffhofen umgebracht worden ist, waren die beiden jedenfalls noch gar nicht in der Stadt«, fuhr Danner fort. »Abgesehen vom Motiv, das ich auch für den zweiten Mord nicht sehe.«

Da war was dran.

»Sie sagt, das Auto ihres Mannes stand noch auf dem Parkplatz vorm Hotel«, berichtete Danner weiter. »Und die Unfallverursacherin hatte sie vor dem Abend noch nie gesehen.« Er zuckte die Schultern.

Die Frau des Steuerberaters schaffte es also nicht auf unsere Verdächtigtenliste.

Dann blieb uns nichts anderes übrig, als auf einen Geistesblitz zu warten, durch den wir die Fahranfängerin ausfindig machen konnten.

Unterdessen schrumpften unsere Gehirne, denn wir verfolgten, wie dreißig Zwergesel die Bewerberinnen für die freie Stelle als Pflegerin des Eselzüchters vor der Festeinstellung auf Tauglichkeit testeten.

Als das hoteleigene Telefon auf dem Schreibtisch klingelte, war es halb sechs.

Weil ich wie hypnotisiert die zermatschten Schaumküsse auf den Frühstücksbrötchen anstarrte, die ein Muttersöhnchen auf der Mattscheibe seiner Auserwählten zum Frühstück servierte, bequemte sich schließlich Danner zum Apparat.

»Danner?«

Danach hörte er schweigend zu, wodurch es ihm gelang, meine Aufmerksamkeit vom Bildschirm loszureißen.

»Tatsächlich? – Ja. Sagen Sie ihr, dass ich runterkomme.«

Er legte auf.

»Der Typ vom Empfang«, informierte er mich. »Die Frau, mit der ich neulich in der Bar war, möchte mich dringend sprechen. Allein.«

Danner schlüpfte in seine Anzughose und stopfte sein dunkles T-Shirt in den Bund.

»Lätizia?« Ich verschränkte die Arme vor der Brust. »Die Tusse, die wissen wollte, ob deine Telefonnummer noch die alte ist?«, rutschte es mir heraus, bevor ich mir auf die Zunge beißen konnte.

Danner hob verblüfft den Kopf: »Das wollte sie wissen?«

Als ich nicht antwortete, schmunzelte er belustigt: »Eifersüchtig, Frau Ziegler?«

Treffer.

Er traute sich tatsächlich zu grinsen.

Abzuwiegeln wäre auch zwecklos gewesen, weil sein Shirt so eng saß, dass die V-Form seiner Rückenmuskeln sogar jemandem wie der männerfeindlichen Barkeeperin auffallen musste.

Er zwinkerte mir zu. »Wenn ich in einer halben Stunde nicht wieder da bin, darfst du mir gern eine Szene machen.«

Kaum war Danner weg, sprang ich aus dem Bett und schlüpfte in den nächsten von Lenas Röcken – ein rot kariertes Exemplar, das an eine von Molles Tischdecken erinnerte. Oder einen Schottenrock. Einen sehr kurzen Schottenrock. Dazu fand ich ein enges, schwarzes T-Shirt. Ich bürstete meine Mähne über meine Schulter und zog meine Lippen mit einem zur Rockfarbe passenden Lippenstift nach.

Dabei wäre mir Lätizia bei unserem letzten Treffen um ein Haar sympatisch geworden.

Es klopfte.

Oh.

Vor lauter Fernsehverblödung und Eifersucht hätte ich beinahe vergessen, warum wir eigentlich hier waren. Und dass ich plötzlich allein im Zimmer war, war überhaupt nicht vorgesehen.

Mein Herz hüpfte erschrocken.

Danner hatte eine Schlüsselkarte. Wer stand dann vor der Tür? Ricki? Alina König? Oder eine unbekannte Killerin?

Es klopfte erneut.

Ich sprang aufs Bett und sah unter dem Kissen nach Danners Waffe. Sie lag da – ungeladen natürlich. Von dem Magazin fehlte jede Spur.

Ich steckte sie mir trotzdem hinten in den Minirock und zerrte das kurze Shirt notdürftig darüber.

»Ja, bitte?«

»Housekeeping.« Das Türschloss klickte.

Scheiße.

Ricki kam herein. Nervös trat sie von einem Fuß auf den anderen, die Hände hinter dem Rücken verschränkt. Statt ihrer Uniform trug sie ein geblümtes, knielanges Kleid, das irgendwie verrutscht wirkte. Sie war also keineswegs im Dienste des Hotels unterwegs.

Sie war blass, ihre Augen geweitet, ihr Blick gehetzt.

Und Danner war weg.

»Hi, Lila! Ist dein Freund nicht da?«, erfasste auch Ricki die Lage.

Meine Gedanken wirbelten durcheinander. War Ricki auf der Suche nach Danner? Wollte sie sich wirklich für sein distanzloses Getatsche rächen? Hielt sie hinter dem Rücken ein Messer verborgen?

Absurd!

Ich schüttelte ungläubig den Kopf.

Ricki atmete auf. »Dann können wir reden, oder?«

Sie löste die hinter dem Rücken verspannten Arme. Natürlich hatte sie keinen Dolch in der Hand.

Eine Sekunde lang verzog ich keine Miene, um Zeit zu gewinnen und nachzudenken, was das alles zu bedeuten hatte.

Meine Reglosigkeit verwirrte Ricki. »Oder nicht? Hast du keine Zeit?«

»Doch«, sagte ich. »Klar, komm rein.«

»Du bist meine Freundin, Lila«, druckste Ricki herum, als sie sich gleich darauf auf die cremefarbene Couch setzte. »Nino sagt, ich muss dir alles erzählen.«

Sie hockte auf der Sofakante, als wagte sie nicht, auf dem Polster Platz zu nehmen. Die Füße hatte sie dicht nebeneinandergestellt, sie zupfte ihren Rock über ihre Knie.

»Was denn?«, stellte ich mich ahnungslos.

Ich entspannte mich ein wenig.

Ricki starrte auf ihre klobigen orthopädischen Schuhe. »Also dein Freund, der hat dich gehauen ...?«

»Er wird ziemlich schnell sauer«, gab ich zu. »So ist er nun mal.«

»Er hat auch gesagt, ich soll mich zu ihm aufs Bett setzen.«

Ich schwieg.

»Er hat meine Brust angefasst. Ich wollte das nicht, aber er hat nicht aufgehört. Und ich musste ihm den Rücken massieren. Ich habe gesagt, dass das nicht geht. Ich wollte raus, aber er hat mich nicht gelassen. Er hat gesagt, ich muss weitermachen.«

Mein Gewissen verbot mir, die Erstaunte zu spielen. Deshalb schwieg ich weiter.

Ricki sah nicht von ihren Füßen hoch. »Nino sagt, ich muss dir unbedingt erzählen, was dein Freund für einer ist. Damit du ihn endlich verlässt. Und ich finde das echt auch nicht gut von ihm.«

»Nee«, stimmte ich ihr zu. »Das ist richtig scheiße.«

Zum ersten Mal traute sich Ricki, zu mir aufzusehen.

»Ja?«, fragte sie, als bräuchte sie meine Bestätigung, dass man ihr nicht einfach an den Busen grapschen durfte.

»Ja.«

»Weißt du, was ich überlegt habe?«, fragte Ricki. »Er muss eine Strafe kriegen für so was.«
»Eine Strafe?« Ich schluckte.
»Ich gehe zur Polizei«, sagte Ricki entschlossen.
Ich blinzelte erstaunt.
»Nino sagt, das bringt nix. Dein Freund gibt das nicht zu und mir glauben die nicht«, erzählte Ricki. »Aber ich kann das doch trotzdem versuchen, oder?«

Ricarda Schulz hatte niemanden ermordet. Ich war mir sehr sicher, nachdem sie wieder verschwunden war. Es hatte lange gedauert, aber letztendlich hatte sie aus der Art, wie mit ihr umgegangen wurde, die richtige Schlussfolgerung gezogen.
Nino sagt, das bringt nix. Aber ich kann das doch trotzdem versuchen, oder?
Ricki Schulz war so viel mutiger als ich.
Ich rieb mir die Stirn.
Dann warf ich einen Blick auf mein Handy, um zu sehen, ob die halbe Stunde schon um war und ich Lara Croft endlich mit einem Karatetritt durch die Glastür der Bar nach draußen befördern durfte.
Das Display verriet mir, dass Danner eine SMS geschrieben hatte. Ich klickte die Nachricht an und sah ein Foto. Ich vergrößerte das Bild.
Es war in der Hotelbar aufgenommen worden. Weil es draußen noch hell war, war die Bar nicht sonderlich schummrig und ich konnte die Frau auf dem Bild, die in einer Ecke am Tisch saß, einigermaßen erkennen.
Beweg dich! Ich halte sie hin, hatte Danner geschrieben.
Häh?
Die Frau war schlank und trug ein Oberteil, dessen Ausschnitt ihre Oberweite betonte. Die Sektflöte hielt sie mit feminin abgespreiztem Kleinfinger an die kirschroten Lippen. Den Lippenstift hatte sie auf die Farbe ihrer langen Mähne abgestimmt, die ihr längliches Gesicht mit den großen, dunklen Augen umfloss.

Lätizia war das nicht.

Hatte ich die Frau schon mal gesehen?

Ich saß, wie erstarrt, während in meinem Kopf eine Alarmglocke nach der anderen zu schrillen begann.

Rote Haare. Scheiße.

Mit einem Satz sprang ich vom Sofa. Danners Pistole rutschte aus dem Bündchen meines Schottenrockes und polterte auf den Teppich.

Ich überlegte nicht lange, sondern steckte die Waffe in meine Glitzerhandtasche, rannte aus dem Zimmer zum Aufzug, drückte den Knopf einmal, zweimal, dreimal, überlegte, ob ich die Treppe nehmen sollte, wollte gerade losstürzen, als die Tür endlich zur Seite glitt.

Unendlich langsam sackte der Aufzug abwärts. Und im ersten Stock hielt er an, damit eine aufgetakelte Oma ihren Rollator hereinschieben konnte. Ich stürzte an der alten Frau vorbei aus dem Fahrstuhl, links um die Ecke, riss die Tür zum Treppenhaus auf, stolperte, fiel beinahe die Stufen hinunter und erreichte tatsächlich vor dem Lift das Erdgeschoss.

Durch die Glastür zur Bar sah ich die Bedienung mit den Katzenaugen.

Danner war nicht da!

Scheiße.

Scheiße, scheiße, scheiße!

Das konnte nicht sein.

Pass auf das Federvieh auf!

»Wo ist er?« Ich hörte meine Stimme kippen, als ich auf Alina König zustürzte.

»Vergiss den Kerl«, riet mir die Barkeeperin schroff.

»Wo ist er?«, schrie ich sie an.

»Ist ja gut!« Sie hob beschwichtigend die Hände. »Der ist rattenstramm mit der Tussi raus.«

Rattenstramm?

Wieso?

»Wann?«

»Na grade eben. Vor ein paar Minuten.«

Wie in Trance rannte ich aus der Bar, durch die Eingangshalle, auf den Parkplatz.

Die geheimnisvolle Unbekannte?

Nicht die Fahrschülerin, sondern die Rothaarige?! Nachdem wir Rickis Betreuerin Charlotte Siebenstein ausgeschlossen hatten, hatten wir nicht weiter nach einer Rothaarigen gesucht.

Fehler!

Unser Oldtimer war noch da. Er parkte unter den Linden vor dem Hotel, wo wir ihn abgestellt hatten. Ich zerrte mein Handy aus der Tasche und wählte mit zitternden Fingern Danners Nummer.

»Tief im Westen …«, hörte ich Herbert Grönemeyer antworten. Danners Klingelton.

Ich versuchte zu orten, aus welcher Richtung die Musik kam.

»… wo die Sonne verstaubt …«

Die Mülltonnen.

Mein Herz setzte aus.

Das durfte nicht sein!

Unmöglich konnte ich den Deckel aufmachen …

Sekundenlang bewegte ich mich nicht.

»… da ist es besser …«

Ich musste!

Mit zitternden Knien trat ich neben die Tonnen.

»… besser, als man glaubt …«

Danners Handy lag vor meinen Pumps. Neben den Mülltonnen.

Mir wurde schwindelig, als ich mich danach bückte.

Dann besann ich mich, riss einen Deckel nach dem anderen auf und tastete hastig die Müllsäcke ab.

Nichts.

Ich wischte die Tastensperre von Danners Telefon und checkte die Anrufliste.

Auch nichts.

SMS?

Das Foto, das er mir geschickt hatte, erschien auf dem Display. Er hatte es auch an Staschek gesendet, verriet mir die Adresszeile.

Staschek.

»Sag mir, dass das ein Witz ist!«, brüllte mich der Kriminalkommissar Sekunden später an.

»Lenny …« Meine Stimme versagte.

Meine wackelnden Knie ebenfalls, ich lehnte mich mit dem Rücken an die Hauswand.

Einen Sekundenbruchteil, der mir wie eine Ewigkeit vorkam, schwieg Staschek.

»Katrin!«, schrie er dann so laut, dass meine Hand vom Ohr wegzuckte, als hätte das Telefon nach mir geschnappt. »Du bleibst, wo du bist, Lila! Rühr dich nicht von der Stelle!«

Im gleichen Moment unterbrach die Verbindung mit einem Klacken.

Verdammt! Ich konnte nicht länger verhindern, dass mir Tränen in die Augen schossen.

Pass auf das Federvieh auf!

Sie konnte ihn überall hingebracht haben.

Diese verdammte Lockvogelgeschichte! Das war Irrsinn gewesen! Und Danner hatte das genau gewusst.

Vielleicht willst du irgendwann mal Kinder.

Ich rutschte an der Wand hinunter.

»Ist alles in Ordnung, Lila?«

Plötzlich hockte sich Ricki neben mich. Neugierig betrachtete sie die Tränen auf meinem Gesicht.

Ricki!

»Kennst du diese Frau?« Ich hielt ihr das Handy so dicht unter die Nase, dass sie garantiert nichts erkennen konnte.

Ricki schielte auf das Display.

»Ja«, murmelte sie.

Ich schnappte nach Luft. »Wirklich? Wer ist das? Ricki, sag schon!« Meine Stimme quietschte.

»Das kann ich nicht«, schüttelte Ricki den Kopf. »Ich hab es versprochen.«

Mein Blut rauschte in meinen Ohren. Ich packte Rickis Arm. Fester, als ich wollte.

»Ricki, das ist kein Spaß! Ich muss wissen, wer das ist! Sofort!«

Ricki traten vor Schreck ebenfalls Tränen in die Augen.

Das konnte doch nicht sein! Ausgerechnet jetzt erzählte sie nichts mehr?

Ich schüttelte sie.

»Ich hab versprochen, dass ich es nie verrate! Mit Indianerehrenwort!«, wimmerte Ricki verstört.

Indianerehrenwort?

Ich ruckte das Handy vor mein Gesicht.

Starrte auf das Bild der Rothaarigen.

Der feminin abgespreizte, kleine Finger …

Der wie mit Kajal nachgezogene Wimpernkranz …

Der nackte Vampir an der Wohnzimmerwand …

»Das ist dein Bruder.«

Ricki zuckte zusammen. »Das hab ich dir aber nicht verraten!«

Ich antwortete nicht.

Ich rannte schon.

49.

Mit Vollgas lenkte ich den Spitfire auf die A 40. Ausnahmsweise war sie nicht verstopft. Das hieß allerdings auch, dass sich Nino Schulz' Vorsprung vergrößerte!

Mein kalter Schweiß ließ das Lederlenkrad glitschig werden.

Mit unserem Oldtimer konnte ich seinen sportlichen TT nicht einholen.

Ich schwenkte auf die linke Spur und trat das Gaspedal durch. Der Motor kreischte.

Nino Schulz verkleidete sich als Frau!

Nur, um unerkannt Morde zu begehen?

Nee.

Ich donnerte die Hände aufs Lenkrad, der Wagen schlingerte.

Jetzt, wo ich darüber nachdachte, kapierte ich, was ich schon viel früher hätte bemerken können.

Nicht nur der nackte Vampir, auch der elegant abgespreizte Kleinfinger, wenn er ein Sektglas hielt. Und seine Augen, die aussahen, als würde er Eyeliner benutzen!

Unsere Eltern haben uns nie so gewollt, wie wir waren.

Der Typ benutzte wirklich Eyeliner!

Er hatte nicht nur von Ricki gesprochen. Nicht nur die geistig behinderte Tochter hatten die engstirnigen Eltern nicht akzeptiert. Auch den Sohn, der gern Kleider trug, nicht.

Und ich hatte geglaubt, er wollte mich angraben!

Mist!

Wir hatten die ganze Zeit richtig gelegen. Marian Mohr und Bertram Holm waren gestorben, weil sie Ricki Schulz bedrängt hatten!

Nur war nicht Ricki Amok gelaufen, weil sie sich nicht anders zu verteidigen wusste, sondern ihr Bruder. Der sich schon sein ganzes Leben lang für Ricki verantwortlich gefühlt hatte. Der nicht mitansehen wollte, wie das mühsam erkämpfte, selbstständige Leben seiner kleinen Schwester zunichte gemacht wurde. Von Idioten, die meinten, ausnutzen zu müssen, dass sie sich nicht wehren konnte.

O je.

Selbst ich hätte Danner am liebsten die Eier geknackt für die Scheiße, die er mit Ricki angestellt hatte. Wie stark musste der Hass erst bei ihrem großen Bruder sein?

Vernichtend.

Geschlechtsteile abschneiden an sich war ein unmissverständliches Zeichen von Wahnsinn. Aber den Steuerberater hatte er offenbar geplant entführt, um ihn umzubringen.

Wahrscheinlich an einen abgelegenen Ort. Eine stillgelegte Speditionshalle zum Beispiel?

Der Spitfire flitzte die Freudenbergstraße hinunter, am Schlachthof vorbei auf den geschotterten Hof vor der alten Halle.

Mein Herz hämmerte gegen mein Brustbein, meine Hände krallten sich um das schmierige Lenkrad. Die Kiesel spritzten zur Seite, als ich auf die Bremse trat.

Der Oldtimer kam neben Nino Schulz' himmelblauem Audi zum Stehen.

Die Hallentür stand offen. Wenn Schulz sich drinnen aufhielt, hatte er mein Auto vorfahren hören!

Ich erinnerte mich an die Waffe in meiner Handtasche, kippte den Inhalt auf den Beifahrersitz und griff mit bebenden Händen nach der Pistole zwischen Tampons und Make-up.

Nichts passierte.

Mit klopfendem Herzen stieg ich aus, trat an Nino Schulz' Flitzer und legte eine Hand auf die Motorhaube.

Kühl. Der Wagen stand hier schon länger als eine Viertelstunde.

Scheiße!

Die Angst ließ sich nicht mehr herunterwürgen, sie drückte mir die Kehle zu. Die Lagerhalle fing an, sich zu drehen.

Wenn du mal einen Jumbojet dran hindern kannst, mir auf den Kopf zu fallen, darfst du gern Superwoman spielen. Mein männlicher Stolz hält so was aus.

Ich konnte den Flieger nicht aufhalten.

Ich hatte mich geirrt.

Sie waren nicht hier.

Nino Schulz hatte seinen Wagen nicht benutzt.

Mit einem anderen Wagen konnte er Danner inzwischen überall hingebracht haben. Oder noch immer im Hotel sein.

Danner konnte längst tot sein.

Nein.

Ich gab mir einen Ruck, hob die ungeladene Waffe und trat an die offen stehende Tür der Lagerhalle. Die dünnen Absätze der Pumps knickten im Schotter um, ich schleuderte die Schuhe von den Füßen.

Drinnen herrschte düsteres, kühles Halbdunkel wie bei meinem letzten Besuch. Die Holzbalken, der alte Stapler, die Grube im Boden.

Leer.

Ich fuhr zusammen, als ich mein Handy klingeln hörte. Es musste mit dem Inhalt der Handtasche zusammen auf dem Beifahrersitz liegen. Ich rannte zum Auto zurück. Das Display blinkte.

Staschek!

»Wo zum Teufel steckst du?«

»Der Empfangschef ist es! Nino Schulz! Er ist nicht bei sich zu Hause und mit seinem Auto ist er auch nicht unterwegs. Ich weiß nicht, wo ich noch ...«

Ich hielt inne.

»Lila?«

Mit nackten Füßen lief ich zurück zur Halle. Drinnen war etwas anders als beim letzten Mal.

»Komm zum Hotel! Die Großfahndung läuft! Bist du überhaupt noch dran?«

Holzbalken, Stahlträger, alte Fenster, der Gabelstapler.

Etwas fehlte.

Eine Sekunde dauerte es, bis mir klar wurde, dass bei meinem letzten Besuch ein schrottreifer Dieselbenz neben dem Stapler gestanden hatte.

»Der Typ ist als Frau verkleidet, trägt eine rote Perücke und ist in einem ziemlich alten, beigefarbenen Benz unterwegs.«

Oder ...?

Der plötzlichen Eingebung folgend, lief ich um die Halle herum auf den großen, zugewachsenen Parkplatz und – mein Herz machte einen Satz!

Das Autowrack aus der Halle, von dem ich nicht gedacht hatte, dass es überhaupt noch fahrtauglich war, stand ganz hinten am anderen Ende des Parkplatzes.

Eine neue Dosis Adrenalin schoss in meinen Körper!

Klar, an seinem himmelblauen Schlitten hätten die Hotelangestellten Schnulzi sogar erkannt, wenn er als Weihnachtsmann verkleidet aufgetaucht wäre.

»Lenny?«

Am anderen Ende der Leitung herrschte hektisches Gebrüll, doch Staschek meldete sich sofort.

»Die sind hier«, flüsterte ich heiser.

»Was? Wo?«

»Freudenbergstraße. Auf dem Parkplatz hinter der Speditionshalle Schulz steht das Auto.«

»Lila!«

Ich drückte Staschek weg und rannte los.

50.

Das Gestrüpp hinterließ Striemen auf meinen nackten Beinen. Brennnesseln trafen meine Arme, verfingen sich in den unechten Haaren.

Der Benz stand verlassen vor einem Loch im Maschendraht, durch das ein Trampelpfad auf das verwilderte Nachbargrundstück führte.

Die Leiche des Steuerberaters tauchte in meiner Erinnerung auf, zusammengekrümmt auf dem aufgeschnittenen Plastiksack vor den Mülltonnen. Die schwarz verfärbten Hände, das wachsweiße Gesicht, das Blut.

An einer solchen Verletzung wäre er innerhalb weniger Minuten verblutet.

Innerhalb *wie vieler* Minuten genau? Wie viel Zeit hatte ich im Hotel verloren? Und eben in der Lagerhalle? Wie stoppte man eine so heftige Blutung? War das überhaupt möglich?

Zwischen Büschen und Sträuchern tauchten die Umrisse mehrerer halb verfallener Backsteinbauten auf. Mein Herz raste, als sich das Gebüsch lichtete und ich einen von Unkraut überwucherten Hof erreichte. Danners ungeladene Waffe in der Hand, drehte ich mich um mich selbst. Zählte drei, vier, fünf verschiedene Gebäude.

Schlachthof Bochum stand an einem lang gezogenen Bau mit Schornstein. Diese Gebäude waren stillgelegt worden, nachdem nebenan größere und modernere errichtet worden waren.

In den Ruinen gab es unendlich viele Verstecke!

Wieder verlor ich kostbare Sekunden.

Verdammt! Wo sollte ich suchen?

Mein Blick blieb an einem der verrosteten Stahltore hängen, das sich irgendwie von den anderen unterschied. Es dauerte einen Augenblick, bis ich begriff warum: Die Brennnesseln davor fehlten.

Ich stürzte auf den Eingang zu.

Der Riegel war nicht vorgeschoben!

Mit zitternden Händen zog ich die Tür auf. Das Quietschen der alten Angeln blieb aus. Frisch geölt!

Ich umfasste Danners Waffe fester.

Ich hatte Nino Schulz' Versteck gefunden.

Rechtzeitig?

Mit angehaltenem Atem tappte ich in das alte Gebäude.

Drinnen war es dunkel und kühl. Ich stand in einem fensterlosen Gang. In dem es nach – Putzmittel roch?

Angespannt lauschte ich in die Dunkelheit.

Die Stille rauschte in meinen Ohren.

Kam ich zu spät?

Der Gedanke drohte mich zu lähmen!

Weiter!

Das Tageslicht, das durch die hinter mir offen stehende Tür fiel, beleuchtete den leicht abfallenden Betonboden. Der Gang führte auf eine Stahltür zu.

Stimmen?

Gedämpft durch die schwere Tür hörte ich eindeutig eine wütende Stimme!

Ich griff nach der Klinke.

»Mann, mach die Augen auf! So eine Dröhnung war das nun auch nicht.« Ein dumpfer Aufschlag folgte. Das Geräusch traf mich mit Wucht in den Magen. So klang ein Schlag, der einen menschlichen Körper traf.

Ich stieß die Tür auf.

»Du hättest aufhören sollen, herumzuschnüffeln, als du es noch konntest! Von wegen Fotograf! Dass die Homepage ein Fake ist, hätte ich sofort schnallen müssen. In zig Zeitungsartikeln steht, was du wirklich machst, Arschloch!«

Nino Schulz zuckte hoch, als er die Bewegung der Tür bemerkte. Danner, den er mit dem Rücken an die Wand gedrückt hatte, kippte zur Seite und blieb liegen. Sein Hinterkopf hinterließ einen Fleck an den weißen Fliesen.

Blut!

Auch die Fliesen auf dem Boden waren grellrot verschmiert.

»Das Messer weg, Schulz!«, schrie ich. Meine Stimme gab ein schrilles Echo in dem kahlen Raum.

Die Waffe wackelte bedenklich in meinen Händen.

»Lila?« Schulz ließ das Messer sinken.

Er war es. Kein Zweifel. Er sah mich an. Zu Blaumann und Gummistiefeln trug er eine dunkelrote Perücke und Make-up, das seine Gesichtszüge weiblich wirken ließ.

»Keine Bewegung!«

Innerhalb weniger Minuten verblutet, hämmerten die Worte des Gerichtsmediziners in meinem Kopf.

Danners Unterarme waren zusammengebunden. Die Fessel konnte ich zwar nicht erkennen, aber unterhalb einer dünnen Linie hatten sich seine Hände dunkel gefärbt.

Wie bei der Leiche von Bertram Holm!

Kalte Panik schnürte mir die Brust zusammen.

Wie viel Blut musste man verlieren, bevor man starb?

Ich erinnerte mich an den durchtränkten Teppich in dem Hotelzimmer.

Das hier waren nur ein paar Schmierspuren. Außerdem schien Danners Hose unversehrt zu sein.

»Wollen Sie mich wirklich erschießen, Lila?« Die rothaarige Frau sprach plötzlich in Schulz' verbindlichem Hotelempfangstonfall mit mir.

Ohne mit der Wimper zu zucken, du Psycho!

Wenn die Waffe geladen wäre.

»Weg von ihm!« Ich winkte Schulz mit dem Pistolenlauf zur Seite.

Er betrachtete meine bebenden Hände. Demonstrativ ließ er das Messer sinken und entfernte sich artig von Danner.

Ohne ihn aus den Augen zu lassen, bewegte ich mich auf Danner zu.

»Von wegen Psychologiestudentin«, sprach Schulz ruhig weiter. »Sie sind Privatdetektivin, genau wie der. Sie wollen wissen, was passiert ist?«

Der Mistkerl versuchte, Zeit zu gewinnen. Mich in ein Gespräch zu verwickeln und abzulenken, damit ich einen Fehler machte.

Aber genau das war auch meine Chance, begriff ich. Irgendwann musste Staschek ja auftauchen!

Okay. Ich spielte mit.

»Sie haben Pfiffhofen bewusstlos auf dem Parkplatz gefunden, oder?« Ich ließ die Mündung der Waffe ein kleines bisschen sinken, während ich mich weiter auf Danner zuschob.

»Der Drecksack wollte Brigitte wieder an die Wäsche«, nickte Schulz tatsächlich. »Endlich hat sich mal eine gewehrt.«

»Sie haben gesehen, dass Pfiffhofen Brigitte Jerken vergewaltigen wollte?«

»Ich war eine rauchen. Hab Nachtschicht am Empfang gehabt an dem Abend.« Da war ein gefährlich lauernder Unterton in seiner Stimme.

Aber inzwischen hatten wir die Plätze getauscht.

Nun stand Schulz an der Tür und ich neben Danner.

Jetzt musst du erst an mir vorbei, du Spinner!

»Brigitte Jerken hat Carlo Pfiffhofen niedergeschlagen«, versuchte ich, das Gespräch in Gang zu halten. »Er lag bewusstlos auf dem Parkplatz. Sie hat das Messer gezogen.«

»Und dann hat sie einen Rückzieher gemacht!« Ein schriller Unterton ließ Schulz' Stimme unangenehm klingen. Er fuchtelte unkontrolliert mit seiner Waffe in Richtung Decke.

»Sie hat das Messer fallen lassen und ist abgehauen. Dabei hatte der Scheißkerl es so was von verdient! Der konnte riechen, mit wem er es machen kann! Der hat sich ganz gezielt die Schwächsten ausgesucht!«

»Ihre Schwester auch?«, riet ich rasch.

Schulz ließ seine Arme sinken. Seine unechten, roten Haare fielen ihm in die Stirn. Einen Augenblick lang wirkte er hilflos.

»Sie selbst«, begriff ich verblüfft. »Carlo Pfiffhofen hat Sie belästigt? Damals, als Sie Ihre Ausbildung im Hotel begonnen haben?«

»Wenn ich Röcke trage, muss ich auch damit rechnen, gefickt zu werden, hat er gesagt! Ich war sechzehn damals! Sechzehn!«

Mein nackter Fuß berührte Danners Bein. Es kostete mich alle Konzentration, nicht nach unten zu sehen.

»Und weil Brigitte Jerken es nicht durchgezogen hat, haben Sie dann an dem Abend zum Messer gegriffen?«

»Das hätte ich schon vor zehn Jahren machen sollen!«, spuckte Schulz. »Aber jetzt trampelt niemand mehr auf uns rum! NIEMAND!«

Danner drehte sich stöhnend auf den Rücken.

Jetzt sah ich doch hin.

Er lebte.

Gott sei Dank.

Im Augenwinkel nahm ich Schulz' Bewegung wahr. Ich zuckte hoch und richtete ruckartig wieder die Waffe auf ihn. Er war näher gekommen.

Abschätzend betrachtete er die wackelnde Mündung.

Scheiße.

»Brigitte Jerken hatte ihr Messer neben dem bewusstlosen Pfiffhofen fallen gelassen. Nachdem Sie ihn damit umgebracht hatten, haben Sie ihr die Tatwaffe wieder zukommen lassen, richtig?«, redete ich schnell weiter.

»Das bot sich an.« Schulz machte probehalber einen weiteren Schritt auf mich zu.

»Und weil das so einfach war, haben Sie Marian Mohr und Bertram Holm ebenfalls umgebracht, als die Ihre Schwester belästigten?«, fuhr ich ihn an.

»Vergewaltigt hat Mohr Ricki!«, schrie Schulz. »Trotz HIV-Verdacht! Scheißegal, Ricki ist ja nur eine Unterbelichtete!«

Entschlossen trat er vor.

»Stehen bleiben!«

Schulz legte den Kopf schief und näherte sich weiter.

Noch mal Scheiße!

»Du kannst ja gar nicht abdrücken, Lilalein.« Ein irres Grinsen verzog Schulz' schönes Frauengesicht, als er begriff, dass ich zögerte. »Du bringst es nicht.«

Jetzt war er gerade noch eine Armlänge entfernt.

Na warte!

Entschlossen zielte ich auf seine Stirn und drückte ab.

Schulz erstarrte, als die Waffe klickte. Mit aller Kraft trat ich gegen seine Hand – das Messer klapperte auf die Fliesen! Gleichzeitig stürzten Schulz und ich hinter der Waffe her.

Ich war schneller, erwischte den Griff.

»Aufpassen!«, hörte ich Danners Stimme.

Schulz riss mich an den Schultern zurück. Die schmierigen Fliesen sausten auf mich zu – dann knallte es!

Sekundenlang tanzten bunte Sterne um mich herum. Bis Schulz' wutverzerrtes Gesicht wieder auftauchte. Seine feuerrote Mähne war verrutscht.

Einen Moment später spürte ich das Klatschen seiner Hand auf meiner Wange und den schneidenden Schmerz an meinen Handgelenken.

Kabelbinder.

Ich riss an der Fessel.

Zwecklos.

»Schön, dass ihr mir wieder beide folgen könnt.« Schulz grinste triumphierend.

Ich saß neben Danner mit dem Rücken an der Wand. Der war kreidebleich, aber inzwischen einigermaßen wach.

»Ihr seid doch so scharf drauf rauszufinden, was passiert ist. Da könnt ihr nicht kneifen, wenn es ernst wird. Seht her!« Mit scharfen Ratschen zerschnitt Schulz' Messer Danners Hose.

Die Klinge hinterließ einen klaffenden Schnitt im Oberschenkel.

Nein!

Einen Augenblick lang sah ich rotes Muskelfleisch, bevor dunkles Blut die Wunde füllte und über sein Bein auf die Fliesen lief.

Mir wurde schwindelig.

»Locker bleiben, Lila«, spottete Schulz. »Ist nur ein Kratzer, die Beinschlagader verläuft viel tiefer. Wenn du die erwischst, siehst du das sofort. Da läuft das Blut raus wie aus einem Gartenschlauch.«

»Wie bei dem Steuerberater«, versuchte ich verzweifelt, ihn von einer Demonstration abzuhalten. »Der hat Ricki aber nicht vergewaltigt!«

»Der hat doch auch genau gewusst, dass sie sich nicht wehren konnte! Und nach der Sache mit Mohr war sie fertig! Sie wollte alles hinschmeißen und zurück in die Werkstatt gehen. Nur weil das Schwein gern auf Schwächeren rumtrampelt!« Schulz gestikulierte wieder in meine Richtung.

»Seinen Schwanz durfte er behalten, weil er Ricki nicht angefasst hat?«, mischte sich Danner ein.

Ganz langsam strich Rickis Bruder das rote Kunsthaar zurück und wandte sich zu Danner um. »Was man von dir nicht sagen kann …«

Danners trotziger Blick sagte ganz ohne Worte: »Leck mich!«

»Hast du einmal dran gedacht, was aus Ricki wird, wenn du hier so eine Scheiße machst?«, schrie ich den Verrückten verzweifelt an, einfach weil es das Einzige war, was mir noch einfiel.

»Halt die Fresse!« Wutentbrannt wirbelte Schulz zu mir herum.

Im gleichen Moment schleuderte ihn ein Knall nach hinten, dunkles Blut spritzte aus seinem Rücken und sprenkelte die weiße Wand, bevor sein Körper dumpf auf den Fliesen aufschlug.

Staschek ließ die Waffe sinken.

»Zugriff!«

51.

»Nino wollte nie mit mir Fußball spielen.«

Ricki saß mit hängenden Schultern und hängendem Kopf zwischen mir und Staschek auf den Plastikstühlen im Wartebereich der Notaufnahme. Wie üblich war ihr Blick nach unten gerichtet, allerdings nicht auf ihre eigenen orthopädischen Schuhe, sondern auf Staschek Lederslipper. Oder auf die darin steckenden Socken.

Die eine war dunkelgrau, die andere hellgrau, fiel jetzt auch mir auf.

Erstaunt musterte ich den Kriminalkommissar, es kam mir vor, als hätten wir uns Wochen nicht gesehen. Staschek sah schlimmer aus als ich selbst. Völlig fertig, abgemagert, fast krank.

KK Schnabelnase und KK Mahlmann unterhielten sich ein Stück entfernt am Kaffeeautomaten.

Staschek Kugel hatte Nino Schulz' Schulter unterhalb des linken Schlüsselbeins durchschlagen und war zwischen Schulterblatt und Wirbelsäule wieder ausgetreten. Er war bei Bewusstsein gewesen, als die Notärzte ihn in Polizeibegleitung abtransportiert hatten.

Danner hatte mehrere Platzwunden am Kopf und der Kabelbinder hatte tief in die Unterarme eingeschnitten. Per Computertomograf hatten die Ärzte weitere Schädelverletzungen ausgeschlossen, bevor sie ihn in den OP verfrachtet hatten, um sein Bein zu flicken.

»Nino wollte lieber Friseur spielen«, lenkte Ricki meine

Aufmerksamkeit wieder in den Krankenhausflur. »Und Kosmetikerin mit meiner Schminkpuppe. Papa ist ausgeflippt, wenn er uns erwischt hat.«

Hm.

Dass die Eltern Ricki ihre Vorstellungen vom Leben aufgezwungen hatten, hatte ich schon mitbekommen.

Ein Junge, der lieber Kleider trug und Puppen schminkte, als mit seinen Spielzeug-Lkw eine Spedition zu gründen, hatte da wohl auch keine einfache Kindheit gehabt.

Wen behindert seine Kindheit denn nicht?

»Ich bin die Einzige, bei der er sein kann, wer er ist. Das hat Nino immer gesagt.«

Ricki wischte sich durchs Gesicht und mir wurde plötzlich bewusst, dass sich nicht nur Nino Schulz um seine behinderte Schwester gekümmert hatte. Ricki war genauso für ihn da gewesen.

»Du hast Nino erzählt, dass Ben dich begrapscht hat, nicht wahr?«, erkundigte ich mich.

»Er hat *was* getan?« Staschek hob den Kopf.

Ich winkte ab.

Ricki nickte.

»Und heute Abend hat Nino dich zu mir aufs Zimmer geschickt, damit du mir das auch erzählst?«

Ricki nickte wieder.

Mit meinen Fragen nach der Falschparkerin war ich Schnulzi, ohne es zu wissen, zu nah gekommen. Er hatte Verdacht geschöpft, Danner noch mal gegoogelt und geschnallt, wie dicht wir ihm auf den Fersen waren.

»Ich hatte Angst, dass dein Freund zurückkommt. Deshalb hat Nina ihn solange in der Bar abgelenkt«, erklärte Ricki weiter.

Ich knirschte mit den Zähnen. Andersrum kam die Sache eher hin. Ricki sollte mich ablenken, damit ich Schulz nicht in die Quere kam, während er Danner entführte und umbrachte.

Mich hatte er nicht töten wollen. Weil ich keine Eier hatte? Weil wir uns zusammen um Brigitte Jerken gekümmert hatten? Oder weil er mich nicht für gefährlich genug gehalten hatte?

»Wer ist Nina?«, erkundigte sich Staschek.

»So heißt Nino, wenn er nicht mein Bruder, sondern meine Schwester ist«, erklärte Ricki, nicht ohne Stolz.

Ich seufzte.

Eigentlich hatte Nino Schulz Glück gehabt. Wie viel weniger einsam war er durch Ricki gewesen.

Mein eigener Bruder würde mich am liebsten an den Haaren zurück in mein unerträgliches, altes Leben als verwöhntes Oberstaatsanwaltstöchterlein schleifen.

Gemeinsam hätten Ricki und Nino es schaffen können.

Aber der Vollidiot hatte es grandios versaut!

»Hat Nina auch eine dunkle Perücke? Mit zwei Zöpfen?«, fragte ich matt.

»Und eine blonde«, bestätigte Ricki.

52.

Das angriffslustige Klappern harter Absätze auf dem PVC des Krankenhausflures störte unser Gespräch. Als ich den Kopf hob, sah ich die Polizeipräsidentin zackig auf uns zumarschieren.

Staschek kniff sich stöhnend in die Nasenwurzel.

Der steif durchgedrückte Rücken der Kommandantin und ihre immer lauter werdenden Schritte verrieten ihre Wut. Und das war vermutlich durchaus gewollt.

Ihre eindeutige Körpersprache zeigte jedenfalls prompt Wirkung: Schnabelnase ließ ihren Kaffeebecher hinter dem Rücken verschwinden und stand ruckartig stramm, Mahlmanns Heißgetränk hingegen klatschte zu Boden und spritzte vor den Pumps der Kommandantin über das PVC.

Klara Peters übersah die Pfütze gekonnt. Sie hatte Staschek neben mir und Ricki auf den Stühlen entdeckt.

Ihr Blick war eisig, als er den Kommissar traf.

Der straffte schwerfällig die Schultern.

Mit einem mühsam beherrschten Kopfzucken befahl sie ihm, ihr zu folgen, drehte sich um und stellte sich neben den Kaffeeautomaten. Schnabelnase und Mahlmann verdrückten sich auf die andere Seite des Geräts.

»Sag mir Bescheid, wenn es was Neues aus dem OP gibt«, murmelte Staschek müde.

Mein Blick wanderte zu der Uhr am Schwesternzimmer. Seit einer halben Stunde wurde Danner zusammengeflickt. Wahrscheinlich war das nicht so lange, wie es mir vorkam.

»Darf ich deine dienstliche Besprechung denn einfach stören?«, rutschte es mir heraus.

»Herrgott, Lila.« Staschek klang wie kurz vorm Kollaps.

Gegen die Polizeipräsidentin konnte Bambis Papa nichts ausrichten. Genauso wenig, wie Ricki Schulz gegen die bissige Leonida?, ging es mir durch den Kopf.

Die Peters dachte gar nicht daran, leise zu sprechen. Nicht nur die beiden Kriminalbeamten, die sich in der Ecke hinter dem Kaffeeautomaten duckten, sondern auch Ricki und ich konnten ihre schneidend scharfe Stimme mühelos verstehen.

»Wieso gehen wir davon aus, dass die Mörderin in Untersuchungshaft sitzt, während zwei Amateurschnüffler den richtigen Täter präsentieren können, Lennart? Nennst du das Polizeiarbeit?«

Falls Staschek überhaupt antwortete, dann so leise, dass nichts davon zu hören war.

Klara Peters hatte ihr Ziel erreicht. Sie hatte Staschek fertiggemacht. Sie zerstörte nicht nur seine Karriere, sondern gleich sein komplettes Leben. Eine späte, aber umso gelungenere Rache dafür, dass er vor zehn Jahren mit dem falschen Alibi Danners Hintern gerettet hatte.

Und jetzt watschte sie ihn vor den Augen – oder zumindest Ohren – seiner Untergebenen ab.

Plötzlich hatte ich das dringende Bedürfnis, die giftige Spinne zu zertreten und ihre Reste an der nächsten Türschwelle abzustreifen.

»Die Presse reißt uns in Fetzen und Danner lacht sich tot darüber.« Klara Peters normalerweise schöne Stimme wurde quietschig. »Aber eins sage ich dir, Lennart: Ich werde meinen Kopf nicht hinhalten, weil du an deinem Schreibtisch eingepennt bist.«

Automatisch hatte ich mich erhoben.

»Dann lass es einfach, Klara.« Staschek ließ sie stehen. »Ich hab andere Sorgen.«

Die lange Nase der Wegner erschien hinter dem Kaffeeautomaten. Sie schielte Staschek hinterher, der mir entgegenkam, während ich mich wie magnetisch angezogen auf die Polizeipräsidentin zubewegte.

»Lass gut sein, Lila. Da kommt es auch nicht mehr drauf an.« Staschek ließ sich auf den Stuhl sinken, stützte die Ellenbogen auf die Knie und das Gesicht in die Hände. »Außerdem hat sie recht. Ich hatte eine Achtzehn-Mann-Soko.«

Mir fielen die Kanten von Staschеks Schulterblattknochen auf, die spitz durch den dünnen Stoff seines haselnussfarbenen Langarmshirts hervortraten.

»Die hat aus Prinzip nicht recht, Lenny«, seufzte ich. »Kapier das endlich mal.«

Mit sich und ihrer uniformierten Welt zufrieden, gab die Peters KK Wegner und KK Mahlmann Kommandos.

Entschlossen drückte ich den Rücken durch, hob meine Nase so hoch ich konnte und ärgerte mich zum ersten Mal, dass ich keine Absatzschuhe trug.

Ich kramte mein Handy aus der Glitzerhandtasche. »Haben Sie mal einen kleinen Moment für mich, Frau Peters?«

Die Kommandantin sah auf mich herunter, als hätte eine persönlichkeitsgestörte Küchenschabe um eine Audienz gebeten.

»Allein«, ergänzte ich höflich.

»Ich glaube nicht, dass das nötig ist.«

»Wie Sie meinen.« Ich zuckte die Achseln. »Ich wollte nur kurz Ihre Meinung zu dem Foto hören, dass ich der freundlichen Dame von der WAZ anbieten werde, um die enge

Zusammenarbeit zwischen der Polizei und unserer Detektei bildlich zu demonstrieren.«

Ich vergrößerte das Foto von ihrem gut erkennbaren Griff an Danners Hintern und hielt es ihr hin.

Ihre Nase klappte herunter.

Die Wegner reckte neugierig ihren langen Hals.

Die Polizeipräsidentin drehte rasch das Display weg. »Gelungener Schnappschuss«, räumte sie ein. »Katrin, organisieren Sie mir einen Kaffee.« Sie wedelte die Wegner weg und schob mich einen Schritt zur Seite.

»Oder halten Sie es für sinnvoller, der Presse ein Foto von Herrn Danner und Herrn Staschek anzubieten?«, erkundigte ich mich.

»Unter Umständen«, knurrte sie. »Was wollen Sie, Frau Ziegler?«

»Halten Sie Abstand zu Staschek. Sonst lesen Sie in der Zeitung demnächst womöglich von einer Anzeige wegen sexueller Belästigung.«

Klara Peters Kaumuskulatur trat seitlich aus ihrem herzförmigen Gesicht hervor, so fest presste sie die Kiefer aufeinander. »Das lässt sich machen.«

»Davon gehe ich aus.«

Als ich mich umdrehte, hielt mir die Wegner einen Kaffee entgegen.

»Danke, den kann ich brauchen.« Ich nahm ihr den Becher aus der Hand und schlurfte damit zu Staschek zurück.

Bevor der irgendwas fragen konnte, erschien hinter ihm ein dünner Chirurg in einem übergroßen Kittel.

53.

Es war kurz nach Mitternacht und ich fühlte mich einen Augenblick lang wie in einem unwirklichen Traum.

Ich saß friedlich zwischen Danner und Staschek in Molles Kneipe vor einem dampfenden Pott Linsensuppe.

Danners Oberschenkelmuskel war genäht und bandagiert worden. Die Einschnitte der Fessel waren ebenfalls verarztet worden, er konnte seine Hände allmählich wieder bewegen.

Als der Arzt ihn zur Beobachtung auf der chirurgischen Station unterbringen wollte, hatte Danner gemurrt: »Danke, aber ich liege lieber in meinem eigenen Bett.«

Er hatte einen Zettel unterschrieben, auf dem er bestätigte, selbst schuld zu sein, wenn er zu Hause an Nachblutungen, einer Wundinfektion, multiresistenten Darmkeimen, einem plötzlichen Herzinfarkt oder einer in der Wunde vergessenen Knochensäge starb. »Außerdem hab ich Hunger.«

Der Arzt hatte ihm eine Krücke hingehalten. Die stand jetzt in dem Mülleimer in der Raucherecke vor dem Hospital.

Staschek und ich hatten Danner dann ohne das Ding in Stascheks Kombi verfrachtet. Das Bein war ja noch dran und er ein kräftiges Kerlchen.

»Iss was Lenny«, Molle schob dem Kriminalkommissar einen Teller unter die Nase. »Sonst siehst du bald aus wie dein eigenes Skelett.«

Danner streifte das struppige Haar seines Kumpels mit einem scharfen Blick.

»Lass ihn in Ruhe.« Molle verpasste Danner vorbeugend eine Kopfnuss. »Du hast für heute genug Mist gebaut.«

Molle behütete Staschek?

Danners Blick wanderte zu mir. Ich zuckte die Schultern.

Hatten wir hier irgendwas nicht mitgekriegt?

Ich dachte kurz nach.

Dann holte ich mein Handy aus der Tasche.

Was ist mit deinem Vater?, erkundigte ich mich per SMS bei Lena.

Das Gute an Freundinnen im Teenageralter ist, dass sie mit dem Smartphone neben dem Kopfkissen schlafen. Und das ist wörtlich zu verstehen.

Wohnt jetzt im Büro, kam die Antwort prompt.

»Du wohnst im Büro?«, platzte ich verblüfft heraus.

Danner ließ den Löffel in die Suppe fallen: »Wie bitte?«

Staschek starrte auf die Linsen, die Molle auf seinem Teller hatte schwappen lassen.

Den dicken Wirt überraschte diese Info offensichtlich nicht. Er tätschelte dem Kriminalkommissar tröstend den Rücken.

»Frau weg, Haus weg und ab morgen ist wohl auch der Job weg«, gestand Staschek resigniert. »War irgendwie nicht meine Woche.«

Danner nahm das bandagierte Bein vom Stuhl und kratzte sich nachdenklich das unrasierte Kinn.

Schließlich schob er Staschek die Bierpulle rüber, die bis dahin neben seinem Teller gestanden hatte. »Dann pennst du eben auf unserem Sofa, Alter.«

54.

»Was sagen Sie zu den Anschuldigungen von Frau Schulz, Herr Danner?«

Danner verschränkte die Arme vor der Brust.

Er saß neben mir auf der einen Seite des modernen Besprechungstisches mit der ovalen Glasplatte.

Ricki saß auf der anderen Seite, zusammen mit ihrem Anwalt. Auch als ihr Name fiel, sah sie nicht von ihren orthopädischen Schuhen hoch.

Der Anwalt war ein junger Typ mit einem ausrasierten Bart und einem Pferdeschwanz im Nacken, Typ hochbegabter Sohn intellektueller Alt-Hippies, der drei Schuljahre übersprungen und sein Studium anschließend im Rekordtempo absolviert hatte. Allerdings täuschte dieser erste Eindruck vermutlich, denn zumindest von seinem Vater wussten wir, dass er sein Geld nicht mit philosophischen Abhandlungen über das Weltgeschehen verdiente.

»Sie sind korrekt«, bestätigte Danner.

»Wenn Sie einem außergerichtlichen Vergleich nicht zustimmen, ist Frau Schulz entschlossen, die Sache vor Gericht – wie bitte?«

Der Anwalt war so darauf konzentriert, seinen Text aufzusagen, dass sein Gehirn die Info, dass Danner gar nichts abstritt, nur sehr verzögert verarbeitete.

»Es stimmt, was Frau Schulz sagt«, wiederholte Danner geduldig. Er löste die Arme und sah Ricki direkt an.

Die duckte sich noch ein bisschen mehr.

»Was ich gemacht habe, tut mir ehrlich leid. Ich möchte mich bei Frau Schulz für mein unangebrachtes Verhalten entschuldigen. Und weil Sie mich hierhergezerrt haben, ist mir klar geworden, dass ich nicht ungestraft Frauen betatschen kann. Es wird also nicht noch mal vorkommen.«

Ricki hob vorsichtig den Kopf.

»Tatsächlich?«, staunte der Anwalt.

»Der von Ihnen vorgeschlagene Vergleich von tausend Euro geht in Ordnung, Herr Pöhler.«

»Echt?«, vergewisserte sich der Anwalt noch mal.

Ricki saß jetzt gerade. Ihre braunen Kulleraugen leuchteten.

Ricki hatte sich wirklich einen Anwalt genommen. Ganz allein. Na ja, mit ein bisschen Hilfe von Klaus Pöhler, dem streitbaren Kofferschieber.

Und das, obwohl ihr Bruder ihr gesagt hatte, dass ihr Plan aussichtslos war. Obwohl sie selbst wusste, dass sie nie die richtigen Worte finden würde, um einem Richter deutlich zu machen, was passiert war.

»Trotzdem ist es richtig«, hatte sie gesagt.

Ich würde es nie schaffen, irgendjemandem irgendwelche Einzelheiten zu erzählen. Wie sollte das gehen, wenn ich nicht einmal daran denken wollte?

Opfer.

Opfer häuslicher Gewalt.

Ich war nicht bereit für diesen Krieg.

Keine Ahnung, wie es mir gelungen war, die Realität so hartnäckig zu verleugnen. Tatsache war aber, dass ich so lange alles darangesetzt hatte, zu vergessen, was mir passiert war, dass ich die ganzen Erinnerungsfetzen in meinem Kopf in keine logische Reihenfolge mehr bringen konnte.

Ricki war es scheißegal, ob sie sich in Widersprüche verwickelte und ihr möglicherweise niemand glaubte.

Warum nur war das für mich so verdammt schwer?

»Ich hoffe, Sie werden trotz allem weiter im *Allee-Hotel* arbeiten, Frau Schulz«, drang Danners Stimme in mein Bewusstsein.

Auch der Nachwuchsanwalt begriff endlich, was Danner machte, und pflichtete ihm bei: »Sie kriegen das auch ohne Ihren Zwillingsbruder hin.«

Zwillinge?

Verdutzt sah ich auf. Ricki und Nino Schulz sahen sich nicht besonders ähnlich, außerdem wirkte Ricki sehr viel jünger als ihr Bruder. Was zum Teil aber bestimmt mit ihrer Behinderung zusammenhing.

Rickis matschbraune Augen glänzten. Ein paar Sekundenbruchteile lang wirkte sie ungewohnt erwachsen. Und zum ersten Mal, seit ich sie kannte, hatte sie ihre Akne überschminkt.

Und jetzt sah ich die Ähnlichkeit zwischen den Geschwistern doch: Ricki besaß die längliche Gesichtsform und die femininen Züge ihres Bruders.

Ein Schauer kroch mir in den Nacken.

»Jetzt trampelt niemand mehr auf uns rum!« Entschlossen griff Ricki nach ihrem Wasserglas. »NIEMAND!«

Sie trank … mit abgespreiztem kleinem Finger.

Ich danke ganz herzlich ...

all den Menschen, die mich bei der Arbeit an diesem Kriminalroman unterstützt haben.
Recherchehilfe kam von:
Jenny
Reiner Voß von der *Paritätischen Lebenshilfe Schaumburg-Weserbergland*, dem ich bei seiner Arbeit im betrieblichen Integrationsmanagement der *PLSW Werkstätten für behinderte Menschen* über die Schulter schauen durfte.
OStD Claudia Herrmann vom *Humboldt-Gymnasium Bad Pyrmont*, die mir Einblick ins Thema *Inklusion an Schulen* gegeben hat.
Martina am Wege von der *Agentur für Arbeit Hameln*, die mir mit vielen Infos rund um das Thema *Menschen mit Behinderung* weitergeholfen hat.
Peter und Regina, bei denen wir bei unseren Besuchen in Bochum immer herzlich willkommen sind und mit Kaffee versorgt werden.

Außerdem danke ich:
Meinem Mann Detlef, für all die Unterstützung, sein Interesse am Schreiben und den letzten Satz dieser Geschichte.
Meiner Mutter Dagmar, Annette und Annett für das aufmerksame Lesen.
Emma für das ›Pinselohräffchen‹.
Nick und Lena-Lotta für das selbstständige Spielen.
Meinem Bruder Carsten für die Homepagepflege.
Ulrike für alles.
Allen *Grafitis*, die aus dieser Geschichte ein wunderschönes Buch gemacht haben.

Und:
Klaus Pöhler – fürs Kofferschieben.

Mehr Lila-Ziegler-Krimis

Lucie Klassen (jetzt Flebbe)

Der 13. Brief

ISBN 978-3-89425-349-3

Der 1. Fall für Lila Ziegler, auch als E-Book erhältlich

Die 20-jährige Lila pfeift auf das von ihren Eltern für sie geplante Jurastudium und erschleicht sich bei Privatdetektiv Danner erst einen Schlafplatz, dann einen Job. Unversehens landet sie wieder auf der Schulbank …

»Eines ist dieses Debüt von Lucie Klassen nämlich keinesfalls: langweilig oder gar deprimierend.« Die literarische Welt

»Intelligent, respektlos, humorvoll.« Neues Deutschland

Lucie Flebbe (vormals Klassen)

Hämatom

ISBN 978-3-89425-367-7

Der 2. Fall für Lila Ziegler, auch als E-Book erhältlich

Als Krankenhauspatientin wird Lila Ziegler Zeugin, wie eine junge Putzfrau an einem Herzinfarkt stirbt. War das tatsächlich ein natürlicher Tod?

»Zweifellos beweist Lucie Flebbe auch in ihrem Zweitling ihr großes Talent.« Deister- und Weserzeitung

»Da ist es wieder, das neue Krimiwunder: Lucie Flebbe schreibt sich mit ihrem zweiten Roman ›Hämatom‹ ganz ungeniert weiter in die Spitzengruppe des deutschen Krimis.« Focus online

Lucie Flebbe

Fliege machen

ISBN 978-3-89425-381-3

Der 3. Fall für Lila Ziegler, auch als E-Book erhältlich

Ein Hund ist schuld, dass Lila Ziegler auf der Straße landet. Sie mischt sich unter die Obdachlosen und Straßenkids, um einen Mann namens ›Fliege‹ zu finden – ein eiskalter Job!

»Wenn Lila eine kleine Typologie von Kindergartenmüttern erstellt oder die Macken frustrierter Mittvierzigerinnen analysiert, verbindet sich die bissig-blumige Metaphorik Raymond Chandlers mit dem Lästerton, wie er in den Kolumnen von Frauenzeitschriften üblich ist – eine wunderliche, aber interessante Mischung.«
Süddeutsche Zeitung

Mehr Lila-Ziegler-Krimis

Lucie Flebbe

77 Tage

ISBN 978-3-89425-411-7

Der 4. Fall für Lila Ziegler, auch als E-Book erhältlich

Ungewöhnlich hohe Todesfallzahlen bei einem Pflegedienst, ein mysteriöser Blog und unerwarteter Besuch: Für Lila Ziegler kommt es knüppeldick …

»Fesselnd, dramatisch, unsentimental und mit viel echtem Herz. Gratulation.« WDR

»Freche Sprüche mit großer Klappe und sorgfältige, lebensnahe Recherche.« Westdeutsche Allgemeine Zeitung

Lucie Flebbe

Das fünfte Foto

ISBN 978-3-89425-417-9

Der 5. Fall für Lila Ziegler, auch als E-Book erhältlich

Lila Ziegler und Ben Danner ermitteln unter Schrebergärtnern. Wo ist Sabine Kopelski? Hat ihr Mann sie unter dem Teich begraben?

»Cool, modern, lässig, frech!« buch-ticker.de

Erneut beeindruckt Flebbe mit einem Mix aus aktuellen Themen, skurrilen Figuren und einer wendungsreichen Handlung.« OTZ – Ostthüringer Zeitung

Lucie Flebbe

Tödlicher Kick

ISBN 978-3-89425-435-9

Der 6. Fall für Lila Ziegler, auch als E-Book erhältlich

Der Nachwuchsstürmer ist tot und eine ehemalige Prostituierte steht unter Verdacht: Detektivin Lila Ziegler und ihr Partner Ben Danner ermitteln in Kreisen, in denen echte Kerle noch was zählen.

»Spannend und kurios.« Westfälische Nachrichten

»Mit ›Tödlicher Kick‹ hat Flebbe hoffentlich nicht den letzten Krimi der Reihe rund um Lila Ziegler geschrieben.« Ruhr Nachrichten

»›Tödlicher Kick‹ überzeugt mit zeitgemäßem Plot und den posttraumatischen Macken einer Jungdetektivin.« culturmag.de

grafit

Der Kommissar und der Reporter

Thomas Schweres

Die Abtaucher

ISBN 978-3-89425-445-2

Der 1. Fall für Schüppe & Balzack, auch als E-Book erhältlich

Eine Mordserie beginnt: Die Spuren weisen auf einen Albaner, der selbst schon tot ist. Kommissar Schüppe steht vor einem Rätsel. Derweil wittert Boulevardjournalist Tom Balzack seine große Chance, denn er kannte alle Opfer …

»Thomas Schweres präsentiert uns hier eine spannende, verwinkelte und wohl durchaus realitätsnahe Geschichte. Und das Protagonisten-Duo (...) macht ständig Laune auf das Weiterlesen.«
Andreas Kurth, Krimi-Couch.de

»Das pralle Ruhrkrimileben.«
Susann Rehlein, Das Magazin – Die Kulturzeitschrift

»Ein rasantes, geschickt konstruiertes Krimidebüt mit krachendem Ende, das Lust auf eine Fortsetzung macht.«
Bastian Pütter, bodo – Das Straßenmagazin

Thomas Schweres

Die Abräumer

ISBN 978-3-89425-456-8

Der 2. Fall für Schüppe & Balzack, auch als E-Book erhältlich

Michaela Schmidt überfällt erst eine Bank, wird aber dann auf der Flucht hinterhältig erschossen. Bei der Suche nach dem Mörder kommt Kommissar Georg Schüppe dubiosen Immobiliengeschäften auf die Spur. Mit den Drahtziehern hat auch Reporter Tom Balzack noch eine Rechnung offen ...

»Thomas Schweres' zweiter Fall für Schüppe kommt streckenweise launig daher, darf aber keineswegs mit den sich influenzaartig verbreitenden Humorkrimis verwechselt werden. In diesem Roman geht es erfrischend realistisch zu.« Joachim Feldmann, Am Erker

»Mit seinem ersten Dortmund-Krimi ›Die Abtaucher‹ hat Thomas Schweres viele Krimifreunde begeistert. Jetzt ist der zweite Fall für Kommissar Schüppe erschienen, und ›Die Abräumer‹ sind genauso spannend.« Julia Gaßmann, Ruhr Nachrichten

grafit

Der Kommissar und das Meer …

H. Dieter Neumann

Die Tote von Kalkgrund

ISBN 978-3-89425-454-4

Der 1. Fall für Helene Christ, auch als E-Book erhältlich

Firma weg, Frau weg, Boot weg – Simon Simonsen verliert in kürzester Zeit alles, was ihm etwas bedeutet hat. Dann wird er auch noch des Mordes verdächtigt. Nur Kommissarin Helene Christ gräbt etwas tiefer und redet sich ein, dies nicht nur deswegen zu tun, weil sie sich zu Simon hingezogen fühlt …

»Eine akribisch recherchierte geradlinige Geschichte, nicht zu blutrünstig, dafür voller menschlicher Abgründe.« Cathrin Brackmann, WDR 4

»Richtig gut: Heinrich-Dieter Neumann schreibt spannend, kennt die Gegend an der Flensburger Förde und hat überraschende Wendungen drin. ... Schönes Buch!« Benedikt Stubendorff, NDR 1

»Die Flensburger Bucht, dänische Südsee, Segelboote, dunkle Buchten, verräucherte Kaschemmen. H. Dieter Neumann hat aus dieser Umgebung einen spannenden Krimi gemacht, der nicht nur die Region zum Lesen einlädt, sondern Krimifans neue Einsichten liefert.« Peter Hamisch, Flensburger Tageblatt

H. Dieter Neumann

Mord an der Förde

ISBN 978-3-89425-462-9

Der 2. Fall für Helene Christ, auch als E-Book erhältlich

Ein Mord durchkreuzt die Urlaubspläne von Kommissarin Helene Christ: Die Leiche der vierzehnjährigen Clarissa wurde im Wald nahe der Ostseesteilküste gefunden. Das Mädchen war in der Mordnacht mit einem der Betreuer ihres Ferienlagers verabredet. Seitdem fehlt von Alim Tayfur jede Spur – seine DNA wurde aber an der Toten gefunden. Damit steht für Christs Kollegen Edgar Schimmel der Mörder fest.

Doch Helene zweifelt, denn auch in Clarissas Familie scheint einiges im Argen zu liegen. Bruder Patrick bezichtigt den eigenen Vater des Mordes. Und tatsächlich verhält sich Carl von Sassenheim alles andere als kooperativ. Was hat die Familie zu verbergen?